PETER HELLER

La Constellation
du Chien

roman traduit de l'anglais (États-Unis)
par Céline Leroy

ACTES SUD

à Kim

# LIVRE PREMIER

1

Je laisse tourner la Bête, je garde des réserves d'Avgas 100, j'anticipe les attaques. Je ne suis pas si vieux, je ne suis plus si jeune. Dans le temps, j'aimais pêcher la truite plus que tout au monde ou presque.

Mon nom, c'est Hig, un nom un seul. Big Hig, si vous en voulez un autre.

Si je me suis déjà réveillé en larmes au milieu d'un rêve, et je ne dis pas que c'est arrivé, c'est parce qu'il ne reste plus une truite, plus une. La truite mouchetée, arc-en-ciel, fario, fardée, dorée, plus une.

C'en est fini du tigre, de l'éléphant, des grands singes, du babouin, du guépard. De la mésange, de la frégate, du pélican (gris), de la baleine (grise), de la tourterelle turque. Je n'ai pas pleuré jusqu'à ce que la dernière truite remonte le courant sans doute en quête d'une eau plus froide.

Melissa, ma femme, était une vieille hippy. Pas si vieille. Elle était belle. Dans cette histoire, elle aurait pu être Ève, sauf que je ne suis pas Adam. Je suis plus du genre Caïn. Ils n'avaient pas de frère comme moi.

Vous avez déjà lu la Bible ? Je veux dire, en prenant votre temps comme si c'était un vrai livre ? Allez jeter un coup d'œil aux Lamentations. C'est là qu'on en est, plus ou moins. On se lamente, plus ou moins. On se vide le cœur comme on fait couler de l'eau, plus ou moins.

Ils disaient qu'à la fin, ça se refroidirait après s'être réchauffé. Un gros refroidissement. On l'attend toujours. Elle est drôlement surprenante, cette bonne vieille Terre, et des surprises, elle en faisait déjà avant de se séparer de la Lune qui, depuis, n'en finit plus de lui tourner autour comme le jars autour de sa défunte compagne.

Finies les oies. À peine quelques-unes. En octobre dernier, j'en ai entendu qui cacardaient comme avant et je les ai vues, cinq qui ressortaient sur le bleu du ciel froid et purifié au-dessus de la crête. Cinq de tout l'automne, aucune en avril.

Je récupère l'Avgas 100 avec la pompe manuelle dans l'antique réservoir de l'aéroport quand il n'y a pas de soleil, et j'ai aussi le camion qui faisait les livraisons de fuel. Plus d'essence que la Bête ne pourra en brûler durant ce qu'il me reste de vie si je limite mes sorties aux environs, ce qui est bien dans mes intentions, pas le choix. C'est un petit avion, un Cessna 182 de 1956, un bijou. Crème et bleu. M'est avis que je serai mort avant que la Bête ne rende l'âme. J'achèterai la ferme. Quarante hectares de basses terres pour le foin et le maïs dans une région où il court encore une rivière à l'eau froide dégringolant des montagnes pourpres et gorgée de truites mouchetées et fardées.

Avant ça, j'effectuerai mes tours de piste. Aller et retour.

*

J'ai un voisin. Un seul. Nous deux sur un aérodrome de campagne à quelques kilomètres des montagnes. Un terrain de préparation au brevet où ils ont construit quelques maisons pour ceux qui n'arrivaient pas à dormir loin de leur petit avion, comme les golfeurs qui passent leur vie sur un golf. Bangley, c'est le nom inscrit sur les papiers de son vieux pick-up qui ne roule désormais plus. Bruce Bangley. Je les ai déterrés de la boîte à gants alors que je cherchais un manomètre que je puisse garder avec moi dans la Bête. Une adresse à Wheat Ridge. Mais je ne l'appelle jamais par son nom, à quoi bon, on n'est que tous les deux. Rien que nous sur un rayon d'au moins treize kilomètres ce qui représente la distance de plaine jusqu'à la lisière des bois de genévriers au pied de la montagne. Je m'en tiens à : Hé ho. Au-dessus des genévriers, des taillis de chênes et ensuite de la forêt noire. Enfin, brune. Tuée par les coléoptères, achevée par la sécheresse. Beaucoup d'arbres morts s'y dressent à présent et se balancent comme mille squelettes, soupirant comme mille fantômes, mais pas tous. Il y a des parcelles d'arbres verts, et je suis leur plus grand fan. Je les encourage depuis la plaine. Allez allez allez poussez poussez poussez ! C'est notre chant de résistance. Je le hurle par la vitre quand je les survole à basse altitude. Ces parcelles verdoyantes s'étendent d'année en année. La vie est tenace si on lui montre ne serait-ce qu'un peu de soutien. Je jurerais qu'ils m'entendent. Ils me saluent, agitent d'avant en arrière ces bras feuillus qui pendent bas le long de leur tronc, ils me rappellent ces femmes en kimono. À pas minuscules ou en surplace, mouvement des mains mouvantes le long du corps.

Je monte là-haut à pied quand je peux. Vers les bois plus verts. Bizarre de dire ça : c'est pas que je manque de créneaux libres dans mon emploi du temps. J'y grimpe pour respirer. L'air différent. C'est dangereux, une montée d'adrénaline dont je pourrais me passer. J'y ai vu les empreintes d'un élan. Pas si anciennes. S'il y a encore des élans. Bangley dit que c'est impossible. Impossible, mais. Pas vu un seul. Vu beaucoup de chevreuils. J'emporte le calibre .308, je tire une biche et la rapporte, sa dépouille au fond d'un kayak dont j'ai scié la plateforme pour en faire un traîneau. Mon traîneau vert. Les cervidés ont résisté comme les lapins et les rats. Le brome des toits a résisté, j'imagine que ça suffit.

Avant une ascension, je survole deux fois la zone. Une fois le jour, une fois la nuit avec les lunettes de vision nocturne. Les lunettes sont efficaces pour voir dans la forêt si elle n'est pas trop dense. Les humains font des ombres vertes qui palpitent, même endormis. C'est toujours mieux de vérifier. Puis je fais une boucle par le sud et l'est et je reviens par le nord. Cinquante kilomètres, au moins un jour de marche pour un voyageur. Un espace entièrement dégagé, un espace de plaines d'armoise de hautes herbes de *rabbitbrush* et de vieilles fermes. Les cercles bruns des champs pareils à l'empreinte d'une béquille fondue dans la prairie. Haies et brise-vent, la moitié des arbres rompus, renversés par le vent, quelques-uns encore verts grâce à une infiltration ou à la proximité d'un cours d'eau. Ensuite je raconte tout à Bangley.

Il me faut deux heures pour parcourir les treize kilomètres en tirant le traîneau vide, après quoi je suis à couvert. Je me déplace encore facilement. Par contre, le retour avec un chevreuil paraît sacrément longuet. Dans un paysage ouvert. Bangley me couvre sur la moitié du trajet. On a encore des talkies qu'on peut recharger grâce aux panneaux solaires. Confection japonaise, de qualité. Bangley possède un fusil de précision CheyTac .308 installé sur une plateforme qu'on a construite. Un télémètre. J'ai vraiment du bol. Un fou de la gâchette. Un fou de la gâchette vraiment retors. Il raconte qu'il peut descendre un homme à un kilomètre et demi. Il l'a déjà fait. Plus d'une fois, j'étais témoin. L'été dernier, il a tué une fillette qui me courait après dans la plaine. Une petite fille, un épouvantail. J'ai entendu le coup de feu, me suis arrêté, ai lâché le traîneau, fait demi-tour. Elle était renversée sur un rocher, un trou là où aurait dû se trouver sa taille, quasiment coupée en deux. Elle avait la poitrine qui se soulevait, haletante, la tête tournée sur le côté, un œil noir qui brillait et qui me regardait, pas apeuré, plutôt interrogateur, une question qui la brûlait, comme si dans le domaine des choses vues, celle-ci était bien la plus invraisemblable. Comme ça. Comme de dire, putain mais *pourquoi*?

C'est ce que j'ai demandé à Bangley, mais pourquoi, putain.

Elle t'aurait rattrapé.

Et alors? J'avais un fusil, elle avait un petit couteau. Et plutôt pour se protéger de *moi* m'est avis. Peut-être qu'elle voulait à manger.

Peut-être. Peut-être qu'elle t'aurait tranché la gorge au milieu de la nuit.

Je l'ai dévisagé, son esprit qui se projetait si loin, jusqu'au milieu de la nuit, elle et moi. Bordel. Mon unique voisin. Qu'est-ce que je pouvais répondre à Bangley ? Il m'a sauvé la peau plus d'une fois. Sauver ma peau est son job. J'ai l'avion, je suis ses yeux, il a les fusils, il est les muscles. Il sait que je sais qu'il sait : il ne sait pas piloter, je n'ai pas assez de cran pour tuer. Dans toute autre circonstance il resterait sans doute plus qu'un de nous deux. Ou aucun.

J'ai aussi Jasper, fils de Daisy, comme ultime signal d'alarme, on fait pas mieux.

Bref quand on n'en peut plus des lapins et des perches de l'étang, j'abats un chevreuil. Surtout parce que j'ai envie de grimper là-haut. Même effet qu'une église, un sanctuaire où il fait frais. La forêt morte qui se balance et murmure, la forêt verte pleine de soupirs. L'odeur musquée de la couche des chevreuils. Les cours d'eau où je prie toujours de voir une truite. Un alevin. Un survivant puissant, son ombre verte qui tourne langoureusement sur les ombres vertes des pierres.

Treize kilomètres d'espace ouvert jusqu'au pied de la montagne, aux premiers arbres. C'est notre périmètre. Notre zone de sécurité. C'est mon boulot.

De cette façon il peut concentrer sa puissance de feu sur l'ouest. C'est comme ça qu'il parle Bangley. Parce qu'il y a cinquante bornes de hautes plaines dans toutes les autres directions, donc plus d'une journée de marche alors que les premiers arbres à l'ouest sont à seulement deux heures à pied. Les familles sont à seize kilomètres au sud mais ne nous font pas d'ennuis. C'est le nom que je leur donne. Une trentaine de mennonites atteints de cette maladie du sang qui s'est propagée après la grippe. Une sorte de fléau mais à combustion lente. Quelque chose proche du sida, je crois, peut-être plus contagieux. Les gamins sont nés avec, ils sont tous malades et faibles, et il en meurt tous les ans.

On surveille le périmètre. Mais si quelqu'un se cachait. Dans les anciennes fermes. L'armoise. Sous les saules le long d'une rivière.

Ou dans les arroyos, avec leurs berges creusées. Il m'a demandé une fois : Comment je pouvais *savoir*. Comment je pouvais savoir qu'il n'y avait personne dans notre périmètre, dans tout cet espace désert, qui se cachait, attendait de passer à l'attaque ? Mais le truc c'est que je vois beaucoup de choses. Je connais les lieux pas tout à fait comme ma poche, ce serait trop simple, mais comme un livre que j'aurais lu et relu un nombre de fois incalculable, comme la Bible, par exemple, pour des gens de l'ancien temps. Je le saurais. Une phrase pas à sa place. Un blanc. Deux points où il devrait n'y en avoir qu'un. Je sais.

Je le sais, je crois : si je meurs – non, pas si – ce sera durant une de ces expéditions dans la montagne. En traversant la plaine dégagée avec le traîneau chargé. Une flèche dans le dos.

Il y a très longtemps Bangley m'a donné un gilet pare-balles, un de ceux de son arsenal. Il a tout un attirail. Il a dit que ça arrêtait les balles de n'importe quel pistolet, ou une flèche, mais que pour les fusils, ça dépendait, j'avais intérêt à avoir du pot. J'y ai réfléchi. *A priori*, en dehors des familles nous sommes les deux seuls êtres vivants sur au moins plusieurs centaines de kilomètres carrés, les seuls survivants, j'avais intérêt à avoir du pot. Donc je porte le gilet en hiver parce qu'il tient chaud, mais quasiment jamais durant l'été. Quand je le porte, j'ai l'impression d'attendre quelque chose. Est-ce que je me tiendrais sur le quai d'une gare à attendre un train qui n'est pas passé depuis des mois ? Peut-être. Parfois, la situation me donne cette impression.

*

Au commencement était la Peur. Pas vraiment la grippe, à ce moment-là, parce qu'à ce moment-là je marchais, je parlais. Enfin je ne parlais pas tellement, mais j'étais sain de corps – pour l'esprit, vous en jugerez par vous-même. Deux semaines entières de fièvre, trois jours entre 40 °C et 41 °C, je sais que ça m'a grillé des fusibles. L'encéphalite ou je sais pas quoi. Brûlant. Les pensées autrefois cohérentes, liées les unes aux autres semblaient se déliter, manquer d'assurance, gagnées par la déprime, comme ces poneys norvégiens à poils longs que ce chercheur russe avait fait venir dans l'Arctique sibérien, j'avais lu un article là-dessus un jour. Il voulait recréer l'Âge de glace, beaucoup de flore et de faune et quelques humains. S'il avait su ce qui allait se passer il se serait choisi un autre hobby. La moitié des poneys sont morts, le cœur brisé par le souvenir de leurs forêts scandinaves, j'en suis sûr, et l'autre moitié est restée à la station de recherche, et bien que nourris au grain, ça ne les a pas empêchés de mourir eux aussi. Voilà à quoi ressemblent mes pensées, parfois. Quand je suis stressé. Quand quelque chose me tourmente et ne me lâche pas. Elles tournent rond, elles fonctionnent, je veux dire, mais très souvent elles paraissent à côté de la plaque, un peu tristes, parfois elles se demandent si elles ne devraient pas être à seize mille bornes d'ici, dans le froid de deux millions de mètres carrés d'épinettes norvégiennes. Parfois, pour éviter d'aller me cacher en courant derrière des fourrés, je ne les écoute pas. Vient sans doute pas de mon cerveau, c'est sans doute normal vu à quoi on en est réduits.

Je ne veux pas perdre le compte : ça fait neuf ans. La grippe a tué presque tout le monde, puis la maladie du sang a pris le relais. Dans l'ensemble, ceux qui restent sont du genre Pas Gentils, c'est pour ça qu'on vit dans la plaine, pour ça que je patrouille tous les jours.

J'ai commencé à dormir dehors à cause des attaques. Des survivants, comme s'ils regardaient une carte et choisissaient de venir ici. Une grosse rivière, OK. Et donc de l'eau, OK. Doit y avoir du fuel, OK. Puisque c'était un aéroport, OK. Tous ceux qui savent lire savent aussi que cet aéroport était à la pointe en matière d'énergie renouvelable, OK. Toutes les maisons équipées de panneaux solaires et le FBO alimenté par les éoliennes. OK. FBO pour Fixed Base Operator, les services aéroportuaires. Ils auraient pu se contenter des Types qui Gèrent l'Aéroport. S'ils avaient su ce qui allait se passer ils n'auraient pas tout compliqué comme ça.

La plupart du temps les intrus venaient la nuit. Seuls ou en groupes, ils venaient armés, fusils de chasse, couteaux, ils s'approchaient de l'ampoule allumée sur la véranda comme des papillons de nuit attirés par une flamme.

J'ai quatre panneaux solaires de soixante watts sur la maison où je ne dors pas, donc garder une ampoule LED allumée toute la nuit n'est pas un problème.

Je n'étais pas dans la maison. Je dormais par terre sous des couvertures derrière un remblai à cent mètres de là. C'est un vieil aéroport, tout est à découvert. Le grondement grave de Jasper. C'est une race mêlée de bouvier australien avec un odorat formidable. Je me suis réveillé. J'ai bipé Bangley sur le combiné. Je crois que pour lui c'était comme du sport. En gros ça lui lavait la tête, de la même manière qu'aller dans la montagne me lavait la tête.

C'est un remblai assez haut, un gros tas de terre qu'on a surélevé. Suffisamment pour pouvoir marcher derrière. Bangley a grimpé jusqu'au sommet d'un air nonchalant et s'est allongé à côté de moi pendant que j'observais les environs avec les lunettes de vision nocturne, j'entendais sa respiration haletante. Il en a aussi, des lunettes, il en a trois ou quatre paires, et il m'en a donné une. Il a dit qu'au rythme où on les utilisait, les diodes nous dureraient dix ans peut-être vingt. Et ensuite ? J'ai fêté mes quarante ans l'année dernière. Jasper a eu droit à un foie (de chevreuil), et moi j'ai mangé une boîte de pêches au sirop. J'ai invité Melissa et elle est venue à sa manière, par un murmure et un frisson.

Dans dix ans l'additif ne pourra plus garantir la stabilité du carburant. Dans dix ans, j'en aurai fini avec tout ça. Peut-être.

La plupart du temps, si la lune est levée ou si les étoiles brillent assez et qu'il y a de la neige, Bangley n'a pas besoin des lunettes, il a le point rouge, il se contente de viser les silhouettes mouvantes avec le point rouge, il vise celles qui sont debout, immobiles, accroupies, celles qui murmurent, il vise l'ombre à côté de la vieille benne à ordures, il met le point rouge sur un torse. *Pan.* Il prend son temps, prépare la séquence, *pan pan pan.* Sa respiration se fait plus bruyante, plus rauque juste avant. À croire qu'il est sur le point de baiser quelqu'un, ce qu'il fait d'une certaine manière, j'imagine.

Le plus gros groupe comptait sept personnes. J'ai entendu Bangley allongé à côté qui comptait tout bas. Ça pue du cul, il a murmuré et a émis ce gloussement typique de quand il n'est pas content. Encore moins content que d'habitude, je veux dire.

Hig, il a chuchoté, va falloir que tu contribues.

J'ai le fusil d'assaut semi-automatique, je me débrouille bien avec, Bangley m'a installé la lunette à intensificateur de lumière. C'est juste que je.

J'ai obéi.

Trois ont survécu à la première salve et après ça on a eu notre premier véritable échange de tirs. Mais eux n'étaient pas équipés de lunettes et ils ne connaissaient pas le terrain alors ç'a été réglé vite fait.

Ça a commencé comme ça, dormir dehors. Pas question d'être pris au piège dans la maison. Comme le dragon qui dort sur son trésor, mais moi non. Je reste bien en retrait.

Il en est moins venu après le deuxième été, comme on ferme un robinet, l'effet goutte à goutte. Un visiteur par saison en moyenne, puis plus aucun. Personne pendant presque une année, et puis un groupe de quatre desperados a failli nous faire mordre la poussière. Après c'est devenu mon job de patrouiller régulièrement avec l'avion.

En fait, je ne suis plus obligé de dormir dehors. Notre système est au point, on est sûrs de nous. Désormais la Peur ressemble au souvenir d'une nausée. Impossible de vous rappeler à quel point c'était atroce et que vous étiez à deux doigts de réclamer qu'on vous achève. Mais je continue quand même. Je dors par terre. L'hiver, je me glisse sous un tas de couvertures qui doit peser pas loin de dix kilos. J'aime ça. Je ne me sens pas à l'étroit. Je dors toujours derrière le remblai, je laisse toujours la lumière allumée sur la véranda, Jasper se pelotonne toujours contre mes jambes, gémit toujours dans son sommeil, tremble toujours sous sa couverture, mais surtout, je crois qu'il est sourd et qu'il est donc devenu inutile pour donner l'alarme, ce qu'on ne révélera jamais à Bangley. Impossible de savoir, avec Bangley. Il garde tout pour lui. Si ça se trouve il est jaloux de la viande qu'on partage, qui sait. Dans son monde, tout a une utilité.

À une époque j'avais un livre sur les étoiles mais plus maintenant. Je m'en remets à ma mémoire, mais elle n'est pas astronomique, ha ha ha. Alors j'ai inventé des constellations. J'ai repéré un Ours et une Chèvre mais peut-être pas où ils sont censés être, j'en ai inventé pour les animaux qui existaient autrefois, ceux que je connaissais. J'en ai inventé une pour Melissa, elle tout entière qui se tient là, gigantesque et presque souriante les yeux baissés vers moi dans la nuit hivernale. Les yeux baissés pendant que le gel froisse mes cils et couvre ma barbe. J'en ai inventé une pour le petit Ange.

*

Melissa et moi vivions au bord du lac à Denver. À seulement sept minutes du centre-ville, de la grande librairie, des restaurants, des cinémas, ça nous plaisait. On voyait l'herbe, l'eau, les montagnes depuis la grande fenêtre de la petite maison. Les oies. On en accueillait une volée et une autre aussi de bernaches du Canada qui arrivaient à l'automne et au printemps, déployées en vastes chevrons où se mêlaient des oiseaux du coin auxquels elles s'accouplaient peut-être avant de repartir. Elles s'envolaient par vagues braillardes. Je pouvais différencier les oiseaux migrateurs de ceux d'ici. Je croyais que je pouvais.

En octobre, en novembre, au cours de notre promenade préprandiale autour du lac, nous les désignions. J'étais persuadé qu'elle se trompait tout le temps. Ça lui tapait sur les nerfs. Elle était tellement intelligente, mais elle ne connaissait pas les oies aussi bien que moi. Je ne me suis jamais trouvé particulièrement futé, mais il y a des choses que je sais d'instinct.

J'en ai eu la confirmation quand on a adopté bébé Jasper : il pourchassait les migrateurs, plus nerveux, plutôt que ceux de la région, plus hargneux. Enfin, c'est ma théorie.

Nous n'avions pas d'enfant. On ne pouvait pas. On a vu un médecin. Qui a tenté de nous vendre des traitements qu'on a refusés. Ça nous convenait de n'être que tous les deux. Et puis elle est tombée enceinte, comme par miracle. La grossesse. On s'était habitués l'un à l'autre et je n'étais pas sûr de pouvoir aimer davantage. Je la regardais dormir et je me disais : je t'aime plus que tout.

À l'époque, alors que je pêchais avec Jasper dans la Sulphur, il m'arrivait d'atteindre ma limite. Je veux dire que j'avais l'impression que mon cœur allait exploser. Pas se briser, mais exploser, c'est différent. À croire qu'il était impossible de contenir tant de beauté. Pas qu'une question de beauté, c'était pas ça non plus. Quelque chose lié à ma place ici-bas. Ce petit coude de pierres lisses, les falaises inclinées. L'odeur des épicéas. La petite truite fardée qui fait des ronds tranquilles dans l'eau noire d'un étang. Et même pas besoin de dire merci. Être simplement. Un poisson simplement. Remonter simplement la rivière, l'obscurité, le froid, tout ceci n'étant qu'un pan d'une même chose. De moi, en quelque sorte.

Melissa fait partie de ce même cercle. Mais de façon différente car il nous revient de prendre soin de certaines âmes. C'était comme si je la tenais avec précaution au creux de mes mains, la tenais avec beaucoup, beaucoup de douceur, je ne pouvais pas le faire pour la nature qui nous entourait, mais pour elle si, et peut-être qu'en réalité, c'est elle qui tout du long m'a porté.

L'hôpital Saint-Vincent était de l'autre côté du lac. Les hélicoptères orange atterrissaient là-bas. À la fin, nous avons envisagé de nous envoler vers l'ouest mais il était trop tard et l'hôpital était à côté, nous sommes allés à l'hôpital. Dans l'un des bâtiments qu'ils avaient réquisitionnés. Qui se remplissait de morts.

*

Bangley surgit d'un coup. Je change l'huile. Il pourrait frapper sur le montant en acier de la baie vitrée mais non il aime bien me filer une attaque. Surgir derrière moi comme un fantôme.

À quoi tu perds encore ton temps, là ?

Qui va se charger de tes patrouilles, si j'ai le myocarde qui pète, putain ?

On trouvera bien quelqu'un, tu crois pas ? On passera une annonce dans le journal.

Son large sourire figé et ses yeux qui ne sourient pas.

De toute façon, je suis sûr que je peux le piloter, ce coucou.

Il dit ça de temps en temps. Comme un avertissement. De quoi ? S'il voulait ce bout de terrain balayé par le vent pour lui tout seul il l'aurait. Depuis longtemps.

Jasper vient de se réveiller sur sa couverture poussiéreuse et il grogne. Jasper déteste Bangley sauf quand on est dans une situation d'urgence avec un visiteur, auquel cas, il ne la ramène pas et se comporte en coéquipier. Un jour juste après l'arrivée de Bangley Jasper lui a attrapé le bras et Bangley a sorti une arme de poing grosse comme un poêlon, a mis Jasper en joue et moi j'ai hurlé. Pour la première et dernière fois. J'ai dit, Tu butes le chien et on crève tous.

Bangley a cligné des yeux toujours ce même sourire sur la tronche. Qu'est-ce que tu veux dire on meurt tous ?

Je veux dire que c'est moi qui fais les patrouilles aériennes, le seul moyen efficace de sécuriser le périmètre.

Ce mot. Le seul qui ait atteint sa cible. Je l'ai presque vu entrer dans son oreille, parcourir les canaux jusqu'à son cerveau.

Périmètre. Seul moyen de sécuriser. Il a cligné des yeux. Contracté la mâchoire. Il puait. Même odeur que le sang caillé après l'équarrissage d'un chevreuil.

La seule raison pour laquelle je suis encore en vie. Comment vous croyez que je vis ici, tout seul ?

Bref c'est comme ça que l'affaire a été conclue. Sans même une négociation. Pas un mot de plus. Je pilotais. Il tuait. Jasper grognait. On se foutait la paix.

Donc, je disais : je suis en train de changer l'huile de la Bête et voilà qu'il se pointe dans mon dos comme un fantôme.

Pourquoi tu vas voir les druides ? il demande.

Ce ne sont pas des druides ils sont mennonites.

Grommellement.

Je pose la pince à mâchoires. Sur la servante à outils. Je prends la pince à sertir.

Bangley est là. Je reconnais son odeur avant de le voir. Je fais passer le fil par le trou de collerette à la base du filtre, l'écrase avec la pince. C'est du fil frein. Il sert de goupille de sécurité au cas où. D'après les spécifs de la Federal Aviation Administration. On voudrait pas que le filtre se barre à cause des vibrations, qu'il tombe, arrose le ciel d'essence et que le moteur parte à vau-l'eau. C'est déjà arrivé. Il paraît que chaque consigne de la FAA est la conséquence d'un véritable accident. Alors le fil de .032 mil est peut-être une espèce de mémorial à un pilote. Ou peut-être même à sa famille.

Bangley se cure les dents avec une écharde, m'observe. Sur la servante, il y a un chiffon, un carré de vieux T-shirt. Le motif est délavé mais sous les taches, je devine plusieurs rangées roses de femmes comme dans les dessins animés : gros seins petits seins de toutes les formes et sous chacune, "melons" "pêches" "pastèques" "prunes" "raisins secs" surmontés d'un phylactère avec "Cabo" écrit dessus en gros. Je lis la liste des fruits avant de saisir le chiffon pour tout essuyer une fois de plus. Un pincement au cœur. Il n'en faut pas plus. Je le plie. Un dessin. On est tellement conditionnés. Que deux petits courbes ou arcs de cercle représentant un sein réveillent un souvenir, une température, un changement, un nœud aux tripes, un fourmillement dans le bas-ventre. Je trouve ça bizarre. J'avale ma salive de travers, je reste immobile une seconde, j'inspire.

Melissa c'était les melons d'eau.

Cabo se situe au bout de mille cinq cents kilomètres de péninsule en Basse-Californie du Sud. Région très poissonneuse sans doute. Est-ce qu'il y a un survivant comme moi dans le vieil aéroport municipal qui change l'huile d'un antique Maule, qui patrouille tous les jours, se sert d'un T-shirt vantant les pistes de ski du Colorado comme chiffon ? Qui pêche le soir depuis une jetée délabrée qui pue encore la créosote ? Qui se demande ce que ça fait de skier.

Pourquoi est-ce qu'il n'y a jamais de paires de seins sur les T-shirts du Colorado ? Je pose la question à Bangley.

Pas tellement le sens de l'humour, ce bon vieux B.

Je me dirige vers le mur nord du hangar et tire un carton d'huile de moteur Aeroshell W15W-50 du tas. Je le pose sur un tabouret en bois. Les rayons de soleil glissent sur l'étendue en béton et reculent vers la porte ouverte. Bangley porte son pistolet dégueulasse. Jour et nuit. Une fois il est allé à l'étang en bas de la rivière pour attraper un poisson-chat et un étranger barbu bâti comme un ours a jailli de derrière un olivier de Bohême et l'a attaqué. À ce qu'il dit. Bangley lui a mis une balle dans son crâne hirsute. A rapporté une jambe entière encore enveloppée dans trois épaisseurs de pantalons déchiquetés et une chaussure bandée. La gauche. L'a balancée devant le hangar.

Pour le chien il a dit. En rogne. Parce que je n'avais pas fait mon boulot. Soi-disant. Je ne sécurisais pas le périmètre.

Pourquoi tu vas voir les mormons ? il répète. Il me cherche, là. Quand il a vraiment les nerfs son corps est raide comme un piquet et il s'incline très légèrement vers l'avant.

Je tire sur le battant du carton contenant les bouteilles d'huile de moteur. La colle a durci, je le déchire par l'autre côté, quatre rangées de trois bidons noirs. La ligne pâle et cireuse sur le flanc de chaque grand bidon rectangulaire qui permet de voir le niveau par transparence me fait penser à un pantalon de smoking. Une rayure de passepoil. Douze petits garçons d'honneur.

D'où tu tiens que je vais les voir ?

Bangley s'énerve par paliers, la pression interne monte comme dans un volcan. Les veines sur son nez deviennent violettes. S'énerve plus qu'il ne l'est déjà, je veux dire. Il ressemble à ces volcans en Équateur qui menacent toujours d'exploser même quand leur sommet est couronné de nuages comme n'importe quelle autre montagne.

On était d'accord, il dit. Les sismologues de l'US Geographical Survey ou d'ailleurs voient apparaître des oscillations puissantes sur le graphique. C'est cette veine sur son front juste sous la visière de sa casquette militaire estampillée Ducks Unlimited qui se met à battre plus fort.

Non, *tu* étais d'accord. Avec toi-même.

C'est hors périmètre. Hors périmètre.

T'es quoi ? Le commandant de la base ?

Je ne devrais jamais parler à Bangley sur ce ton. Je le sais dès que j'ouvre la bouche. J'en ai ras le bol de son comportement j'en peux vraiment plus. Il fait aller sa mâchoire inférieure d'avant en arrière.

J'insère l'entonnoir, une vieille bouteille d'huile coupée en deux, à l'envers dans une autre bouteille. Je suis face à lui.

Allez Bangley, relax. Tu veux un Coca?

Une fois tous les deux mois je me pose sur un boulevard dégagé de Commerce City et je refais un stock de dix caisses d'huile. En chemin un jour je suis tombé sur un camion de livraison de Coca. J'en rapporte toujours quatre caisses, deux pour lui deux pour moi. Une caisse de Sprite pour les familles dont je ne lui parle pas. La plupart des canettes ont gelé trop souvent et ont fini par exploser mais les bouteilles en plastique ont résisté. Bangley descend toujours son Coca beaucoup plus vite.

T'auras notre peau à tous les deux. On était d'accord.

Je lui sors un Coca. Allez, respire. C'est mauvais pour ton cœur.

Il souffrait d'artériosclérose. Souffre. Un jour, il a dit : je suis une bombe à retardement. Ce qu'il n'avait pas besoin de m'expliquer.

Je l'ouvre pour qu'il n'ait pas le choix. Au craquement du bouchon et au bruit des bulles il grimace comme pour dire, un Coca dans l'estomac, un de moins dans le monde.

Tiens.

Hig tu vas nous tuer. Il boit, il ne peut pas s'en empêcher. Je vois sa gorge qui fait descendre le liquide et son torse puissant qui se soulève.

Il s'oblige à s'arrêter avant de vider toute la bouteille. Ça se transmet aussi par la toux, il dit. C'est ce qu'ils racontaient à la fin. Pas seulement par le sang.

Par l'échange de fluides corporels. Je ne couche avec aucune mennonite.

Un postillon est un fluide corporel. Ça t'atterrit dans l'œil. Tu ouvres la bouche pour parler.

Je ne crois pas qu'ils l'aient jamais prouvé.

Qu'est-ce qu'on en a à foutre des preuves. Tu veux être arrivé jusqu'ici pour crever de la maladie du sang?

Jusqu'ici. Je le pense, je ne dis rien. Jusqu'ici. Bangley et Jasper et le régime allégé en graisse. Comment dire.

Tu n'as pas le droit de choisir pour moi Hig.

Je respire.

Tout ce qu'on fait est risqué. Une fois de temps en temps ils ont besoin de mon aide.

Pourquoi? Pour quoi faire bordel? Ils ont quoi? Deux, trois, cinq ans max devant eux? Au mieux? Ils tombent comme des mouches à quelques mois d'intervalle. Je le sais rien qu'à voir la tronche que tu tires. Pourquoi? Des ampoules des rougeurs des éternuements des brûlures?

Ce sont des êtres humains. Ils essayent de rester en vie, un jour après l'autre. Peut-être que certains survivront. Il y a eu des rumeurs comme quoi certains survivaient.

Il est toujours penché en avant, la veine toujours qui palpite, un filet de Coca frais sur son début de barbe.

Ils ne sont pas une menace pour nous Bruce.

Il écarquille les yeux au son de son prénom. Il ne me l'a jamais dit, s'est toujours contenté de Moi, c'est Bangley, nom auquel je recours rarement comme je l'ai dit.

Les familles savent respecter la distance des cinq mètres. Je leur ai appris. Pas une fois je dis bien pas une seule ils n'ont montré d'agressivité, que de la gratitude, une gratitude presque gênante quand je répare une pompe ou leur explique comment fabriquer un filet à poissons pour la rivière. À vrai dire je le fais autant pour moi que pour eux : ça dénoue un truc en moi. Qui était presque mort.

Bangley contracte la mâchoire, me dévisage. Ce que j'ai dit à la fin – c'est exactement comme si je parlais japonais, tout un paragraphe avec une petite révérence au bout. Du genre, *a)* il n'en revient pas que j'aie pu sortir une connerie pareille, et *b)* il a pas entravé une syllabe de ce que j'ai raconté. Le langage psycho-spirituel, en gros, ça ne lui fait ni chaud ni froid ni rien.

Une fois je lui ai demandé s'il pensait qu'il y avait autre chose. On se buvait deux précieux Coca sur la véranda de ma maison où je n'entre jamais, sous l'ampoule que je laisse allumée la nuit et qui fait office de lampe anti-moustiques-et-attaquants. Le soir tombait et le soleil d'octobre prenait la route des montagnes. Comme un vieux couple qui se met à l'aise. Deux fauteuils en rotin à la peinture écaillée et qui craquent quand on change de position. Son fauteuil craquait en rythme comme si Bangley se rappelait comment c'était de s'asseoir dans un fauteuil à bascule. Dans mon souvenir, c'est la seule fois où il m'ait dit quelque chose sur sa vie d'avant. Il a grandi en Oklahoma. C'est ça qu'il m'a dit.

C'est pas ce que tu crois, il a ajouté. Longue histoire.

C'est tout. Plutôt cryptique. En fait, je ne croyais pas grand-chose. Il n'a jamais étoffé. Quand même, j'avais l'impression qu'on faisait de grands progrès niveau intimité.

Je lui ai dit que je construisais des maisons.

Quel genre ?

En bois. Pisé. Avec des techniques anciennes devenues rares. J'ai écrit un bouquin aussi.

Un bouquin sur comment construire une maison.

Non. Un petit recueil. De poésie. Personne l'a lu.

Sans déc' ? Il a bu une gorgée mesurée de Coca, les yeux rivés sur moi en penchant la bouteille, les yeux rivés sur moi en la reposant sur sa cuisse, un peu comme s'il portait un nouveau regard sur moi, en bien ou en mal, difficile à dire. Réinitialisait le contexte.

J'ai écrit pour quelques magazines. Surtout sur la pêche, des trucs sur la nature.

Le soulagement, il est passé sur son visage comme l'ombre d'un nuage. J'ai failli rire. Je voyais les rouages : ah ouais, des trucs sur la nature, c'est pas un pédé, Hig.

Quand j'étais jeune je voulais devenir écrivain. Un grand écrivain. L'été je travaillais sur des chantiers, les charpentes. Voilà. Pas facile de vivre de sa plume. Je devais pas être si doué de toute façon. Me suis marié, ai acheté une maison. Une chose menant à une autre.

Longue histoire, j'ai dit.

Bangley a tenu son Coca à deux mains sur ses genoux. Il m'a semblé se recroqueviller un peu sur lui-même, peut-être qu'il se souvenait de quelque chose. Soudain il était loin, à croire que son esprit avait pris ses distances par sécurité. Pour regarder. Avec du recul. Il se balançait encore sur son fauteuil qui ne basculait pas.

On a gardé le silence un long moment. Le soleil a touché un des pics les plus élevés, s'est brisé lentement comme un jaune d'œuf couleur sang. Au même instant, le vent s'est levé, a secoué les broussailles de *rabbitbrush* desséchées. Froid.

Je lui ai demandé s'il lui arrivait de penser qu'il y avait autre chose, autre chose que survivre à chaque journée. Surveiller, réparer l'avion, cultiver nos cinq légumes, piéger un lapin. Bref, on attend quoi en fait?

Son fauteuil, *crac crac*, s'est arrêté. Il s'est totalement figé, on aurait dit un chasseur qui sent un animal dans le vent. Tout près. Comme s'il s'était réveillé.

Répète ça.

Autre chose que ça. Vivre au jour le jour.

Il a contracté la mâchoire, ses yeux gris minéraux dans la nuit tombante. Comme si j'avais fait déborder le vase.

Faut que j'y aille il a dit. S'est mis debout. A passé un doigt dans la pochette de sa chemise de flanelle, a récupéré le bouchon de sa bouteille qu'il a revissée. A emporté son Coca loin de la véranda, la botte marquant son pas irrégulier.

Ça c'était durant la deuxième année je crois. Donc là dans le hangar, je sais qu'essayer de faire fondre la glace ne va pas exactement éveiller sa sympathie. La plupart du temps avec Bangley je pense à tous les trucs que je ne devrais jamais dire.

J'ouvre une bouteille d'huile de moteur et l'incline au-dessus de l'entonnoir fabriqué avec une autre bouteille coupée et enfoncée dans sa jumelle. Je vais laisser couler. Regarder Bangley en face.

Qui sait peut-être qu'un jour c'est *nous* qui aurons besoin d'*eux*. On peut pas savoir.

Ha. Une toux méprisante qui rejette tout en bloc. Ça arrivera jamais Hig. Ou alors pour un enterrement.

Il les avait dans le collimateur, n'attendait que ça. Les voir tous morts.

Tu veux finir tout seul ? Ça t'irait aussi bien. Devenir le putain de dernier homme sur terre.

Si ça se goupille comme ça. Toujours mieux que le contraire. Mais bref, je t'ai chopé. Il a fini son Coca et m'a dévisagé à travers la bouteille.

Par contraire il entend si tout le monde doit mourir. Je crois. Je n'ai pas répondu : un jour je vais monter dans la Bête, mettre le cap à l'ouest et je ne ferai pas demi-tour.

Ça m'étonnerait, il a dit.

Quoi donc ?

Ce à quoi tu penses. Il n'y a pas d'endroit plus sûr qu'ici. Peut-être le seul sur la planète. On a un périmètre, de l'eau, de l'électricité, de la nourriture, des armes. On a les montagnes à côté si le gibier se fait rare. Pas de querelles intestines pas de divergences politiques puisqu'on n'est que toi et moi. Rien d'interne sur quoi s'écharper. Comme les mormons et comme tous les autres là-bas qui sont morts. On reste simple on survit.

Il sourit.

Les gars de la cambrousse s'en sortent toujours.

Sa phrase préférée.

Je dévisage mon seul ami sur terre. C'est mon ami j'imagine.

Va pas risquer nos vies, il dit et s'en va.

*

Je vais quand même les voir quand ils le demandent. En patrouille je mets le cap sur l'ouest et les montagnes puis sur le sud. Je suis la ligne des arbres indiquant la rivière. Au niveau des cheminées de la centrale électrique du réservoir je vire vers le nord-ouest. Les mennonites vivent près de la rivière. Dans un ancien élevage d'oies. Huit bâtisses en tôle réparties en deux rangées de quatre disposées de biais comme des voitures garées en épi. De grands arbres centenaires se dressent le long d'un brise-vent puis forment un bosquet au milieu duquel émerge le toit incliné et goudronné d'une grosse ferme en brique. Deux étangs alimentés par la rivière. J'aperçois des flotteurs sur l'un d'eux, un canoë vide. Une batterie de panneaux solaires orientés au sud sur les baraquements et deux moulins dont un mécanique pour tirer l'eau. La raison de leur installation ici.

Dans la cour, dans la clairière, un poteau de neuf mètres, un drapeau disparu depuis longtemps, peut-être arraché pour en faire une couverture pour un bébé. Quand ils ont besoin d'aide ils hissent une combinaison de travail rouge déchirée. Signal et manche à air. En cas de vent fort, bras et jambes sont tendus et font comme un homme sans tête.

J'atterris sur l'allée en terre toute droite perpendiculaire à l'ancienne route de campagne à l'ouest. Je vois le signal tourner dans le vent. Au bout de l'allée, ils ont accroché un panneau en métal entre deux poteaux avec une tête de mort rouge et des tibias croisés peints dessus et le message DANGER MALADIE DU SANG. L'allée entrecoupée d'ornières se gorge d'eau. Ils arrivent avec des pelles et comblent les trous. Ils ne sont pas très doués pour l'entretien, ils n'en ont pas la force la plupart du temps, mais ils maintiennent la piste d'atterrissage en bon état. Presque toujours un vent de travers du 330. Je fais une glissade pour que la Bête descende nez relevé, presque de biais par rapport à l'allée, aile gauche basse, le nez pointé vers le nord, puis je redresse à la dernière seconde, les gamins dans la cour bondissent dans tous les sens, je les vois rire à soixante mètres de distance, c'est le seul moment où je les vois rire.

*

Jasper arrivait à monter dans le cockpit tout seul mais plus maintenant. La quatrième année on s'est engueulés. J'ai retiré le siège passager de devant pour dégager de l'espace et enlever du poids, et à la place j'ai mis un sac de couchage en flanelle sur lequel on voit un chasseur tirer sur un faisan, son chien en arrêt devant lui, une patte levée. Je sais pas trop pourquoi je ne l'ai pas fait plus tôt. Le chien ne ressemble pas à Jasper, mais bon. Je le porte. Le dépose sur le dessin de l'homme et de son chien.

Toi et moi dans une autre vie, je lui dis.

Il aime voler. Et de toute façon je ne le laisserais jamais avec Bangley.

Ça l'a déprimé quand j'ai retiré le siège. Il ne pouvait plus voir dehors. Il sait qu'il ne doit pas toucher au palonnier. Une fois, à cause d'une rafale de vent il s'est pris dedans en glissant et a failli nous tuer. Après ça j'ai construit une espèce de barrière en bois de dix centimètres de haut mais je l'ai dégagée quand Jasper, après l'avoir inspectée, a sauté de l'avion et a plus ou moins refusé de voler, je vous jure. Il se sentait insulté. Par tout ça. Avant, le rugissement du moteur et le lancement des hélices m'inquiétaient, et je porte le casque alors que je n'ai personne à qui parler par la radio parce que ça amortit le bruit, mais là c'était Jasper qui m'inquiétait, j'ai même essayé de lui bricoler une protection auditive adaptée, un genre de casque, mais il ne tenait pas bien. Ce qui explique sans doute pourquoi il est aux trois quarts sourd aujourd'hui.

Quand j'allais chercher de l'huile et le reste je mettais sa couverture sur les cartons pour qu'il puisse jeter un œil à l'extérieur.

Tu vois? je disais. Une fois sur deux t'es bien installé. Tout le monde peut pas en dire autant.

Il trouvait ça nul quand même et je m'en rendais bien compte. Franchement pas emballé. Alors maintenant quand je n'ai rien à transporter, pour les patrouilles qui constituent la plupart de nos sorties, je remets le siège, ce qui ne prend que quelques minutes. On n'est pas pressés, après tout. La première fois, il a retrouvé sa place, assis bien droit, et il m'a jeté un regard qui disait, Ben t'en as mis du temps ! Puis il a regardé devant lui, hyper sérieux, les sourcils froncés comme un copilote. Son humeur s'est améliorée d'un coup, de manière aussi palpable qu'un brouillard qui se lève.

Il se fait vieux. Je ne compte pas les années. Je ne multiplie pas par sept.

Ils élevaient des chiens pour tout le reste, y compris pour récupérer le poisson, alors pourquoi ne pas les élever pour vivre plus longtemps, aussi longtemps qu'un homme ?

*

Un truc bizarre : le GPS fonctionne toujours. Les satellites, mis en orbite par les militaires ou je ne sais qui pour nous tourner autour et nous dire où nous sommes, ces satellites continuent d'envoyer des signaux, de trianguler ma position, et le petit GPS installé sur le manche envoie une alerte terrain s'il pense que je suis trop près du sol.

Je vole toujours trop bas. C'est une autre conséquence de la fin de toute chose : je n'angoisse plus à l'idée que mon moteur me lâche. Il y a un bouton *Nearest* sur le GPS. Pas con. Ça vous dit tout de suite quel est l'aéroport le plus proche et à quelle distance il se trouve. Il balance la liste des aéroports les plus proches, leurs identifiants, la distance, le cap, la fréquence de la tour de contrôle. Quand j'angoissais sur un truc ce bouton devenait mon meilleur ami. Par n'importe quelle météo ou pour n'importe quel problème ou juste un niveau d'essence trop bas, je cliquais dessus, la liste tombait et si je la faisais défiler il me suffisait d'appuyer sur Aller à et *hop*, j'avais mon vecteur. Plus qu'à redresser la flèche vers le milieu de l'arc de cercle. Une combine royale.

Ça peut encore servir mais après neuf ans, beaucoup de pistes sont impraticables ou alors il faut savoir exactement où se trouve tel nid-de-poule de soixante centimètres pour l'éviter. Surprenant la vitesse à laquelle. La vitesse à laquelle l'herbe et la terre reprennent leurs droits. Il y avait ce programme télé, autrefois : *La Vie après l'humain*. J'ai vu tous les épisodes. Je les enregistrais. J'étais accro. À cette idée : à quoi ressemblerait New York dans mille ans : un estuaire. Un marécage. Un fleuve. Des bois. Des collines. Ça me plaisait. Je ne sais pas pourquoi. Ça me transportait.

Si vite. Parce que c'est incroyable la vitesse à laquelle l'acier d'une poutrelle rouille quand elle est exposée à l'eau et à l'air, la vitesse à laquelle les racines détruisent tout sur leur passage. Tout s'effondre. Alors les pistes : neuf ans ça paraît court mais ce n'est pas le cas pour un tarmac à l'abandon ou pour un humain à la cervelle grillée qui s'efforce de survivre. Je pourrais faire une liste. Neuf ans c'est une putain d'éternité pour :
Supporter les conneries de Bangley.
Se souvenir du service *ad hoc* en charge des malades de la grippe et.
Supporter l'absence de ma femme après.
Avoir envie d'aller pêcher et ne pas pouvoir.
D'autres choses.

Mais. J'ai un cylindre qui ne s'est pas allumé un soir au sud de Bennett. Je survolais la ville ce que je fais de temps en temps pas trop bas mais juste assez pour voir et. *Tap tap tap* une vibration comme maternelle. Mieux valait descendre et localiser la panne, c'était peut-être qu'un tuyau bouché, je n'avais pas besoin du Garmin pour me dire que Buckley, la base de l'armée de l'air était à moins de vingt bornes à l'ouest. J'ai viré sur l'aile et suis descendu, le soleil doré dans les yeux, ça tapait de plus en plus fort et devenait vraiment inquiétant, comme pour dire que ça serait trop con de perdre un roulement, alors du coup, toujours à moitié aveuglé par le soleil, j'ai pris le bord gauche de la chaussée comme repère et cent pieds après avoir touché le sol tandis que je filais encore à toute allure, plus de cinquante nœuds d'après les compteurs, il y a eu un *BRAOOOM*, et si ça avait été la roulette de nez plutôt que le train principal gauche, la Bête et moi on aurait fini carbonisés. Jasper aussi. J'ai fait le tour jusqu'à l'arrière et j'ai vérifié. Le trou au sol faisait la moitié de ma taille, rectangulaire, bien propre, à croire qu'il avait été creusé par des chiens de prairie équipés de mini-pelleteuses. Putain. Mon dos. Cette secousse. Je me suis assis, les pieds dans le trou, Jasper assis lui aussi et appuyé contre moi comme à son habitude, il m'a jeté un coup d'œil rapide, poli, vraiment soucieux. Assis de la sorte, je me suis rappelé le restaurant japonais où Melissa m'a emmené une fois et où à la place des chaises ou des coussins ou d'une banquette, il y avait une sorte de puits au bord duquel on s'asseyait, un faux sol pour ces Occidentaux qui manquaient de souplesse. Le soleil projetait notre ombre sur huit cents mètres de piste. L'impact ayant fissuré le marchepied, il a fallu que j'apprenne la soudure et c'est aussi à cette occasion que j'ai découvert qu'il est possible de souder à l'électricité solaire.

Je me suis donc assis, les pieds qui pendaient dans le trou, et là je me suis repris et me suis dit, C'est quoi ton problème ? À quoi tu joues, tu trouves ça drôle ?

Il m'a fallu un moment avant d'avoir la réponse.

T'as envie de vivre, aujourd'hui ?

Oui.

Tu penses que tu pourrais avoir envie de vivre demain ? Et peut-être après-demain ?

Oui.

Dans ce cas sois méthodique. Tu as tout ton temps.

Alors j'ai fait un relevé. J'ai pris la carte dite VFR et j'ai recensé toutes les pistes sur plus de cent cinquante kilomètres. J'ai volé jusqu'à Centennial, Colorado Springs, la base de l'Air Force Academy, j'ai volé jusqu'à Kirby, anciennement Nebraska, j'ai volé jusqu'à Cheyenne. Je les ai survolées à environ trente pieds avec une bonne lumière et j'ai pris des notes. Étonnant le nombre d'entre elles où j'aurais pu me tuer. On n'en est pas passé loin à Cranton quand je me suis approché vraiment bas, parallèlement à la piste, et qu'un xénophobe a troué le fuselage avec une arme puissante. Je m'en suis aperçu tout de suite parce que la balle est ressortie par la vitre latérale. C'est comme ça que j'ai découvert que nous avions des voisins à Cranton.

Bref le bouton *Nearest* fonctionne toujours mais la moitié des pistes sont impraticables. Mieux vaut atterrir dans un ancien champ. Ce qui indiquait autrefois le Refuge le plus Proche signifie aujourd'hui Piège Mortel Potentiel le plus Proche. Mais toutes les infos sont bonnes à prendre.

*

Je me sers encore de la radio. Les vieilles habitudes ont la vie dure. Chaque aéroport possède une fréquence pour que les appareils puissent se parler entre eux s'il n'y a pas de tour de contrôle. Toujours mieux de savoir où tout le monde se trouve quand on décolle ou qu'on intègre le tour de piste. C'était le cas avant. Des collisions avaient lieu chaque année. Il n'y a pas de moyen de communication attitré entre les aéroports mais il existe une fréquence d'urgence, le 121,5. Donc quand j'approche d'un aéroport je me branche sur ce vieux canal. Et quand j'entre dans le rayon des cinq miles je lance un appel. Plusieurs appels.

Loveland tour Cessna six trois trois trois alpha cinq, en transit par le sud, à six mille pieds, en route pour Greeley. Répétez. Il y a quelqu'un ? Ce foutu coucou est le seul à voler dans le coin et il y a des chances pour qu'il le reste jusqu'à la fin des temps. Peut-être que sur une autre planète dans un autre univers ils réinventeront le Cessna. Ha !

Je ris. Je hurle. C'est plutôt morbide. Jasper coule un regard dans ma direction en affichant un léger embarras canin.

J'ai un recueil de poèmes de William Stafford. C'est la seule chose que je sois retourné chercher : mes recueils de poésie. J'ai atterri de nuit moteur éteint et sans lumière dans le parking de l'ancien King Soopers, une belle enfilade de mille pieds entre des voitures moins hautes que mes ailes et sans aucun poteau électrique pour gêner le passage. À peine plus d'un kilomètre et demi jusqu'à la maison. Des incendies faisaient rage à l'ouest et au sud, ponctués de coups de feu. J'ai attendu dans l'avion avec le fusil d'assaut entre les jambes, attendu de voir s'il y avait encore quelqu'un pour chercher des noises à la Bête pendant la demi-heure où je serais parti.

J'ai pris le fusil et j'ai longé le lac en courant comme tant de fois auparavant, matin et soir. Je faisais du jogging. Je n'ai pas prêté attention aux photos sur le manteau de la cheminée, dans l'escalier, je n'ai pas regardé, j'ai rempli de livres un vieux sac à dos et un sac de toile, de la poésie uniquement. J'ai feuilleté *We Die Alone*, le premier livre que Melissa m'ait offert, horriblement prémonitoire ne serait-ce que par son titre : c'est l'histoire vraie d'un membre de commando norvégien durant la dernière grande guerre. Il parvient à survivre en semant deux divisions de troupes allemandes à ski et des années plus tard, il pose pour la photo de quatrième de ses Mémoires, un homme d'âge moyen qui porte beau en pull marin à col roulé. J'avais toujours envié ce type, un héros de la guerre au fin fond de la Norvège qui avait dû posséder une cabine dans la région des fjords, avoir des milliers d'amis et qui forçait sans doute sur le cidre ou l'aquavit ou ce qu'ils boivent dans les fêtes là-bas, un homme qui pouvait désormais skier pour le plaisir. Cet homme avait forcément une idée de ce qu'était l'enfer sur terre. Il en avait aperçu l'ombre. J'ai feuilleté le livre, n'ai pas lu la dédicace et je l'ai reposé sur l'étagère. Fini. J'ai décidé que j'en avais fini de pleurer pour un rien.

Quand je suis revenu au parking j'ai fait un détour par les rangées de voitures les plus éloignées et j'ai aperçu deux silhouettes qui se penchaient par les portes ouvertes de l'avion, sur le point de grimper dedans. J'ai lâché quelques jurons pour moi-même et j'ai vérifié le cran de sûreté, le cœur battant, je me suis redressé et je leur ai hurlé de dégager et quand ils ont brandi un fusil de chasse et une carabine je les ai tués, je les ai eus du premier coup à vingt mètres. Pour des poèmes. J'ai donné les armes à Bangley et refusé de répondre à sa question.

Le livre de Stafford s'intitule *Possibles histoires vraies*. Un des poèmes, "La ferme sur les grandes prairies" commence ainsi :

Une ligne téléphonique s'en va à perte de vue ;
les oiseaux la suivent où qu'elle aille.
Une ferme au fond d'une grande prairie
tire à un bout de la ligne.
J'appelle cette ferme tous les ans,
y fais retentir la sonnerie, j'écoute, encore

Il appelle son père. Il appelle sa mère. Ils sont morts depuis des années, ne subsiste qu'un murmure au bout de la ligne mais peu importe, il continue d'appeler.

Quand l'aéroport que je suis sur le point de survoler ne répond pas je me remets sur la fréquence d'urgence et lance un appel pour la forme

Mayday mayday Cessna six trois trois trois alpha me sens terriblement seul

Un jour de la septième année quelqu'un a répondu. J'ai lâché le manche et pressé le casque sur mes oreilles. Les poils se dressaient sur mes bras comme dans un orage électrique.

Ça m'est parvenu à travers la friture avec un effet doppler.

Trois trois trois alpha... il se perdait dans le brouillard sonore.

Trois trois trois alpha... Bourrasque de parasites... *Grand Junk.* Boum comme un coup porté par un vent magnétique.

Grand Junction...

J'ai attendu. Secoué la tête. Me suis même cogné la tempe avec le casque. Branché le micro, le pouce qui enfonçait le bouton situé sur le manche.

Grand Junction ? Grand Junction ? Trois trois trois alpha au-dessus de Longmont. Je suis au-dessus de Longmont putain ! Je n'ai pas copié. Je répète je n'ai pas copié !

J'ai refait un tour. J'ai pris de l'altitude. Suis monté à quinze mille pieds et j'ai effectué des cercles jusqu'à être pris de vertiges à cause du manque d'oxygène. Suis redescendu à treize mille pieds et j'ai tourné encore pendant deux heures jusqu'à ce que la jauge d'essence m'indique qu'il ne me restait plus que quinze minutes alors j'ai viré vers l'est.

Peu importe qui c'était mais il était pilote ou contrôleur.

La seule et unique fois.

*

Je cuisine mes repas dans le hangar. Environ un mois après son arrivée, j'ai demandé à Bangley de m'aider à y installer une cuisinière à bois Vigilant qui se trouvait dans une des grosses baraques tape-à-l'œil à l'est de la piste. Peut-être que la nature temporaire de ces repas pris dans ce qui à la base est un atelier de mécano me donne l'impression que rien de tout ça n'est permanent. Aussi plus ou moins pour cette raison que je n'habite pas dans une maison. En vivant dans un hangar, en dormant dehors, je peux faire comme s'il existait une maison ailleurs, avec quelqu'un dedans, quelqu'un vers qui revenir. Mais de qui je me fous ? Melissa ne va pas revenir, les truites non plus ni les éléphants ni les pélicans. La nature pourrait peut-être réinventer un poisson d'eau froide fier, résistant et tacheté mais elle ne redonnera jamais sa chance à l'improbable éléphant.

N'empêche, l'été dernier j'ai vu un engoulevent. Le premier depuis des années. Qui chassait les insectes dans la chaleur du crépuscule, ses ailes striées clignotant dans le soir. Ce doux chant électrique.

Bref, je cuisine et prends mes repas dans le hangar. J'ai essayé de manger dans ma maison à la table de la cuisine comme le fait Bangley, essayé quelques jours mais ça n'a pas marché.

On a assez de bois de chauffage pour nous tenir jusqu'à la fin de nos jours dans les hauts murs des maisons qui bordent l'aérodrome. Un marteau de forgeron et un pied-de-biche me suffisent pour récupérer une semaine de bois en quelques heures. Sans parler de tous les beaux meubles.

J'ai eu pas mal de haut-le-cœur avant de m'habituer à démolir ces ouvrages de charpente, ce cerisier et ce noyer, ces parquets en érable, tout ça pour en faire du bois de chauffage. Mais. La valeur est soumise au besoin. N'empêche, je commence par les maisons les plus moches. Pas sûr que j'arrive aux quatre ou cinq mini-manoirs magnifiquement construits avec des bois durs exotiques. Si j'en arrive là, ils auront eu le temps de perdre leur cachet. J'imagine qu'ils ne représenteront plus pour moi que de nouvelles odeurs agréables montant du feu. Selon un autre accord tacite, on s'est mis à récupérer du bois dans les maisons plus modestes à l'ouest de la piste, lui s'occupe de la partie nord moi du sud. Ce qui raccourcit un peu mon trajet jusqu'au hangar avec la brouette.

Il arrive souvent que Bangley vienne manger avec moi. Il ne sait pas cuisiner moi si. Impossible d'apprendre à ce mec à frapper à la porte ou au moins à ne pas murmurer comme un fantôme, ce qui me fout un peu les jetons parce que je ne sais jamais combien de temps il m'a observé.

On dîne tôt ce soir.

Putain, Bangley. J'ai failli m'ébouillanter.

Tu cuisines comme si tu prenais ton pied.

Hein ?

Ta façon de te déplacer avec le poêlon, le couteau, comme si c'était une cuisine. Comme dans une de ces émissions culinaires.

Quand il s'amuse bien, Bangley a les narines qui palpitent au même rythme que les branchies d'un poisson.

Je le dévisage un court instant.

T'as faim ?

Comme une de ces émissions culinaires où ils mettent un tablier. Comme si cuisiner un foutu repas était une sorte de danse. Hop hop hop.

Je pose une casserole de pommes de terre nouvelles tout juste ramassées sur la cuisinière. Au début j'ai voulu utiliser de la graisse de gibier mais elle devenait rance trop vite.

Ben je ne porte pas de tablier, comme tu peux le constater, et je ne danse pas.

Presque pas d'huile dans les celliers des maisons sur les derniers mois, ils devaient la boire pour les calories. Et puis dans le sous-sol de la grosse demeure style Bauhaus de l'autre côté de Piper Lane j'ai découvert un bidon d'huile d'olive de vingt-trois litres. Caché derrière un tas de briques fraîches.

Mais tu chantais. Il me lance son large sourire figé. Son air méchant accentué.

La cuisinière est chauffée à blanc par des planches de sapin de cinquante sur cent millimètres, idéales pour une flambée éclair. L'huile crépite et je tasse les morceaux de pommes de terre jusqu'à ce que la plupart soient en contact avec le fond de la casserole. Avec la spatule en acier j'actionne la manette chromée qui permet de refermer le conduit latéral de la cuisinière afin de baisser la température. Je me dis, Si j'étais fait d'une autre étoffe, si je pensais pouvoir défendre cet endroit tout seul je buterais Bangley dans la seconde pour qu'on en finisse. Est-ce que je le ferais ? Sans doute. Et ensuite il ne se passerait pas un jour sans que nos disputes me manquent. J'éprouverais sûrement un grand vide. On fonctionne vraiment comme un vieux couple.

Ça m'étonnerait que j'aie chanté, je dis finalement.

Si, Hig. Tu chantais. Et c'était pas non plus du Johnny Cash. Il sourit.

D'après le Manuel de Bangley, apparemment, c'était la seule musique qu'on avait le droit de chantonner.

Qu'est-ce que c'était alors ?

Il hausse les épaules. J'en sais foutre rien moi. Un truc pop pour les gamines. Qui passait à la radio je crois me souvenir.

Je crois me souvenir. Planté là avec son sourire triomphal et sa barbe hirsute d'une semaine. Je vous jure. J'éclate de rire. C'est ce qu'il provoque chez moi : il m'exaspère jusqu'à l'hilarité. Il touche au ridicule et puis un plomb pète, un interrupteur est actionné, et je me marre. Ça vaut mieux pour nous comme ça, je pense.

Assieds-toi Bangley. Prends un tabouret. Au menu, poisson-chat, salade de pissenlit et basilic, simili-*gratin* de pommes de terre nouvelles.

Tu vois ? il dit. Exactement comme dans ces émissions. Si t'es pas un peu de la jaquette je suis juif.

Je le dévisage. Je ris de plus belle.

*

Je passe de la musique des fois. J'ai des MP3, des CD, des vinyles, de tout. J'ai relié mon hangar au générateur principal du FBO celui qui est alimenté par l'éolienne si bien que l'électricité n'est pas un problème. Mais il faut le bon état d'esprit. Faire attention sinon ça me renvoie direct à ce que je ne veux plus jamais ressentir. Éviter tout ce que nous avions l'habitude d'écouter : nous étions fans de ces vieux *songwriters*, les boit-sans-soif, la vie passée sur les routes de campagne, de Whiskeytown à Topley en passant par Sinead. On adorait les Dixie Chicks, mais qui ne les aimerait pas. Les Amazing Rhythm Aces. Open Road, Sweet Sunny South, Reeltime Travelers, du bon bluegrass décousu et les vieux groupes d'avant le monde du temps fini. Ça nous brisait le cœur à l'époque. Essayez de les passer par une belle matinée de début de printemps, la porte du hangar ouverte, une buse à queue rousse esseulée qui décrit des cercles au-dessus du tarmac en train de se réchauffer.

> *And I remember your honeysuckle scent I still adore*
> *I can't believe that you don't want me anymore...*

> Et je me rappelle ton parfum de chèvrefeuille que j'adore
> Je ne peux pas croire que tu me rejettes encore...

Ou la voix de ténor douce et abîmée de Brad Lee Folk l'homme des collines chantant *Hard Times*.

> *Head hung down and homeless, lost out in the rain...*

> Les temps sont durs
> Tête courbée, à la rue, perdu sous la pluie...

J'aurais jamais pensé que je serais un vieil homme à quarante ans.

J'arrive à écouter du blues. Elle n'a jamais vraiment aimé le blues. Je peux trouver de l'apaisement chez Lightning and Cotton, BB et Clapton et Stevie Ray. Je peux passer à plein volume Son Seals chantant *Dear Son* jusqu'à ce que les coyotes au bord de la rivière offrent une interprétation empathique à fendre l'air du solo d'harmonica. Hurlements et glapissements perçants. Des sons d'agonie autant que d'adoration. Ce qui, quand vous résumez le truc est exactement la définition du blues.

*

La nuit je m'allonge avec Jasper contre le remblai. C'est le début du printemps, il est très tard ou très tôt pour voir Orion qui part à la renverse sur la crête déchiquetée des montagnes, et sans un cri, dans le silence, muet alors qu'il essaye de tuer le taureau avant que ce dernier ne l'écrase sous ses sabots. Parfois il est très calme mais pas ce soir. Ce soir il se bat pour sa survie.

Jasper n'a pas de laisse, il dort appuyé contre ma cuisse gauche mais mes pensées, elles, sont fermement tenues en laisse. Je leur autorise un rapide tour d'horizon. Entrapercevoir la maison verte, le hangar, la possibilité d'une partie de chasse printanière à la poursuite des ours tout juste sortis d'hibernation, distraits par la faim.

Il ronfle doucement comme à son habitude, un léger reniflement sur l'inspiration et parfois un geignement sur l'expiration. Puis contre tout attente je me remémore l'appel de Grand Junction. Surgi pareil à un train dans une tempête de neige, qui explose sur la fréquence avant de retourner dans un blizzard de parasites laissant dans son sillage un lointain effet doppler, traînant et mélancolique. Perdu. *Trois trois trois alpha… Grand Junk… Grand Junction…* La voix âgée, comme inquiète, un grand-parent appelant du bas d'un escalier très raide.

Ça remonte à quand ? Deux trois ans. C'était l'été je m'en souviens. Je me souviens de la fumée des incendies estivaux, je faisais tourner la Bête dans la fumée, et le coucher du soleil ce soir-là, rouge carnage. Je décrivais des cercles et prenais de l'altitude, des cercles de plus en plus larges et j'ai appuyé sur le bouton du micro encore et encore. Me suis acharné sur le squelch. Un effet de l'atmosphère, peut-être, mais comment pouvait-il se propager aussi loin alors qu'aucun relais ne fonctionnait plus depuis des années. Le professionnalisme dans la voix. Un homme d'un certain âge. Je me souviens de ça. Ça s'entendait malgré le bruit. Un autre pilote, j'étais sûr que c'était un pilote.

Avec ce que j'ai dans mes réservoirs je peux voler jusqu'à Gunnison et peut-être revenir par Delta. Peut-être – si le vent m'est favorable dans les deux sens. Ce qui arrive rarement. J'y ai réfléchi. Encore et encore. Pour Junction il faut compter une petite demi-heure supplémentaire. Et ensuite. Quoi ? Un autre pilote dans un autre aéroport sans doute bien moins sécurisé. Mais.

En tout cas ils avaient de l'électricité. Ils – lui – avaient survécu sept ans. Peut-être qu'ils tenaient encore bon.

Jasper change de position, raidit les pattes dans un étirement rêveur et appuie tout son poids contre moi, se réveille. Renifle. Baisse à nouveau la tête.

Devant mon lit brille la lune
Serait-ce sur le sol du givre ?
Je lève la tête, contemple la lune
Je baisse la tête, pense à mon village natal

Le poème le plus connu de Li Po.

Même à cette époque : bien avant avant la fin, ce désir sans fond. Presque jamais chez soi, aucun de nous.

Je pose la tête sur le sac de toile rempli de mousse que j'utilise comme oreiller. Il ne se salit pas trop vite, ne me rappelle pas mon ancien lit. Je frotte le bandeau de mon bonnet de laine et l'abaisse sur mon front. Le ciel est aussi pur qu'une cloche de verre, les feux de forêt ne commencent pas avant la mi-juin et la Voie lactée est une rivière d'étoiles profondément insondable. D'une profondeur impossible à imaginer je veux dire. Jasper soupire. Pas un poil de vent ou presque. Le léger souffle me rafraîchit l'oreille droite, une brise paresseuse du nord.

Est-ce que je me sentirais plus chez moi si je rencontrais un pilote de Grand Junction ? Si Denver au sud était une ville grouillante d'activité et vivante ? Si Melissa dormait de l'autre côté de Jasper comme avant ? Avec qui me sentirais-je le plus chez moi ? Moi-même ?

Toujours est-il que je pense à la voix du pilote. Le professionnalisme et l'envie. D'entrer en contact. Je crois que j'aurais dû y aller. Risquer la panne sèche. Réduire les gaz, la vitesse, voler à mille huit cents pieds, choisir ma matinée et partir. Pour voir. Quoi, je n'en sais rien. Mais je n'y suis pas arrivé. À partir. Faut admettre : j'avais peur. De trouver encore un être humain interrompu comme tant et tant de fois. Rien que ça. Peur de manquer d'essence avant même d'avoir rejoint Sept Victor Deux, c'est-à-dire Paonia, la piste étroite au sommet de la butte comme celle d'un porte-avions. Tomber en panne sèche dans les plaines de terre argileuse à l'est de Delta. Me crasher dans l'ombre de Grand Mesa.

Un jour, j'avais lu qu'ils avaient retrouvé Amelia Earhart. Probant, j'imagine. Sur l'île "Inspectée" en 1940. Des coquilles ouvertes de palourdes, un couteau de poche démantelé pour garder la lame, peut-être pour en faire la pointe d'une lance de pêche. Un feu de camp. Du vieux maquillage qui s'effritait. Un hublot d'avion en plexiglas. Une chaussure de femme. Des os. Des éclats d'os. L'ADN comparé à celui d'une cousine encore vivante d'Earhart. Bien sûr c'était son île, à elle et au navigateur, naufragés pour combien de temps et jusqu'à ce qu'ils succombent à quoi ? Un atoll depuis les airs : une oasis ellipsoïdale avec un lagon au centre. Entouré d'un récif aussi plat qu'un parking à marée basse. Le Lockheed Electra a une vitesse de décrochage de quarante-trois nœuds à l'heure, il aurait besoin de sept cents pieds, pas plus. Pataugeant jusqu'à la rive avec les rares provisions, peut-être blessée. Peut-être pas à marée basse, le train d'atterrissage arraché par l'eau peut-être. Du sang dans l'eau peut-être. En panne sèche au-dessus du Pacifique ils ont pris ce qui se présentait. Ont réussi à atteindre cette île minuscule. À vivre de coquillages et de pluie.

De coquillages et de pluie.

Et la compagnie d'une autre personne, une seule.

La famine. Qui consume aussi lentement que le feu sur du bois humide. Fragilise les os, des sacs d'os ambulants, puis l'un meurt, puis l'autre. Ou peut-être qu'il vaut mieux être attaqué par des indigènes.

Qu'est-ce qui leur manque le plus ? La foule babillante et sans visage, la célébrité, les fêtes, l'explosion des flashs ? Les amants, la gaieté, le champagne ? La solitude taillée dans la célébrité, l'étude des cartes à la lumière d'une unique lampe sur un vaste bureau dans un hôtel vénérable ? Le *room service*, le café avant l'aube ? La compagnie d'un ami, de deux ? Le choix : Tout ou rien ? Un peu ou rien ? Maintenant, pas maintenant, peut-être plus tard ?

C'est tout ce qu'il me reste à présent. Ces choix-là. Et pourtant. Je ne veux pas tomber en panne sèche et m'écraser dans les hautes herbes à l'ouest de la vallée de Gunnison et mourir en essayant de parcourir cinq cents kilomètres à pied avec Jasper pour rentrer chez moi. Chez moi. Même si ce n'est pas grand-chose. Même si je n'ai rien à perdre. N'avoir rien à perdre c'est déjà quelque chose.

*

Jasper vient de grogner. J'avais sombré dans ma rêverie.

Grognement faible, méchant, grave.

J'ai retenu mon souffle, tendu l'oreille. Me suis redressé lentement. Jasper est presque sourd, certes, mais il a un bon flair.

Pouvait être des coyotes. Ou des loups. Les loups des montagnes depuis deux ans : descendaient vers la plaine en meutes décharnées. Pression grandissante qui accompagne le repeuplement. Parce qu'ils étaient là avant en nombre suffisant et qu'ils le sont de nouveau.

Jasper grogne dans la nuit et je m'assois au milieu de mes couvertures le cœur battant. J'ai murmuré *Assis* et j'ai rampé jusqu'au sommet du remblai.

Jasper sait. Il sait quand ça sent vraiment le roussi.

Il s'est assis, l'a bouclée à mi-grognement et m'a adressé un regard sincèrement préoccupé mais teinté de l'attitude posée du chasseur qui s'amuse. Il était tendu. Moi aussi. Ça n'était pas arrivé depuis longtemps, un an, je dirais, et je me sentais un peu avachi, un peu rouillé. Deux ans plus tôt, j'aurais déjà été au sommet du remblai à scruter les alentours avec les lunettes de vision nocturne la main gauche sur la carcasse du fusil d'assaut. Là il a fallu que je déterre le fusil coincé entre la bâche froide et humide et le sac de toile. À côté il y avait les lunettes dans une vieille chaussette en laine. C'était déjà pas mal que je pense à les prendre avec moi dehors pour dormir. J'ai calé les lunettes sur mon front, passé l'élastique sur ma tête et lentement, calmement tiré puis repoussé le levier qui armait le fusil. Rejoint le haut du remblai lentement, avec encore plus de précautions.

Jasper n'a pas bougé. A refréné son envie de suivre l'odeur dans le noir. Ou bien un son, un son dont la fréquence lui parvenait malgré sa surdité. J'ai remonté le remblai lentement. Prié pour que ce soit des coyotes, ou même des loups. Pas d'humeur pour une tuerie, vraiment pas. Pas moi, pas pour prendre la place de Bangley.

Au sommet, j'ai glissé le fusil à plat sur le bord lisse, me suis collé à la terre froide et j'ai rampé jusqu'à pouvoir jeter un coup d'œil par-dessus la lèvre du remblai.

Dans la lumière de la véranda je les ai vus. Un deux troisquatrecinq... *je recommence undeuxtroisquatrecing pigeonsd'uncoup...* Cinq hommes adultes dont un plus petit peut-être plus jeune.

Merde.

Le premier été, on s'était donné un mal de chien pour reculer la benne à ordures vers le sud à environ trente mètres de la maison et on l'avait renversée. Elle était sur le côté, le couvercle s'ouvrant sur un grand trou noir. La berge de la rivière était à pic et haute. Le cours d'eau sinuait autour si bien que l'aéroport se situait au creux d'un bras mort. Des douves parfaites. Le seul gué était un chemin qui arrivait à l'arrière de cette maison, celle que nous laissions allumée. Donc les intrus se sont naturellement regroupés contre la benne, au sud dans l'ombre de l'ampoule, protégés de la maison où ils – quiconque n'étant pas soldat professionnel – s'imaginaient que se trouvaient la menace et donc le gros lot.

Faits comme des rats. Ou n'importe quelle autre métaphore misérable pour désigner des misérables bientôt morts.

Je tue des chevreuils. Tuer des chevreuils ne me pose pas de problème. Apprêter, découper, manger.

Le cœur battant aussi fort qu'une créature aveugle qui tenterait de s'échapper en me défonçant la cage thoracique. J'ai glissé une main vers ma ceinture, j'ai serré la radio entre mes doigts, pressé trois fois le bouton du micro avec le pouce. Puis encore trois fois et encore trois autres. Ensuite j'ai compté. Avant que j'atteigne cent Bangley arriverait par-derrière avec deux fusils : un fusil d'assaut M4 et un fusil de précision, sans doute un AR-10 calibre .308. J'ai compté dans ma tête et j'ai fait coulisser le canon de mon fusil sur un des sacs de sable, calé la crosse contre mon épaule et j'ai réglé la lunette. Vingt-sept mètres. Nous avions mesuré au centimètre.

Centtrenteetun centtrentedeux

Ils étaient accroupis et parlaient entre eux, murmuraient, je ne les entendais pas. Le vent était léger, frais sur ma nuque, vent d'ouest qui soufflait dans leur direction. Portait les sons. Très lentement j'ai retiré le cran de sûreté avec le pouce, entendu le déclic, grimacé parce qu'il m'a semblé bruyant, relâché le levier vers l'avant pour mettre l'arme en mode automatique.

Centsoixantedixneuf centquatrevingts

Ce n'étaient même pas des amateurs. Accroupis tous ensemble en une cible unique, à cette distance je pouvais en faire tenir un entier dans ma lunette de visée, et même plus. Ils étaient fermiers assureurs mécaniciens. Sans doute. Désespérément agglutinés. Mais. J'ai déplacé la lunette par une très légère pression de l'épaule pour les passer en revue et tous avaient des fusils, sans exception. Alors que je les observais, l'image a tremblé au rythme de mes battements de cœur. À ce stade c'étaient des tueurs. Je veux dire à ce stade de notre histoire coupable et commune. Qui pour dire combien et avec quelle cruauté. À ce stade ils étaient réunis dans la posture de la prise d'assaut. D'une famille de survivants dont ils ignoraient tout. Et.

J'ai été saisi par la cruauté de la chose : eux par rapport à la maison, la famille fictive, moi par rapport à eux, que l'un de nous se retrouve dans cette position. *Arrête ton délire tout de suite, Hig. Tu vas nous faire tuer*, aimait gueuler Bangley.

Deuxcentcinq deuxcentsix. Pas de Bangley. Putain de merde. Jamais arrivé, pas une fois, qu'il ne soit pas là à deux cents, ou plus tôt.

J'ai décollé l'œil de la lunette et j'ai tourné la tête vers la gauche. Pas d'ombre. Pas de silhouette, pas de Bangley à proximité. *Putain.* L'œil à nouveau contre le viseur. Main qui tremblait sur le pontet. Qui commençait à trembler.

Ils se parlaient entre eux. J'ai relevé le levier qui maintenait la lunette de ma main gauche agitée et l'ai retirée en la faisant coulisser sur son rail. L'ai posée à côté pour pouvoir utiliser l'œilleton. Ça a élargi mon champ de vision.

Même gamin, tuer n'était pas ce que je préférais. J'aimais chasser avec mon oncle Pete. C'était un incorrigible homme de lettres et d'action entre Ernest Hemingway et Jack London, sauf qu'il gagnait sa vie en enseignant la danse de salon. Sur des paquebots. Tante Louise et lui ont fait ça pendant vingt ans, puis elle est morte et mon oncle plus extraverti et bavard que la moyenne est devenu silencieux, plus sérieux. Il a gardé son humour. Il n'était pas si doué que ça côté action ou lettres, mais je l'ai idolâtré pendant longtemps, plus longtemps que de raison, et c'est avec lui que j'ai chassé l'élan pour la première fois à douze ans.

Moi j'étais doué. Je veux dire que j'ai vite eu l'intuition du terrain et de l'habitat, quasiment comme si j'avais grandi avec le Peuple Cervidé, j'étais calme, concentré sur la direction du vent et le crissement des brindilles qui glissaient sur la rayonne de mon sac, et les bruits de l'eau qui noyaient le reste, j'étais un expert de la traque, j'étais un très bon aide de camp et dès cinq heures du matin, je bondissais presque littéralement de mon sac de couchage dans le froid glacial de ce qui était encore une nuit de mi-novembre en montagne. J'adorais ça, et apparemment, je n'ai pas eu de problème pour viser la femelle élan, mais la façon dont elle a trébuché sur un éboulis quand j'ai tiré, dont elle a basculé vers l'avant et fait une culbute, et la façon dont son œil a brillé en me voyant et la façon dont elle a remué en vain les jambes sur le côté vers les rochers avant que pris de panique je ne lui mette une autre balle dans la tête, et que la vie ne s'éteigne dans son regard et quitte ses jambes, et plus tard encore la façon dont je l'ai apprêtée, le sang qui giclait sur le sol gelé et se mélangeait au lait chaud de ses mamelles encore pleines jusqu'à devenir rose –

Ça ne m'a pas plu. Je l'ai fait tous les ans pendant des années et j'adorais le reste y compris avoir de la viande d'élan dans le congélo, mais ça non. Même les insectes, je n'aime pas les tuer.

Deuxcentvingttrois deuxcentvingtquatre

Pas de Bangley. J'avais tenté de négocier une fois. Et j'avais bien failli y passer.

Les règles d'avant ne tiennent plus Hig. Elles ont subi le même sort que le pivert. Disparues en même temps que les glaciers et le gouvernement. C'est une nouvelle ère. Nouvelle ère nouvelles règles. Pas de négociation.

Il aimait dire ça avant d'allumer quelqu'un.

Cinq ça faisait un sacré groupe, le plus important qu'on ait eu depuis deux ans. Ils étaient accroupis, le type le plus gros près de la benne avait un fusil équipé d'une lunette, me tournait le dos et parlait aux autres, faisait des signes avec sa main droite, touchait le bonnet sur sa tête, le type d'à côté avait une espèce de fusil d'assaut sans doute un AK, et les trois autres : deux fusils de chasse et une carabine tous à vingt-sept mètres d'après les calculs. Le troisième en partant de la gauche avec le fusil de chasse portait un chapeau de cow-boy, un petit homme avec un gros chapeau. Le groupe acquiesçait, ils allaient se mettre en mouvement. Ma main tremblait. Ils ne seraient plus concentrés en une seule cible.

J'ai prévu de les arroser par la gauche. À l'automatique. Mettre le point de mire au centre de la masse du premier type et tracer une ligne à travers le groupe.

J'ai glissé l'index droit sur la détente froide, inspiré profondément, une grande inspiration pour expirer lentement comme on m'avait appris et

Elle s'est fissurée d'un coup. La nuit. Pas moi. Une flamme rythmique a jailli de plus bas sur ma droite, la grosse carcasse d'un camion, les explosions successives du feu roulant, le groupe dans mon champ de vision qui se disloquait façon entropie, le point rouge qui volait en tous sens comme un insecte mortel qui soulevait leur ombre avant de la faire atterrir pour être avalée par la terre verte.

Pas moi.

Je n'avais pas appuyé sur la détente.

Un cri et un hurlement, un qui geignait un autre qui convulsait, et des gémissements, j'ai vu Bangley s'avancer de derrière le camion, dégainer son calibre .45, marchant d'un pas tranquille dans l'espace à découvert et trois coups de feu, ceux qui pleureraient soudain muets.

Vent léger, froid. Le sang battait à mes oreilles, les lavait des cris. Le calme.

Il a ramassé les fusils éparpillés, a passé les cinq à l'épaule. A contourné le remblai, déposé les fusils, je les ai entendus s'entrechoquer sur le sol, puis il a parlé tout bas à Jasper, grimpé jusqu'à moi, là où j'étais encore allongé, figé sur place le doigt sur la détente mais surtout pétrifié par l'incompréhension.

C'était quoi ce bordel.

Bravo, il a dit. Bon boulot. J'étais pas sûr que tu l'avais encore en toi.

Il voulait dire que je l'aurais eu. Que mon doigt était sur la détente. Avant qu'il prenne le relais.

Putain Bangley. Pas sûr que j'aie encore quoi en moi?

Silence. Il savait que je savais quoi.

Je l'ai jamais eu en moi putain. Mais je le fais. Qu'est-ce que t'avais dans la tête bordel? Si je t'avais vu et que je t'avais pris pour l'un d'eux?

Jamais arrivé : Tu me vois. J'te le dis. Pas dans c'te situation.

J'ai ouvert la bouche, l'ai refermée. J'ai dit, Jhallucineputain. Et s'ils s'étaient déployés. Je veux dire s'ils avaient lancé l'attaque. Plus tôt.

Silence. Il savait que je savais à présent qu'il les surveillait depuis la première alerte.

Et d'où tu savais que j'allais appuyer sur la détente et pourquoi tu m'as pas laissé? Le faire?

Silence. Il savait que je savais à présent qu'il me surveillait de plus près qu'il ne les surveillait eux. Surveillait mon foutu doigt tout en gardant plus ou moins un œil sur les hommes qui auraient pu avoir notre foutue peau. Les avait repérés depuis un moment. Avait sans doute balancé la sauce après m'avoir vu prendre ma grande inspiration. Je l'ai imaginé tirant sur le premier homme sans même le regarder, mais en m'observant d'abord à travers l'excellente lunette de vision nocturne posée sur son trépied, m'observant reculer en alerte et surpris, puis revenir tranquillement mais efficacement à son arme et faucher le reste du groupe. Pas faucher, non. Bangley ne croit pas à l'automatique. Deux balles pour chaque ombre paniquée, peut-être. *T-TAP*. Aussi vite que ça. Peut-être que pendant tout le temps où il a moissonné ce petit groupe d'âmes, il a ri de ma confusion.

Raboule-toi Hig. Faut que je te montre quelque chose.

Il a franchi le sommet du remblai et est redescendu de l'autre côté. Jasper qui tremblait, toujours en bas, de mon côté. Pas de peur. Je le voyais à la lumière des étoiles. Assis, il observait mes mouvements avec préoccupation, se retenant de passer à l'action, quelqu'un qui fait son job tout bonnement son job comme il est censé le faire.

Viens ici. J'ai sifflé doucement. Il a bondi sur ses pattes, pas comme autrefois mais assez vite tout de même et il est passé par-dessus le sommet du remblai. Bangley était en bas au milieu des silhouettes noires couchées. Jasper est passé de l'une à l'autre, sans s'arrêter, a reniflé, grogné tout bas.

Regarde un peu Hig. Ils n'auraient jamais dû faire ça.

Il n'avait pas l'air triste.

Bangley a tendu la main et allumé l'ampoule LED attachée à sa casquette. Sa casquette était à l'envers. Il a braqué la lumière sur le petit homme, celui avec le chapeau de cow-boy, le chapeau à présent tombé dans un sillon d'irrigation à quelques mètres de là. C'était un petit garçon. Environ neuf ans. Environ le même âge. Melissa enceinte de sept mois quand. Il y a neuf ans. Ce garçon était mince, ses cheveux emmêlés collés au crâne. Ornés d'une plume de faucon. Le visage émacié, une ombre salie par la poussière et le froid. Il était né là-dedans. Neuf années de ce monde. Agencer les pièces du puzzle pour que dans sa tête se forme l'image sinistre de ce monde et finir comme personnage secondaire dans une blague de Bangley.

Il a grommelé. Des armes aux mains de bébés. Ils auraient dû le laisser derrière.

Où ça ?

Bangley a haussé les épaules, levé la tête, la lumière qui m'aveuglait.

J'ai grimacé dans cette lumière blanche éclatante mais n'ai pas détourné le regard.

Et puis quand il se serait éloigné de la rivière à moitié mort de faim demain, tu l'aurais tué comme les autres, mais en plein jour et à trois cents mètres de distance plutôt qu'à trente.

Je ne voyais que la lumière, mais je savais que Bangley arborait son large sourire figé et sans joie.

Depuis tout ce temps, Hig, t'as pas retenu la moindre satanée leçon. Tu vis dans le passé. Du coup je me demande si ça t'arrive d'apprécier un peu tout ça, des fois. Bon sang.

Il s'est éloigné. Il voulait dire que je l'avais bien mérité. De vivre.

Je me suis éloigné et j'ai laissé Jasper à ses occupations. On les enterrerait demain.

C'est ce que je fais, ce que j'ai fait : je découpe les cuisses les bras la poitrine les fesses et les mollets. En tranches fines que je trempe dans la saumure et que je fais sécher pour que Jasper ait de la viande entre deux. Vous vous rappelez l'histoire de l'équipe de rugby dans les Andes. Les cadavres étaient des cadavres, déjà morts. Ils l'ont fait pour survivre. Je ne suis pas différent. Je le fais pour lui. Je mange du gibier, des poissons de fond, du lapin, des gardons. Je conserve la viande séchée dans des seaux fermés hermétiquement. De tout ce qu'il mange c'est ce qu'il préfère, sûrement à cause du sel. Le lendemain je recommencerais mais pas le gamin, lui je l'enterrerais sans tendresse ni regret mais en un seul morceau et avec sa plume de faucon.

Que nous en soyons arrivés là : recréer nos propres tabous en oubliant ce qui les avait fait naître alors même que l'on ploie sous les signes, les mises en garde. Je suis retourné derrière le remblai. J'étais censé me recoucher sous nos couvertures et dormir avec ce talus au-dessus de la tête comme une grande pierre tombale. Afin d'être frais et dispo pour la patrouille du lendemain. Je n'allais pas fermer l'œil de la nuit. J'ai couché le fusil, seulement le fusil, l'ai glissé sous le sac de toile et j'ai continué de marcher.

2

À l'époque je m'étais mis à piloter avec la sensation de toucher là quelque chose qui confinait à l'accomplissement de mon destin. Beaucoup de pilotes connaissent cette impression et je crois qu'elle doit davantage à une espèce de gène des cimes ou des crêtes de falaise qu'à la moindre idée de liberté absolue ou qu'à une métaphore de l'élévation de l'esprit. La façon dont la terre en contrebas gagne en définition. La façon dont le paysage s'ordonne autour des systèmes hydrographiques, les phénomènes de capillarité et les artères des cascades : les flancs de montagnes au plissé serré, se tordant dans les sillons formés par les couloirs et les ruisseaux, les ravines et les gouffres, les points les plus bas rehaussant les éperons et les crêtes et les contreforts à la manière dont les rides rehaussent les traits d'un visage, et plus bas encore, au fond des saignées des canyons et puis les plaines marécageuses et les vallées en aval des premiers versants, les rivières sinueuses et les lits asséchés où l'eau coulait autrefois qui semblent désormais endiguer les collines et le déferlement des hautes plaines plutôt que le contraire. La façon dont les habitations s'étirent le long de ces rivières puis s'y relient et s'agrègent à leurs confluences. Je me disais : ce spectacle devrait nous surprendre mais ce n'est pas le cas. Nous l'avons déjà vu et nous interprétons le terrain survolé avec la même aisance que lorsque nous marchons sur les berges d'un ruisseau et que nous savons où mettre les pieds.

Mais ce que j'aime le plus et ce depuis mon premier vol de préparation, c'est l'ordre, le sentiment que tout est à sa place. Les fermes sur leurs parcelles carrées, les croisements à angles droits des routes de campagne indiquant les points cardinaux, les brise-vent projetant des ombres allongées vers l'ouest au matin, les balles de foin rondes et le bétail éparpillé et les chevaux aussi parfaits dans leur disposition qu'une pluie d'étoiles, leur robe qui accroche ce même soleil rougeoyant, les pick-up dans les cours, les rangées de mobile homes garés en épi, les lotissements dont les pavillons répètent les motifs anguleux des toitures éclairées de biais, le diamant des terrains de baseball et l'ovale des pistes de kart, et les casses, aussi, les lignes irrégulières de voitures rouillées et les tas de ferrailles aussi incontournables et charmants que les peupliers de Virginie suivant le tracé des rivières et lançant leurs propres ombres distendues. Le panache blanc par la cheminée d'une centrale électrique poussé vers l'est par le vent matinal, aussi pur que du coton lavé. C'était au temps passé. De là-haut, il n'y avait plus misère ni souffrance ni conflits, simplement des motifs et la perfection. Le calme éternel d'un paysage peint. *Les arbres ne perdront pas leurs feuilles...* Même les gyrophares clignotants d'un véhicule de secours sur le ruban d'une route palpitaient au rythme rassurant d'un chant de grillon.

Et il y a ce moment où, durant le vol, à voir tout ceci avec l'œil du faucon, je me sens comme libéré des détails pénibles : je ne suis pas malade de chagrin, ni moins souple qu'avant, ni jamais seul, je ne suis pas cette personne qui vit avec la nausée d'avoir tué et qui semble destinée à tuer de nouveau. Je suis celui qui survole tout cela et observe de haut. Rien ne peut me toucher.

Il n'y a personne à qui le raconter et pourtant il semble très important de trouver les mots justes pour le dire. La réalité et ce que ça fait de lui échapper. Même encore aujourd'hui, c'en est parfois insupportable tant c'est beau.

Je me demande aussi à quoi ressemble la mécanique qui fait tourner Bangley et tous les gens de son espèce. Il est chez lui dans sa solitude comme la note qui résonne dans une cloche. C'est elle qu'il préfère. Qu'il protégera jusqu'à la mort. Il vit pour la protéger comme le faucon pèlerin vit pour tuer d'autres oiseaux en plein vol. Refuse de parler de ce que la mort et la beauté se font entre elles sous sa carapace.

Je me suis mis à voler dès la première semaine de son arrivée. Il voulait évaluer notre périmètre, les voies d'accès les plus perméables. L'ai fait se glisser sur le siège passager et lui ai donné un casque pour qu'il puisse me parler. J'ai décrit des cercles de plus en plus larges et j'ai pris de l'altitude comme un faucon. Le ciel était dégagé ce matin-là, les ravines encore dans l'ombre et une volée de mouettes d'un blanc aveuglant entre le sol et nous. À treize kilomètres de là et mille pieds d'altitude il a dit

Des druides. Descends d'un tour.

Je n'avais jamais entendu le mot.

Je les ai croisés en arrivant, il a dit. Ils ont la maladie du sang. Hurlaient depuis la cour. J'en ai tué deux qui venaient trop près. Dommage que j'aie pas de bombe incendiaire là tout de suite.

Je lui ai jeté un coup d'œil. Le choc. Ils ne m'avaient rien raconté mais comment pouvaient-ils savoir que ce type finirait avec moi, mon coéquipier.

Quelques-uns des gamins déguenillés sont sortis en courant de l'abri des dindes et nous ont fait signe en sautant dans tous les sens. Bangley a tourné ses épaules voûtées dans le siège trop petit pour me regarder.

Ils te connaissent?

Ouaip. Je leur file des coups de main. Ils sont pas druides. Ils sont mennonites.

J'ai senti son regard sur mon profil puis plus rien. Il n'a rien ajouté de tout le trajet, même pas quand on a volé très bas au-dessus des montagnes et qu'on a vu la neige fraîche s'envoler des crêtes rocheuses.

3

Bref je me demande d'où vient ce besoin de raconter.

Comme pour animer la plus profonde beauté qui serait figée dans une immobilité mortelle. Insuffler de la vie par le récit.

À l'opposé du mode opératoire de Bangley, je crois bien, qui se résume à tuer tout ce qui bouge ou presque.

*

La nuit de l'échange unilatéral de coups de feu où je n'ai pas appuyé sur la détente j'ai dépassé les hangars ouest et j'ai continué de marcher. Jasper a un bon odorat et je savais que s'il levait la tête et qu'il s'inquiétait il se contenterait de me suivre. Je ne voulais pas le siffler, l'arracher à son festin, et je connaissais assez Bangley pour savoir qu'il avait eu sa dose de tuerie pour la nuit et qu'il n'emmerderait pas mon chien. Je n'avais ni lunettes de vision nocturne ni fusil. Bangley porte toujours une arme à la ceinture, je parierais qu'il dort avec. Je ne l'ai jamais vu dormir mais je me demande combien de nuits il a dû passer à nous observer en train de piquer du nez derrière le remblai. Il y a beaucoup de choses chez cet homme qui me foutent la trouille mais ça c'est le pire, le sentiment d'être sans cesse surveillé. J'ai appris à vivre avec comme les Cree du Canada vivent avec les nuées de moustiques. Vivaient. Mais il y a cette peur tenace : s'il décidait que le nombre des attaques avait assez diminué pour pouvoir défendre les lieux seul ou que mes visites aux familles étaient une trop grosse prise de risque, il pourrait nous tuer tous les deux, Jasper et moi, sans entrave, deux coups inratables à cinquante pas de sa véranda. Bref, faut que je sois dingue pour dormir dehors mais bon, si Bangley voulait me tuer il aurait un nombre incalculable d'opportunités de le faire chaque jour alors très vite après son arrivée, j'ai décidé de faire mes choix sans inclure Mister Mort dans l'équation.

Et donc, tandis que je dépassais les derniers hangars à l'ouest et que je m'éloignais de notre unique ampoule allumée sur ma véranda pour pénétrer dans ce qui n'était pas l'obscurité totale de la prairie puisqu'elle était éclairée par les étoiles, je me suis dit que la visite de ces cinq hommes m'offrait un petit moment de répit. Jasper et moi serions indispensables encore un moment, même si Bangley s'était chargé du groupe, de la tuerie, en ne gardant littéralement qu'un seul œil sur les cibles.

J'ai contourné le vieux réservoir d'essence, vert en plein jour et noir à cette heure, une masse surgissant des hautes broussailles d'armoise, et mes pieds ont retrouvé seuls la vieille piste des montagnes. Ma piste. Celle que Jasper et moi avions épuisée pendant neuf ans, celle de Bangley perché dans sa tour. L'aéroport d'Erie ne possédait pas de tour de contrôle, c'était un aérodrome non contrôlé, ce qui signifie que les pilotes devaient se parler et se filer les infos sur leur position selon le vieux protocole d'usage, mais Bangley et moi avions construit notre propre tour à un peu plus de six kilomètres dans la plaine, à mi-chemin entre l'aéroport et la montagne, et cette tour était faite pour tuer. Il nous avait fallu deux mois pour la construire, pour récupérer le bois en démolissant minutieusement un bâtiment massif, moche et moderne sur Piper Lane qui me rappelait certaines écoles primaires des années soixante-dix. On transportait le bois jusqu'au site dans son pick-up qui roulait encore et dans sa remorque couverte, celle avec laquelle il était arrivé, remplie de fusils, d'armes de toutes les races et origines meurtrières imaginables, des mines, des conserves et des munitions. On a aussi sorti un générateur d'un des hangars sans électricité au nord, et on l'a fait tourner à l'Avgas pour qu'il alimente les scies et les perceuses. Bangley n'est pas un charpentier-né et c'est la première et dernière fois que je l'ai vu effectuer un travail manuel avec un tant soit peu d'*éclat*, ses efforts exaltés, je le sais désormais, par la vision des tirs longs et précis qu'il pourrait obtenir avec son calibre .408. Il était impatient de monter au sommet de la plateforme et d'installer la banquette de tir ainsi que le pivot qu'il avait passé des heures à dessiner à son bureau. Un support fixe à part pour son télescope d'observation et un autre pour son télémètre laser. Il ne laissait rien sur place – fusil, télescope ou télémètre. Sauf un anémomètre sur un poteau indépendant où les données ne seraient pas faussées par le vent qui provoquait des bourrasques sur le toit et il laissait aussi ses tables balistiques dans le joli tiroir assemblé en queue d'aronde que je lui avais fabriqué.

Sa distance préférée était quatre cents mètres. Avec ses qualités de tireur, c'était suffisamment près pour garantir la mort ou presque tout en flattant sa fierté. En conséquence de quoi, il y avait un endroit sur la piste où pas mal de gens au fil des ans avaient posé leur dernier regard sur ce triste monde. C'était une zone littéralement baignée de sang. Là-bas, le sol, la terre entre une grande armoise au sud du chemin et un buisson touffu de *rabbitbrush* au nord, était rendu noir par les minéraux de cuivre de tout le sang versé, taché comme une cour ou une allée salie par l'huile de moteur d'une voiture. Cette nuit-là j'ai parcouru les six kilomètres plus ces quatre cents mètres en moins d'une heure. Je n'ai pas remarqué la distance ni vu le temps passer. D'après mon calendrier, nous étions le 21 avril qui, si je me souviens bien, marque un solstice ou un équinoxe, mais à mes yeux tous les 21 du mois sont importants. C'est la date de naissance de Melissa. Vu qu'elle n'aimait pas les fêtes, nous n'en avons jamais organisé. Nous nous faisions des petits dîners, des sushis en général, une forme de nourriture qu'elle considérait comme ridiculement décadente, mais qu'elle adorait tout de même se payer deux fois par an. À la fin, ses préférés avaient disparu du menu, le thon, la sériole et le saumon sauvage, et pour le reste, les prix avaient tellement augmenté que nous avons cessé d'y aller.

Je lui offrais toujours un livre. Un vieux livre relié toujours déniché dans la même section d'une librairie d'occasion où nous avions l'habitude de trouver la série des frères Hardy, *Alice détective*, des éditions moisies et toutes griffonnées du *Hobbit*, les jaquettes colorées, souvent déchirées quand elles n'avaient pas disparu. Mais un motif de l'illustration de couverture était gravé dans le tissu de la reliure elle-même, un cheval cabré ou un vieil élan, et alors nous pouvions fermer les yeux et passer les doigts sur la surface granuleuse et sentir les courbes fines du bronco ruant, les ramifications d'un arbre.

Mon favori était une sorte de guide illustré des animaux de l'étang sur lequel un très jeune enfant avait écrit au crayon sous l'image d'une loutre.

J'aime les loutres

Sous un rat musqué :

J'aime les rats musqués

Un castor :

J'aime les castors

*

J'ai dépassé la tour plongée dans le noir. Au milieu des broussailles le chemin absorbait et renvoyait la lumière de la Voie lactée ce qui faisait ressortir ses méandres. J'ai foulé la zone cible, j'ai foulé une tache noire qui n'était pas l'ombre d'un fourré. Je n'ai pas frissonné ni éprouvé grand-chose. J'ai senti le vent. Il soufflait de l'ouest par la montagne et il aurait dû être froid, annonciateur de neige, mais il était chaud et portait l'odeur de terre et de cèdres des premiers raidillons et celle des épicéas qui poussaient plus haut. Comme un rocher qui émerge de la glace. Lichen et mousse. C'était mon impression. Une odeur de printemps.

À la mi-avril, il était trop tôt pour un vrai dégel, mais aujourd'hui, les anciens marqueurs de saisons relevaient surtout de la nostalgie. On avait eu de la neige en montagne cet hiver mais il y avait eu deux années de suite où les sommets étaient restés secs et où rien n'avait tenu. Ce qui m'effrayait encore plus que les attaques ou la maladie.

Voir disparaître les truites était mauvais signe. Voir disparaître la rivière est une tout autre affaire.

Je pêchais encore dans les montagnes. Les truites avaient disparu parce que les cours d'eau étaient devenus trop chauds, mais j'attrapais des chevesnes et des carpes qui jouaient les naïades au fond comme avant, et je surmontais ma révulsion quand je prenais un chevesne, la résistance de limace qu'on ne pouvait pas qualifier de combat, les lèvres distendues et les écailles. Je me suis obligé à m'habituer au goût et aux arêtes. En l'absence de truites, les carpes avaient appris à occuper la niche et à venir se nourrir davantage à la surface si bien qu'il m'arrivait même de pêcher à la mouche sèche. Je ne les rapportais jamais à Bangley parce qu'il n'aurait pas compris. Les heures passées. Le danger d'être tout entier accaparé par cette activité le long d'une rivière qui était une voie de passage autant pour les animaux que pour les maraudeurs.

Mais je le faisais quand même. Il aurait appelé ça Faire joujou, expression qu'il employait avec mépris pour désigner tout ce qui n'impliquait pas directement notre survie ou le meurtre ou la planification d'un meurtre ce qui revenait au même. *Bordel Hig, me dis pas que t'es en train de faire joujou, là, si ? Nom de Dieu.* Chasser le chevreuil était une chose. La quantité de bonnes protéines pour un trajet réussi divisée par le risque. Il négligeait le fait que je voulais y aller, que j'en avais besoin – monter là-haut, fuir, respirer cet air différent. Il aurait préféré que je déteste ça. Même chose pour l'avion. Il savait que pour moi, voler était quasiment vital, et il n'avait pas assez des deux mains pour compter le nombre de fois où on a sans doute été sauvés par les infos récupérées à la suite d'un vol de reconnaissance, mais peu importe.

Ce n'était pas mon patron, je faisais ce que je voulais, mais il s'assurait de bien me faire sentir sa désapprobation, alors au bout d'un moment il est devenu plus facile de ne pas insister. Histoire de maintenir l'aiguille dans le vert au quotidien.

Je pêchais. Je posais mon sac contre un arbre encore vert. Le kayak converti en traîneau. Mon fusil. Je dépassais les arbres tués par les coléoptères, ces arbres morts encore debout mais qui se brisaient et tombaient les jours de vent fort et je m'enfonçais dans la verdure. Je pêchais toujours dans une parcelle de forêt encore vivante ou qui revenait à la vie. Je posais le sac et respirais l'odeur de l'eau qui coule, de la pierre froide, des résineux et des épicéas, comme les sachets parfumés que ma mère glissait dans le tiroir à chaussettes. J'inspirais et remerciais une puissance qui n'était pas vraiment Dieu, une puissance qui était encore de ce monde. Je pouvais presque imaginer que c'était à nouveau comme avant, que nous étions jeunes et qu'un grand nombre de choses vivaient encore.

J'écoutais la rivière, puis le vent et je l'observais qui faisait se mouvoir les grosses branches sombres. La surface noire d'un petit trou d'eau en contrebas, poudrée de pollen vert. Les racines d'un arbre à nu au-delà de la berge serpentaient sur l'eau et entre elles, de vieilles toiles d'araignée flottaient dans le vent et leurs fils scintillaient au rythme des souffles d'air.

Je sortais les quatre brins de ma canne enveloppés dans de la flanelle, je les assemblais en m'aidant des spigots et tournais les anneaux en métal brillant pour qu'ils soient bien alignés. C'était une Sage, une petite canne pour soie de quatre que je possédais depuis le lycée. Mon père me l'avait offerte pour mes seize ans, quand j'étais venu vivre avec lui. Il est mort d'un cancer du pancréas l'année suivante, avant même de pouvoir me montrer comment m'en servir, mais j'ai appris tout seul et en observant oncle Pete.

Je sortais le moulinet Orvis qu'il m'avait offert avec la canne et que j'avais entretenu et huilé avec soin quand rien d'autre dans ma vie ne fonctionnait correctement, ne fonctionnait tout court. J'insérais le pied du moulinet dans l'encoche en aluminium prévue à cet effet au sommet de la poignée en liège et je serrais le collier. Ce collier entourait la canne ainsi que le porte-moulinet et était estampillé d'un motif en forme de losange qui facilitait l'emprise du pouce et de l'index. Il tournait et se bloquait sans difficulté.

Tout ceci, ces gestes, cet enchaînement de mouvements, le calme, le ruisselet, le gargouillis, le bruissement du cours d'eau et le vent qui soupirait dans les aiguilles des grands arbres. Pendant que je passais la soie dans les anneaux. Ces gestes, je les avais effectués des centaines, sans doute des milliers de fois depuis. C'était un rituel qui n'exigeait pas d'y réfléchir. Comme d'enfiler ses chaussettes. Si ce n'est que ce rituel me permettait d'entrer en contact avec quelque chose qui semblait très pur. Par là j'entends que de tout temps j'avais investi le meilleur de moi-même dans la pêche. Ma concentration et ma prudence, mon acceptation du risque et mon amour. Ma patience. Quoi qu'il arrive. Je me suis mis à pêcher juste après la mort de papa et j'essayais de faire comme j'imaginais qu'il aurait fait. Ce qui est un peu bizarre quand j'y repense maintenant : tenter d'imiter un homme que je n'avais jamais vu manipuler une canne, avec la férocité d'un fils avec qui cet homme n'avait jamais trop eu l'opportunité d'exercer son rôle de père.

Quand ma copine du lycée m'a quitté, je suis allé pêcher. Quand, dans un accès de frustration et de désespoir je ne pouvais plus rien écrire, j'allais pêcher. Je suis allé pêcher quand j'ai rencontré Melissa, osant à peine espérer avoir trouvé quelqu'un que je puisse aimer plus que tout ce que j'avais connu. Je pêchais je pêchais je pêchais. Quand les truites ont été contaminées par la maladie, je suis allé pêcher. Et quand la grippe a emporté Melissa, couchée dans l'Elks Hall converti en hôpital et envahi de mourants sur des lits de camp à cinq cents mètres à peine de chez nous, je suis allé pêcher.

Je n'ai pas eu le droit de l'enterrer. Elle a été incinérée avec les autres. Je suis allé pêcher. Dans le chaos grandissant causé par la pénurie de vivres, les files d'attente de plus en plus longues aux stations essence et les émeutes, j'allais pêcher. À ce moment-là je pêchais des carpes avec des nymphes simplement pour pouvoir être ailleurs et suivre un tronçon de rivière dont je connaissais les méandres et les humeurs aussi bien que le corps de mon épouse défunte.

Durant toutes ces années passées à l'aéroport, j'ai toujours emporté ma canne à pêche dans les montagnes. Je posais mon sac, assemblais la canne, respirais l'air ambiant et Jasper répondait en allant se coucher sur la berge d'où il pouvait avoir une vue de choix sur la scène. Je mettais des bottes légères pareilles à des cuissardes avec des semelles antidérapantes en caoutchouc, et je descendais sur les rochers qui à l'air libre étaient lisses poussiéreux et gris, et je pénétrais dans l'eau. À la seconde où l'eau les couvrait, ces rochers prenaient vie et se coloraient de verts, de bruns-roux et de bleus. Ça me faisait le même effet. Je me sentais revivre. À la seconde où le froid gagnait mes pieds et m'enserrait les tibias.

Je n'utilise plus les cuissardes. J'aime la sensation de l'eau froide qui coule autour de mes jambes.

Je réfléchissais, me remémorais tout cela tandis que je suivais la piste vers les montagnes et me disais que je n'avais pas pêché depuis plus d'un an, pas une fois de l'été, je me demandais pourquoi et me disais que j'aurais dû emmener ma canne et Jasper avec moi, un sac pour la journée, mais pas de fusil histoire de dire merde à Bangley et de ne même pas faire semblant que j'allais chasser. Mais je ne l'avais pas fait. Je n'avais rien. J'avais marché autant de temps qu'il avait fallu à Orion pour retomber vers les montagnes, environ une heure et demie, et je me suis arrêté. J'ai inspiré et j'ai regardé autour de moi pour la première fois et je me suis aperçu que j'étais tout près des premiers arbres des contreforts. Et que j'étais seul. Je suis sorti de ma rêverie et j'ai failli appeler Jasper à l'instant où je prenais conscience que c'était la première fois que je ne l'avais pas avec moi. Une peur terrible m'a glacé les entrailles et j'ai regagné l'aéroport au galop.

4

Le temps s'est vite réchauffé. Le printemps a cédé la place sans opposer de résistance. Deux semaines plus tôt que l'année dernière d'après le calendrier que j'avais tracé sur un tableau du hangar. J'ai évalué qu'il n'y avait plus de risque pour qu'il gèle la nuit, alors j'ai refait les sillons et les semis du jardin, j'ai creusé et planté sous un soleil bienveillant qui me chauffait la nuque et rendait la fourrure du dos de Jasper agréablement chaude sous ma main.

Je plantais tous les ans les mêmes choses : haricots verts, pommes de terre, maïs. J'avais aussi des épinards qui poussaient dans une serre châssis et j'avais lancé un petit plant de tomate.

À la fin, une fois convaincu qu'il valait mieux quitter la ville vite fait, c'est ce que j'ai pris dans mon appentis au fond du jardin. Un panier couvert de terre rempli de paquets de graines et un seau plein de germes de pommes de terre. Ces cinq mêmes plantes, nous en sommes à notre dixième plantation. Il faudrait bientôt que j'échange des graines avec les familles pour que les cultures continuent de bien résister, et j'ignore pourquoi je ne l'ai pas encore fait. Pendant un ou deux ans j'ai utilisé le jardin d'hiver chauffé d'une des grandes maisons pour les semis mais ils ne tenaient pas, le froid finissant toujours par avoir raison de la chaleur accumulée dans le sol en brique. Je n'allais pas non plus installer un poêle pour les maintenir à une température suffisamment élevée. Et puis j'ai construit la serre châssis pour pouvoir avoir des épinards toute l'année et des tomates au printemps. En général, ça fonctionnait. Je plantais les pommes de terre en décalé pour avoir une récolte tardive et qu'elles nous durent l'hiver. Avec ces récoltes, et vu qu'il n'y avait que Bangley et moi, je faisais des conserves avec le surplus et je rangeais les bocaux ainsi qu'un tas de patates au frais dans le sous-sol de ma maison, celle avec l'ampoule. Je ne l'ai jamais dit à Bangley mais je donnais des légumes frais l'été et des conserves le reste de l'année aux familles qui avaient aussi un jardin mais, affaiblis par la maladie, leurs efforts n'étaient pas toujours récompensés.

Au cours de cet après-midi de fin avril, je travaillais au ralenti, profitais de la chaleur et imprégnais de soleil mes os transis par l'hiver. Je parlais à Jasper en même temps.

Il nous faut un monticule, j'ai dit en saisissant la pelle. Il nous faut deux belles rangées pour les pommes de terre.

Jasper a froncé les sourcils, il était d'accord, content de pouvoir rester allongé sur la terre chauffée par le soleil et de superviser les opérations.

Attends, où sont passés les vieux tuteurs pour les haricots ? Où est-ce qu'on les a mis ?

Jasper a dressé les oreilles, la gueule ouverte en forme de sourire. Il n'en savait rien. Il s'en battait les flancs.

Si seulement la vie était si simple, j'ai pensé comme tant de fois auparavant. Aussi simple qu'une vie de chien.

J'ai rehaussé les monticules avec la pelle et j'ai enterré les morceaux de pommes de terre, chacun doté d'un œil. J'ai remis la main sur les éclats de bois que j'utilisais comme tuteurs pour les haricots, les ai enfoncés dans la terre et j'ai tendu trois ficelles entre chaque en guise de treillage d'un mètre quatre-vingts de haut pour les plantes grimpantes. Il y a peu de choses aussi satisfaisantes qu'un mur de haricots dont les feuilles s'agitent au-dessus de votre tête.

Je n'étais pas pressé. Ce que nous ne plantions pas aujourd'hui nous le planterions demain. Serait sans doute même assez doux pour planter le maïs. Nos ombres dessinaient des flaques vers le nord à midi et s'étiraient sur les sillons tandis que le soleil printanier transitait vers le nord-ouest. Je chantonnais un air assez discordant. Melissa me taquinait toujours sur cette pseudo-mélodie inconsciente que je répétais jour après jour quand je travaillais. Toujours la même non-chanson. Le réconfort. J'ai creusé un petit chenal pour les haricots, j'y ai déposé les graines que j'ai ensevelies et j'ai tassé la terre fermement. La poussière me couvrait les poils des bras et me salissait la figure davantage chaque fois que je me frottais le nez du dos de la main. J'ai siphonné l'étang formé par la rivière, dirigé l'eau vers la petite rigole en haut du potager et j'ai pratiqué quatre ouvertures du bout de la pelle pour laisser couler l'eau dans les sillons. Les ruisseaux argentés dans la terre retournée sont devenus aussi rouges que de la lave en fusion sous le soleil de fin de journée. Tachant le sol de part et d'autre. À minuit, tout le jardin serait détrempé.

J'étais fatigué. Je planterais le reste le lendemain, les tomates et le maïs. Et le surlendemain, s'il faisait assez bon, Jasper et moi prendrions le traîneau sans oublier la canne à pêche, cette fois, et on irait en montagne chercher un jeune chevreuil.

Les chevreuils s'aventuraient jusque dans les plaines mais devinaient qu'il valait mieux rester à l'écart de l'aéroport et ma traque dans la prairie n'avait pas donné grand-chose. J'étais un chasseur de montagne et de toute façon je voulais monter là-haut avant que les rivières soient trop hautes.

De temps en temps, Bangley s'installait au premier étage de sa maison derrière un sac de sable posé sur une fenêtre ouverte et pratiquait le tir de précision. Il a tué deux loups gris à une très grande distance et du coup, eux aussi se tiennent à carreau. Avec leur fourrure, il s'est confectionné une capuche pour son manteau militaire d'hiver et la porte comme un trophée.

Je me suis éloigné du potager tout neuf pour regarder le soleil toucher les montagnes, rougir la terre bêchée et les filets d'eau, et je peux affirmer qu'il y avait dans ce tableau quelque chose d'émouvant qui ressemblait à de la joie.

Je n'aurais jamais appelé ça comme ça. Pas à l'époque. Par peur. Maintenant, oui.

Allez, Jasper.

J'ai planté la pelle dans la terre molle pour le lendemain, pris le chemin du hangar et j'ai entendu l'applaudissement sourd de Jasper qui s'ébrouait avant de me rejoindre au petit trot.

*

Deux jours, j'ai dit. Peut-être trois.

J'ai enfoncé le sachet hermétique de quatre litres avec la viande séchée de Jasper au fond de mon sac. Long silence par-dessus la nausée. Mon oncle Pete me disait, On peut s'habituer à enjamber une chèvre morte sur le pas de sa porte. Mais le cadavre d'un humain ?

Pourquoi trois ? a demandé Bangley.

Dans le sac j'ai fourré ma veste en duvet, la grosse veste marron toute tachée que j'avais achetée chez Cabela's un peu avant mes trente ans et que j'ai toujours emportée avec moi en forêt. Pardessus, j'ai mis les sachets de ma propre viande séchée, du gibier, la bâche en nylon que j'utilisais comme abri, et un rouleau de corde de parachute.

Pourquoi deux, trois ? La neige manque pas Hig. Les chevreuils seront sûrement plus bas.

Je ne trouvais pas de prétexte alors j'ai dit : Pendant ma dernière sortie en novembre, j'ai vu les empreintes d'un élan. Je te jure. Je sais que tu penses que je délire mais je les ai vues. Des empreintes comme celles d'une grosse vache. Je veux vérifier. T'imagines, on pourrait avoir un élan.

Je ne l'ai pas regardé. Silence.

Nous étions comme un couple marié devenu incapable de franchise sur les sujets les plus importants. Je n'avais jamais menti à Melissa sauf sur ma conviction qu'elle se remettrait de la grippe. Elle savait que c'était un mensonge et ne me l'a pas reproché. De toute façon, elle était trop malade pour s'inquiéter de savoir si oui ou non elle allait survivre. Elle avait des nausées et une diarrhée qui rappelaient la dysenterie et les poumons encombrés comme avec une pneumonie, c'était terrifiant. À la fin elle voulait juste que ça s'arrête. Oreiller, elle a murmuré. Elle avait les yeux vitreux, dans le vague, les cheveux trempés de sueur, sa main terriblement légère, presque desséchée sur la mienne. Et froide. Oreiller. Je pleurais. J'ai tenté de toutes mes forces de me retenir, de ne pas pleurer alors que je voyais mon univers, ce qui comptait le plus dans cet univers, m'échapper. À moitié pris de panique, je peux le dire à présent, j'ai ajusté un oreiller derrière sa tête, pas certain de ce qu'elle voulait ajuster, pour qu'il la redresse un peu et lui soulève la tête.

Non, elle a chuchoté. Respirait à peine. Sa main a gratté le dos de la mienne presque comme une griffe, comme si elle essayait de l'agripper mais n'y parvenait pas.

Utilise-le.

Je la dévisageais.

Hig. Deux, trois respirations courtes, incapable de trouver assez d'oxygène. S'il te plaît.

Ses yeux vitreux, encore bleu-gris, que j'ai toujours comparés à une mer calme par temps nuageux, s'assombrissaient et s'efforçaient de se concentrer sur les miens.

S'il te plaît.

S'il te plaît.

J'ai parcouru du regard le hall rempli de lits de camp à la recherche d'un médecin ou d'une aide-soignante, dans l'espoir désespéré d'empêcher l'inévitable, mais ils étaient presque tous malades ou bien ils commençaient à vomir et à tousser, on aurait dit une sorte de cercle de l'enfer, il n'y avait personne. Une puanteur, le vacarme les quintes de toux et la maladie.

Sa main a griffé la mienne ses yeux qui refusaient de quitter mon visage.

Je lui ai doucement redressé la tête pour prendre l'oreiller et je l'ai reposée sur le drap sale et j'ai dit je t'aime. Plus que tout dans cet univers. Son regard était plongé dans le mien, elle n'a pas dit un mot alors je lui ai couvert le visage, j'ai utilisé l'oreiller. Contre ma propre femme.

Sa poitrine s'est soulevée deux fois, elle a résisté, griffé légèrement, s'est immobilisée. Le vacarme du hall n'a pas amoindri les gémissements et les quintes de toux. N'a pas cessé.

Je l'aimais.

Voilà avec quoi je vis encore aujourd'hui.

Devant mon lit brille la lune
Serait-ce sur le sol du givre ?
Je lève la tête, contemple la lune
Je baisse la tête, pense à mon village natal

Qu'est-ce qui va pas Hig ? a dit Bangley. T'as l'air bizarre.

Je me suis secoué. Comme le fait Jasper.

Rien.

T'as peut-être besoin de vacances Hig. T'as travaillé trop dur dans le jardin. Mon avis c'est que l'humain était pas fait pour devenir fermier. C'est de là que tout a commencé à merder.

Il voulait dire, Fais une pause va t'allonger dans le hamac à l'ombre de la maison. Accroché entre deux arbres d'ornement, une épinette de Norvège et un tremble qui m'ont toujours paru un peu perdus ici-bas, comme s'ils agitaient leurs branches avec convoitise vers les montagnes auxquelles ils appartiennent.

J'ai respiré. Ouais, tu as peut-être raison. Mais écoute je voudrais monter là-haut. Au cas où il y aurait des élans. Bon sang. On serait comme des rois.

On est déjà comme des rois Hig. Il aura fallu la fin du monde.

Il s'est mis à rire. Gravement, un peu comme une toux. Désagréable.

Il aura fallu la fin du monde pour faire de nous les rois d'un jour. Pas vrai Hig ? Les capitaines de notre destin. Ha !

Puis il s'est mis à tousser pour de bon. Une quinte rapide. Une fois calmé il a dit, Dans ce cas vas-y. Pêche un coup. *Va faire joujou.* Va te détendre. Rapporte un beau fantôme d'élan. Mais rapporte aussi un chevreuil, hein Hig. Un truc qu'on puisse manger.

Il m'a adressé son large sourire figé, m'a dévisagé avec ce regard brillant comme les cailloux sur le lit d'une rivière.

Pas plus de trois jours. Je rigole pas, là. Chaque journée que tu passes loin d'ici pour tes conneries nous rend vulnérables.

J'ai penché la tête sur le côté et je l'ai regardé. C'était la toute première fois qu'il reconnaissait mon utilité.

Je ne dors pas si bien, il a dit. Pour être honnête.

Il a toussé une fois de plus et a craché par la porte du hangar. Allez, bonne chance, il a dit et il s'est éloigné.

Il ne dort pas bien quand je ne suis pas là. Comme une épouse. Sacré Bangley. Juste au moment où je rêvais de le voir rayé de la carte.

*

Nous partirions le lendemain avant le lever du jour. Je pouvais parcourir les treize bornes sous les étoiles froides et atteindre les arbres quand l'air virerait au gris granuleux. J'avais préparé un sac pour trois jours même si je savais qu'il faudrait plus dans le cas où on croiserait un élan. Bangley devrait se débrouiller. Je pouvais attacher le sac dans le traîneau et le traîner mais j'ai préféré avoir un sac léger sur le dos et garder le traîneau quasi vide derrière moi à l'aller. Comme je connaissais les ruisseaux et que je pouvais passer d'un point d'eau à l'autre, je n'ai pris que deux bouteilles.

J'ai décidé de faire un dernier vol. À la fois pour repérer le gibier et pour donner à Bangley un jour supplémentaire de sécurité dans les trois directions. C'était un bel après-midi, avec une brise légère qui effleurait à peine les montagnes, il faisait chaud au soleil mais un froid quasi hivernal dans l'ombre du hangar. La cuisinière était en route, la bouilloire posée dessus, fumante. J'ai fait du thé avec les fleurs d'été, les feuilles que j'avais séchées : fraises sauvages, mûres, menthe et me suis assis dans le *Valdez*, le fauteuil inclinable que j'avais récupéré dans la salle de jeux d'une des grandes maisons. Il portait le nom du pétrolier d'Exxon qui avait provoqué une marée noire en s'échouant sur les côtes de l'Alaska.

C'était un fauteuil inclinable à deux places sans doute prévu pour un couple, mais à présent il était pour Jasper et moi, doté d'une manette de chaque côté et recouvert d'un sublime cuir de veau. Il était très doux. J'ai étendu un vieux *quilt* familial sur la place de Jasper, un patchwork dans les bleus et jaunes représentant une série de cabanes en bois composées de carrés et de triangles en tissu imprimé, chaque morceau différent mais tous dessinant un panache de fumée montant d'une cheminée en cachemire ou à pois ou à rayures colorées de sorte qu'on aurait dit un village fantaisiste s'étendant avec régularité sur un paysage géométrique de champs et de cultures en fleurs à une heure de fin de journée quand tout un chacun est rentré chez soi et profite de la chaleur d'un feu de bois. Comme nous. Il était réconfortant de regarder ces motifs et réconfortant d'être installé dans le fauteuil profond à recevoir les vagues de chaleur dégagées par la cuisinière, à boire du thé en position mi-allongée.

Je pouvais presque imaginer que nous étions revenus au temps d'avant, que Jasper et moi avions effectué un long voyage et nous nous apprêtions à rentrer, que tout me reviendrait, que nous ne vivions pas dans le sillage d'un désastre. Qu'exceptée la vie, nous n'avions pas tout perdu. Même impression qu'hier dans le jardin. Ça me prenait parfois : que tout ça me convenait. Juste ça. Que la simple beauté n'était toujours qu'à peine supportable et que si je parvenais à vivre dans l'instant, du jardin à la cuisinière au simple fait de voler, j'arriverais à trouver la paix.

À croire que je vivais dédoublé, que ce dédoublement était la virulence, la ténacité de la vie, avec ses bleus et ses verts qui se déployaient sur le camaïeu de gris de la mort, et que je pouvais basculer de l'un à l'autre, y entrer ou en sortir aussi facilement que j'entrais dans l'ombre froide du hangar ou en sortais. Je pouvais aussi ne pas bouger, et l'ombre passait comme celle d'un nuage qui me donnait la chair de poule avant de disparaître.

La vie et la mort étaient indissociables. Voilà ce que j'ai compris. La mort était en nous tous, attendait les nuits plus chaudes, un système corrompu, un parasite, comme pour ces forêts noires qui agonisaient désormais à flanc de montagne. Et la vie était contenue dans la mort, aussi virulente et tenace que la cellule souche d'une grippe. Comme il se doit.

C'était la mémoire qui me déconcertait. Je m'efforçais de ne pas me souvenir et je ne cessais pas de me souvenir.

Spencer était son nom. Aurait été. Sophie si ç'avait été une fille. Très *british*. Au cours du deuxième trimestre nous avons décidé que nous voulions savoir. La famille de Melissa était écossaise. Elle est arrivée de Melrose à sept ans, s'est retrouvée dans une école primaire de l'ouest de Denver où on lui demandait de répéter des mots comme *arithmétique* devant toute la classe, ce qui faisait ricaner les autres gamins tandis que les enseignants succombaient au charme de son accent. Accent qu'elle a totalement perdu en deux mois, m'a-t-elle dit. S'adaptant comme seul un enfant de sept ans en est capable.

Le nom de son père.

Pas malade, pas une seule fois, durant tous ces mois. Jamais de nausées. Pas la moindre envie d'avocats et de crème glacée.

Elle n'aimait pas chasser mais adorait pêcher. Elle m'accompagnait quand elle pouvait. À sa façon, elle était meilleure que moi. Son lancer manquait de longueur et de précision mais elle savait mieux que personne se mettre à la place de la truite. Elle se tenait au bord d'une rivière et se contentait de respirer, de regarder les insectes qui traversaient les rais de lumière.

Les guides, ces grands malades, avaient l'habitude de purger l'estomac de leur premier poisson avec un tube de caoutchouc pour voir ce qu'il venait de manger. Comme si d'être attrapé, pris dans un filet et maintenu dans l'air brûlant n'était pas assez traumatisant. Ensuite ils remettaient le poisson à l'eau, mais survivait-il à une telle opération ? Eux prétendaient que oui, moi j'en doute. Melissa ne faisait rien de tel. Elle assemblait les brins de sa canne, passait la soie dans les anneaux jusque dans celui du bout, tirait dessus pour que le moulinet en dévide une bonne longueur qu'elle faisait ensuite glisser entre ses doigts fins jusqu'au bas de ligne et à sa pointe, après quoi elle remontait la visière de sa casquette des Yankees et me demandait.

Hig qu'est-ce que je mets ?

J'étudiais les moucherons qui voletaient dans le soleil ou qui formaient une nuée à la surface, je retournais quelques pierres pour examiner les larves.

Une Copper John en pointe, un hameçon de dix-huit, une Rio Grande King assez grosse au haut du bas de ligne.

Elle arrondissait la bouche et me regardait comme si je me moquais d'elle. Puis elle mettait une nymphe et une Elk Hair Caddis. Une grande et une petite, tout le contraire. Ou bien elle choisissait une Purple Wooly Bugger, celle avec une tête plombée, qui imitait les poissons nageurs, ce qui revenait à opter pour une stratégie totalement différente.

Pourquoi tu me poses la question ? je lui demandais. Moi je crois que tu poses la question pour faire exactement le contraire après.

Son sourire, soudain éclatant, était un de mes plus grands plaisirs au monde.

Ce n'est pas pour te manquer de respect Hig. Je fais une étude. J'évalue mes idées en fonction de celles du meilleur pêcheur que je connaisse.

La flatterie, maintenant. Je rêve. Allez, tais-toi et pêche.

Elle me dépassait, en général. Sauf dans les grosses rivières, la Gunnison, la Green, la Snake où il était plus avantageux d'avoir un long lancer. On a eu une grosse dispute lors de notre dernière partie de pêche.

J'ai siroté mon thé. J'ai réalisé que Jasper possédait plus de couvertures que n'importe quel chien de l'histoire. Il avait sa couverture avec les cabanes pour le *Valdez*, sa couverture pour l'avion avec le chien de chasse, sa couverture pour dormir dehors avec les personnages inventés par le Dr Seuss. Il était couché sur le côté, l'arrière-train contre moi, les pattes qui dépassaient du fauteuil et il ronflait.

Est-il possible d'aimer si désespérément que la vie en devient insupportable ? Je ne parle pas d'un amour à sens unique, mais de ce qui suit le moment où l'on *tombe* dans l'amour. Quand on baigne dedans et que l'on est saisi de désespoir. Parce qu'on sait qu'il finira, parce que c'est ce qui arrive. La fin.

Au début, je buvais. Tout ce qui pouvait se manger, chevaux compris, a été consommé durant la première année, mais il restait toujours de l'alcool dans les placards et les sous-sols. Bangley et moi nous en servions pour désinfecter les coupures. Bangley ne buvait jamais, c'était contre son Code de conduite. Je ne sais pas vraiment s'il se considérait comme un soldat ou même comme un guerrier, mais il était un Survivant avec un grand S. Le reste, ce qu'il avait été durant les rigueurs de sa jeunesse, je crois qu'il l'envisageait comme une préparation à quelque chose de plus élémentaire et de plus pur. Toute sa vie il avait attendu la Fin. S'il buvait avant il ne buvait plus maintenant. Il ne faisait rien qui ne soit lié à sa survie. Je pense que s'il mourait de quelque chose qu'il ne considère pas comme une Cause Naturelle légitime, et s'il avait un moment de lucidité avant de sombrer dans les ténèbres, il serait plus déprimé d'avoir perdu la partie que de voir sa vie toucher à son terme. De ne pas avoir fait plus attention aux détails. D'avoir été moins malin que la mort ou pire, qu'un autre gueux endurci par l'holocauste.

Parfois je me dis que la seule raison pour laquelle il ne se débarrasse pas de moi est pour avoir un témoin de sa prouesse, survivre à chaque journée. Je me demande si le numéro qu'il m'a joué l'autre jour n'était pas dans le seul but de me faire comprendre que c'était lui. Lui qui garantissait notre survie au jour le jour. Oublie pas, Hig.

On m'a raconté une blague sur un naufrage, une fois. Ça remonte à loin, à l'époque où les posters de Cindy Crawford décoraient les chambres de tous les adolescents. La cover-girl des cover-girls, le parangon de la sexitude. Bref, elle part en croisière mais son paquebot coule après avoir heurté un récif dans les Caraïbes. Elle se retrouve sur une île déserte avec mon pote Jed. Les deux seuls survivants. Ils sont sur la plage, baptisés par l'écume des vagues, en haillons, à moitié nus et ils se regardent dans le blanc des yeux, saisis par l'inquiétude croissante de leur solitude unique, mais l'amour leur tombe dessus comme des noix coco de leur arbre. Ils tombent éperdument amoureux. Heureusement, l'île regorge de fruits prêts à être cueillis, une délicieuse eau fraîche y coule, les huîtres et les poissons se jettent dans leurs filets, si bien que survivre est une partie de plaisir, ce qui leur laisse du temps libre pour se dévorer des yeux et s'ébattre avec une intensité que seule l'apocalypse peut offrir (enfin, j'imagine). Au bout d'environ une semaine, Jed dit, Cindy?

Ahh. Hmmm. Oui, mon étalon musqué.

J'ai une faveur à te demander.

Bien sûr, mon marteau-piqueur en papier de verre. Pour toi, rien ne m'est impossible.

Tu pourrais porter mon chapeau de cow-boy quelques jours?

Bien sûr, pourquoi pas!

Le lendemain, il dit : Cindy?

Oui, choupinou?

J'ai une faveur à te demander.

Tout ce que tu veux mon petit fruit de la passion.

Tu pourrais prendre un bout de charbon et te dessiner une moustache?

Euh… Bon, pourquoi pas, mon gros kumquat. Pour toi, je suis prête à tout.

Le lendemain, ils font l'amour pendant tout un cycle de marées. Alors qu'ils sont assis sur un banc en écaille de tortue à regarder un orage passer sur l'eau azuréenne, Cindy portant toujours son chapeau et la moustache, Jed lui dit, Chérie ?

Oui, mon bichon.

Est-ce que je peux t'appeler Joe ?

C'est-à-dire que, oui, mon requin-marteau plongeant.

Alors Jed la prend par les épaules et la secoue.

Joe, hurle-t-il. Joe ! Joe ! Je me tape Cindy Crawford !

Elle me fait encore marrer. Impossible de ne pas penser à Bangley et moi, ce qui est tout de suite moins drôle. Il veut que je sois Joe pour pouvoir montrer à quel point il est doué pour la survie. *Tu trouves pas que je gère cette histoire de survie à la con comme une bête, Hig ?* Il ne m'a jamais parlé de son enfance à part pour dire que ce n'était pas ce que je croyais, mais j'imagine que sa mère, s'il en a eu une, devait être super difficile à impressionner.

Enfin. J'imagine. Je raconte ça à Jasper qui a bougé et a maintenant la tête qui pend du *Valdez* mais qui continue de ronfler. Je pose la main sur ses côtes là où la fourrure est moins épaisse et je le caresse.

Allons faire un tour dans les airs.

*

C'est la fin d'après-midi, mon moment préféré après l'aube. Je fais le plein. La pompe possède son propre panneau solaire. Avant, elle avait une batterie et un inverseur mais la batterie est morte alors je l'ai branchée directement à l'inverseur et maintenant je peux faire le plein s'il y a du soleil ce qui est le cas maintenant. J'ai une pompe manuelle au cas où, mais c'est une tannée à utiliser.

Je grimpe sur une échelle et je remplis les réservoirs par les soupapes d'admission au sommet de chaque aile, et c'est vraiment chiant de devoir pomper à terre et de vérifier le niveau d'essence qu'on ne peut voir qu'en montant sur l'aile et en regardant directement par le trou de remplissage. Je peux faire une estimation sans trop me planter, mais il est beaucoup plus simple de rester là-haut, d'appuyer sur la gâchette de la pompe, d'entendre le ronronnement électrique rassurant et le cliquètement des chiffres qui défilent sur le compteur comme avant quand on faisait le plein d'une voiture.

Avant. Encore beaucoup d'essence disponible dans le monde mais le problème c'est que le fuel tourne en deux ans. L'Avgas que j'utilise reste stable pendant environ dix ans. Donc je m'attends à être à sec un de ces jours. Je peux mettre de l'additif et le chouchouter encore une dizaine d'années. Ensuite il faudra que je cherche du *jet fuel*, c'est-à-dire du kérosène qui a une durée de vie en gros infinie. Je sais où il y en a, le plus près. Je sais qu'à l'heure actuelle je suis la seule personne qui sache, ou du moins qui sache le sortir. Mais chaque fois que j'atterris à l'aéroport de Rocky Mountain je me sens plus vulnérable que n'importe où ailleurs. Il est trop grand. Un grand et vieil aéroport comptant des dizaines de bâtiments, de hangars, des ateliers, et des pompes et leurs vannes de remplissage en extérieur.

Quand j'en arriverai là, Bangley et moi organiserons un *pow wow*. Peut-être qu'il nous faudra lever le camp. Je n'arrive pas à l'imaginer. Ou peut-être qu'il faudra que je l'emmène avec moi pour me couvrir chaque fois que je ferai le plein, ce qui représenterait une sorte de fête pour lui mais laisserait Erie à l'abandon pendant au moins une demi-heure.

Jasper est assis sur son siège et j'ai longé lentement les rangées de jets privés cloués au sol. Ils ont tous des pneus crevés et pourris, beaucoup ont le pare-brise fêlé à cause de la grêle. D'autres ont leurs cordages usés et rongés par les vents puissants, et certains se sont rentrés dedans et se sont renversés sur la rampe ou plus loin. Au printemps dernier, une bourrasque a fait se détacher un

Super Cub qui a terminé sa course dans la baie vitrée au premier étage d'une des belles maisons de l'autre côté de la piste, sur Piper Lane, un nom prémonitoire. Le panneau d'indication vert pareil à une pierre tombale préimprimée.

Pourquoi est-ce que je ne vole pas sur un des Super Cub ou des Husky ? Sur un de ces étroits tandems (un siège devant, un autre à l'arrière), un appareil plus agile capable de descendre en piqué et d'atterrir sur une courte distance, capable, pour résumer, d'atterrir et de décoller sur un terrain de tennis ? Pourquoi est-ce que je vole sur ce Cessna quatre places vieux de quatre-vingts ans ?

Parce que les sièges sont côte à côte. Ce qui permet à Jasper d'être mon copilote. La vraie raison. Quand je pilote je lui parle et je ne me lasse pas de voir que pendant tout ce temps il fait semblant de ne pas écouter.

On roule entre les appareils. Il y a de vieux et beaux avions. Les rayures de couleurs, les bleus les dorés les rouges qui s'estompent. Les chiffres. Celui sur lequel je volais avant, un petit avion de fabrication artisanale, avait un cockpit dont la verrière s'ouvrait vers le bas et reposait le nez sur le tarmac comme un oiseau perdu, les étoiles de l'US Air Force peintes sur le fuselage transformées en traînées délavées par le feu. Il avait été construit par un ami de longue date, Mike Gagler. Un pilote de brousse en Alaska qui a fini pilote de jet pour des compagnies aériennes et qui construisait des avions pendant son temps libre. N'a jamais rien fait comme tout le monde, c'était presque une question de principe. Il est mort dans les débuts avec sa famille dans une maison jaune que j'aperçois depuis la porte ouverte du hangar. Il a refusé d'aller à l'hôpital, prétextant que ce n'était qu'une façon pour le gouvernement de regrouper les morts dans un seul endroit. Il est mort en dernier, par la force de sa volonté, pour que sa femme et ses deux filles aient quelqu'un qui les tienne dans ses bras. Je les ai enterrés tous les quatre avec la tractopelle de l'aéroport quand elle marchait encore.

Dans les débuts je le faisais voler, le RV-8 de Mike, et j'ai brûlé de l'essence pour rien. Je laissais Jasper seul et anxieux à côté des pompes, je filais droit vers le soleil, je n'arrêtais pas de tirer sur le manche jusqu'à ce que le ciel roule sous moi et que l'horizon s'abaisse sur ma tête comme la visière d'un casque. De grands loopings arrière et lents qui donnaient la nausée et des tonneaux rapides. Je le faisais parce que je ne savais pas quoi faire d'autre.

Ensuite je rasais la piste à trois mètres et voyais Jasper assis qui ne bougeait pas et me suivait des yeux et même à cette vitesse je savais qu'il était inquiet et peiné que je prenne le risque de le laisser tomber comme tout le reste, alors j'ai arrêté.

Constatant que la manche à air à mi-piste se gonfle avec mollesse et flotte en direction du nord, je tourne au sud sur le taxiway, je mets les gaz et on décolle. Le truc, quand tout le monde meurt, c'est que vous n'êtes plus obligé de prendre la piste qu'on vous désigne.

On ne désigne plus rien. Sans Bangley, j'aurais oublié mon nom.

*

J'imagine qu'on va effectuer le grand circuit et puis qu'on s'arrêtera pour un Coca. On ira jeter un coup d'œil aux prairies sous Nederland, sous les sommets du Divide, on volera en spirale convergente, on vérifiera les routes et les deux pistes tant que la lumière sera bonne, on garantira à Bangley au moins une journée sans visiteur d'aucune des trois directions, puis on se posera à la fontaine de soda et on en rapportera deux caisses. Seulement huit minutes au nord-est vers Greeley. Un gage de réconciliation. En forme de canettes et de bouteilles en plastique boursouflées. Grâce à ma lampe frontale, j'ai aperçu des caisses de Dr Pepper au fond du semi-remorque, alors peut-être qu'il est temps de lui faire la surprise, comme si c'était Noël. Je vois bien Bangley boire du Dr Pepper. Une caisse de Sprite pour les familles, une occasion d'aller les voir, ça fait quelques semaines. Tandis que nous virons à gauche en direction du nord, le soleil déclinant se déverse à travers la vitre comme de la matière en fusion.

J'ai regardé en dessous, le lotissement au nord de l'aéroport en forme de sucettes avec leurs allées et leur cul-de-sac, et si je louche pour flouter les maisons qui ont brûlé, je peux imaginer que c'est une soirée printanière comme une autre.

Je continue la montée vers l'ouest, stabilise à huit cents pieds et je commence ma patrouille.

*

Rien. Rien de tout le trajet. Routes désertes. Heureusement. Elles le sont en général. S'il y avait eu des maraudeurs ça aurait tout gâché, retardé notre partie de chasse. J'aurais fait une descente en piqué, coupé le moteur et passé l'enregistrement. J'ai quatre chansons sur le lecteur CD branché à l'ampli et aux haut-parleurs : elles ont pour titre
Retournez vers le nord ou mourez
Retournez vers le sud ou mourez
Retournez vers l'est ou mourez
Retournez vers l'ouest ou mourez.

Les paroles sont faciles à retenir : c'est le titre répété en boucle. Suivi par l'exhortation : Nous savons que vous êtes là. Vous terminerez en pâtée pour chien comme tous ceux qui vous ont précédés.

Bangley m'a fait ajouter la dernière phrase.

Ça va pas être possible, j'ai dit. Inutile et répugnant.

Bangley s'est contenté de me dévisager, son sourire à moitié formé.

C'est pourtant le cas, non ? Hein, Hig ?

Ça m'a atteint comme un coup de poing.

Ajoute-la. On envoie pas des invits pour le bal des débutantes.

Dans l'ensemble c'est efficace. Face à tant d'inconnues, tant de dangers mortels surmontés, les visiteurs ne peuvent pas ne pas imaginer qu'une phalange de Mongols les attend à l'aéroport pour les mettre en pièces. Ce que nous sommes, j'imagine. Une phalange de deux. Non, trois. Et ils doivent penser : Ces types ont des avions, des haut-parleurs, un enregistrement, qu'est-ce qu'ils ont d'autre ? On a Bangley, je crois. Et vous n'avez aucune idée de ce que ça veut dire. Alors déconnez pas et cassez-vous.

Si ça ne les convainc pas, je suis devenu assez bon pour tirer avec l'Uzi de Bangley depuis ma vitre gauche. J'essaye de ne blesser personne mais n'y arrive pas toujours.

On m'a tiré dessus quatorze fois. Trois balles ont traversé le fuselage. La plupart des gens ne savent pas comment tirer sur un avion. Ils ne nous plombent jamais assez.

Personne à l'horizon. La route 7 est dégagée, la 287, l'autoroute. Notre piste vers l'ouest. Le soleil s'engouffre dans Boulder Canyon, effleure la crête des Flatirons. C'était notre randonnée d'une journée préférée, la piste qui suivait la base des blocs de pierre, du temps où. Au nord, le mont Evans rougit sous une neige ensanglantée. Mal évalué le temps, pas le temps de contrôler les collines si je passe récupérer du soda. À vrai dire je n'ai pas besoin de les contrôler. Je le fais parce que c'est magnifique de survoler les contreforts à basse altitude, mais nous savons où se trouvent les chevreuils. Si on doit croiser des empreintes d'élan ce sera au sol. Je vire vers l'est et file tout droit sur l'usine électrique de Saint Vrain au sud-ouest de Greeley. C'est un semi-remorque à train double échoué en travers d'une route de campagne et d'une allée qui conduit à une ferme. Je le vois à huit kilomètres. Les flancs sales rouge et blanc qui accrochent le soleil comme un panneau publicitaire. Attaqué pour sa cargaison d'eau potable, j'imagine, l'eau minérale et le soda. La première fois que j'ai vu le camion il ne me serait sans doute pas venu à l'esprit de me poser si je n'avais pas vu les cinq cadavres éparpillés autour. Et un autre qui retombait à moitié par la vitre du conducteur. Devant ce spectable de fusillade, j'ai réduit les gaz et j'ai fait demi-tour. J'ai perdu en réactivité j'en suis sûr. Parfois ce n'est que de la brume et des chevaux hirsutes. Mais même à cette hauteur les corps étaient parlants et le camion lançait un appel fort. Réfléchis, Hig. Fusillade autour d'un camion de Coca.

Ce qui nous a procuré notre friandise mensuelle.

Lors de ce premier passage, la surface de l'étang de la ferme à l'est du semi-remorque dessinait un croissant lisse et noir le long de la berge nord tandis que le vent frisait le reste de l'eau si bien que j'ai viré pour atterrir sur la ligne jaune pointillée vers le nord avec un vent de face. Je suis descendu et me suis tourné pour attraper Jasper qui attendait, tout tendu et excité sur mon siège, et je l'ai déposé à terre. J'ai tiré les cadavres par les bottes dans le fossé herbeux pour que Jasper puisse… M'étais aperçu très vite que c'était plus facile comme ça qu'en les prenant par les bras.

Les portes du dernier conteneur étaient fermées par un cadenas, un simple cadenas en laiton. Je me suis rendu à la ferme, j'ai traversé une cour boueuse et j'ai trouvé une pince dans le garage du tracteur.

Ce n'est que des mois plus tard que j'ai eu l'idée d'emmener Bangley en avion pour qu'il ramène le camion directement à l'aéroport. Entre-temps, j'avais pris goût au fait de rapporter quelques caisses à la fois. Entre-temps, j'avais décidé de faire durer le plaisir jusqu'à la fin de notre existence. Nous avions si peu de choses à célébrer.

Ce n'est que bien plus tard aussi que j'ai réalisé qu'entre-temps, que si cet entre-temps durait des années, les canettes pourraient être foutues par le gel et le dégel. Pas grave. Ça restait le meilleur système.

Cette première fois, j'ai chargé trois caisses dans la Bête et j'ai verrouillé les portes. J'avais enclenché les deux magnétos pour démarrer quand je suis redescendu de l'appareil et que je suis allé attacher un pan de chemise rouge appartenant à un des hommes à une borne pour avoir l'indication du vent. Borne des sept kilomètres. Je m'en souviens encore. Criblée de trois trous d'un calibre .22 regroupés sur moins de dix centimètres. Pas mal. Sans doute le garçon de la ferme s'entraînant pour les chiens de prairie.

Aujourd'hui aussi, il vient du nord. Le vent. Il a tourné de cent quatre-vingts degrés en moins d'une heure ce qui est courant à cette époque de l'année. J'ai déjà vu les manches à air d'Erie chacune à un bout de la piste pointant dans des directions opposées, ce qui rend l'atterrissage intéressant.

Une ligne de poteaux téléphoniques courait sur le côté est de la route. Peu importe, ils étaient bien en retrait. Quant aux petits jalons avec les réflecteurs et les bornes, les ailes passaient loin au-dessus. Mon premier instructeur m'avait expliqué qu'en cas d'atterrissage d'urgence une route était presque toujours assez large si on atterrissait bien au centre, presque toujours assez éloignée des divers poteaux ou panneaux. Ce qui était risqué, c'était une piste qui avait l'air bien large. Le panneau qu'on ne voit pas et qui peut bien être celui qui vous accroche une aile et vous envoie valdinguer.

Quand même j'ai viré à gauche pour une finale face au vent, très haut, et je suis descendu en pleins volets au milieu de la voie de gauche en me repérant par rapport à un grand peuplier de Virginie, puis alors que l'horizon approchait, que la route montait vers moi, j'ai arrondi et j'ai tiré délicatement très délicatement le manche vers ma poitrine pour réduire la vitesse et j'ai rebondi légèrement au moment de toucher tandis que retentissait l'avertisseur de décrochage. Même après toutes ces années, le frisson d'un bel atterrissage est toujours là. J'en ai souvent fait dans cette direction et je sais que je n'ai même pas besoin de freiner, qu'il me suffit de maintenir une trajectoire quasi horizontale et de laisser l'avion rouler jusqu'à l'allée et le camion.

Un petit coup de frein, Jasper assis sur l'épaisse couverture en position de copilote et légèrement projeté vers l'avant, rétablit l'équilibre sur ses pattes antérieures. Tirer la manette rouge de la mixture et couper le moteur. Un toussotement prolongé, l'hélice ronflante soudain visible, un ralentissement et puis le silence.

Le vent fait vibrer le pare-brise, secoue l'avion. Plus venteux que je ne le croyais. Des rafales. Qui aplatissent l'herbe courte dans le champ, intermittentes comme une brise sur une coupe en brosse. Les asters violets dans le fossé qui acquiescent. La vitre latérale est ouverte, je pose mon coude. Je respire l'odeur de la terre humide riche en pourriture et en nouveauté. Ivre de souvenirs comme seule une odeur peut l'être. Reste une pointe de vieux fumier émanant de la boue dans les mangeoires à l'arrière des hangars. Tout est instable à cette époque de l'année.

Me tourne vers Jasper.

Bienvenu à Cocaville-les-Blés. Cette arrivée à l'heure et cet atterrissage parfait vous ont été offerts par l'équipage d'Air Bâtard. Nous vous demandons de rester assis jusqu'à l'arrêt complet de l'appareil. Attention à la chute d'objets à l'ouverture des compartiments au-dessus de vos têtes.

Jasper daigne couler un regard (désapprobateur) vers moi, puis reprend son observation par le pare-brise, front plissé, comme tout bon copilote. Il n'aime pas blaguer pendant les heures de boulot. Il sait qu'on va au camion, il examine donc le véhicule à vingt mètres devant.

Puis il grogne. Rapidement. Un grondement grave qui lui retrousse les babines.

OK, on est à l'arrêt complet. Il n'y a pas de compartiment au-dessus de nos têtes. Bon sang, ce que t'es tatillon.

Son grognement se fait plus grave, continu. Les poils du cou hérissés, la fourrure sur l'arrière-train dru, plaquée sur la peau tendue. Les yeux fixés sur l'arrière du camion de Coca. Mes poils, le duvet sur la nuque, se dressent aussi, j'ai la chair de poule. Je suis son regard. La clenche du conteneur peinte en blanc fait un angle avec la porte d'un rouge délavé. Une bande d'ombre noire entre les deux. Les portes. Celle de droite entrouverte. À peine. L'odeur vient du nord et va vers le sud en suivant la route. Vers nous.

Sans quitter le camion des yeux, je tends la main vers le fusil d'assaut. Il est maintenu à la verticale, gueule vers le haut, accroché à une équerre devant moi à gauche du siège de Jasper. À côté se trouve la mitraillette. Du pouce je relève l'attache en chrome et je soulève le fusil. Cadeau de Bangley.

OK, mon grand. Bien joué.

Voilà que je murmure, sans raison.

OK, on y va.

Inutile de lui dire de rester dans l'avion. Il ne le fera jamais. Pas dans ce genre de situation. Je ne veux pas qu'il se foule quelque chose en sautant pour descendre. Je déverrouille ma porte. Deux marches, le marchepied, je me tourne à moitié et récupère Jasper du bras droit, et je le pose sur le tarmac, il griffe l'air jusqu'à ce qu'il touche le sol.

OK. Au pied.

Il sait. Il a déjà vécu ça. Trop souvent.

Nous sommes à dix-huit mètres, peut-être seize. Je vole avec le fusil armé parce que c'est trop compliqué de le faire en l'air. Emboîter la crosse escamotable que m'a faite Bangley. Retirer le cran de sûreté. Pousser le levier de la position automatique à semi-automatique. Le vent est léger pendant une minute, chaud sur notre visage et légèrement orienté à l'ouest, il porte un parfum complexe de terre, de fleurs, peut-être même de sel. Marin. À quelle distance est la mer ? Mille cinq cents kilomètres. J'écoute. Seule la brise s'engouffre dans la volute de mon oreille gauche. Jasper n'a pas cessé de grogner. Un pas. J'attends. Un autre. Une crécerelle nous survole par la droite, pas très haut, un vol rapide, en spirale. Encore un pas. Nous couvrons la moitié de la distance et nous nous arrêtons. Accroupi et puis à genoux. Le plus bas possible sans m'allonger non plus. Le mieux serait d'être à plat ventre, mais cela m'empêcherait de me déplacer rapidement. S'ils se mettent à tirer du camion, il y a plus de chances pour qu'ils visent haut.

L'aboiement de ma propre voix me surprend.

Vous êtes des hommes morts.

Vent.

Vous êtes des hommes morts. Si vous essayez de vous en sortir par une fusillade, vous serez définitivement des hommes morts.

Le grondement de Jasper. La chaleur du soleil sur mon front et ma joue gauche.

Vous êtes faits comme des rats. Vous m'entendez! Résistez et vous vivrez vos derniers instants sur terre. Rendez les armes et montrez-vous. MONTREZ-VOUS! Les mains bien en vue. Si vous obéissez, si vous faites ce que je dis il ne vous arrivera rien de mal. Vous avez ma parole.

Vent. Soleil. Oiseau. Je me dis, c'est vrai, ça? Rien de mal. Je n'en suis même pas sûr. Quoi qu'il se passe je compte bien rester en vie.

Trois deux un – OK VOUS ÊTES MORTS!

Je règle la mire métallique. Je sais que les dernières caisses du fond montent jusqu'au plafond. Un tiers du camion vide. Ça devrait me laisser un angle suffisant pour ne pas tirer sur les bouteilles et les canettes. Deux tirs hauts.

Non attends. L'acier qui cliquette, qui grince. Une main armée d'une barre à mine qui se glisse par l'ouverture.

Barre à mine, main, avant-bras.

Lâche ton arme ! Lâche ton arme !

Il lâche. La barre à mine heurte le goudron dans un bruit métallique.

SORS DE LÀ, les mains bien en vue.

Ce sont de grosses mains. Poilues, sales. Passées par l'ouverture on dirait qu'elles appartiennent à un voyou qui essayerait de présenter un spectacle de marionnettes. Les avant-bras protégés par une veste de ski bleue, graisseuse mais neuve. La porte s'ouvre un peu plus. Tête en forme de maillet, grosses dreads blondes, casquette militaire. Barbe emmêlée. Un homme gigantesque qui descend par le pare-chocs, pas disposé à tourner le dos.

Il y en a deux autres.

Cri rauque, la voix qui roule à travers une demi-tonne de gravier. Cligne des yeux dans le soleil.

Un avion en état de voler. Où est-ce que t'as dégoté un avion en état de voler ? J'hallucine.

Ta gueule. Répète-leur. La même chose. Les mains en l'air.

Batte de baseball, mains, bras dans une manche de cache-poussière, un autre débile qui descend. Épaisse chevelure coiffée en une longue tresse, le regard nerveux : mon visage, le fusil, le chien, le fossé. Veut prendre la fuite. Le grognement de Jasper un ton plus bas.

Ce truc est pas chargé. Y a plus de cartouches dans ce monde. T'entends Curtis ? il lance. Il se déplace vers l'ouest. Un pas puis deux.

Notre pilote pense qu'il va nous tuer. Les yeux qui bougent sans cesse : du fusil au fossé.

Il l'aurait déjà fait. Ouais, c'est sûr. L'est du genre causeur, celui-là.

Et moi, je me dis : pour l'instant c'est lui qui fait la conversation.

Sors de là Curtis. Y a pas de lézard. Le bonhomme est *agenouillé* à dix mètres, avec un fusil mais sans cartouche.

Lui, celui qui est le plus près maintenant, à un mètre de la porte entrouverte. Je vise les deux yeux ouverts. Toujours fait comme ça. Les avantages. Je vois la porte. Je sens le soir qui se tend pareil à un câble. Dreads qui balance mes coordonnées comme un canonnier. Chaleur. La chaleur de la colère pure qui me monte dans le cou, pure et transparente comme du gasoil. Le doigt sur la courbe lisse et froide de la détente.

La porte bouge. S'ouvre. Une ombre. Le bord qui s'écarte comme un rideau, la lumière qui suit, l'éclair, l'éclat de l'homme en mouvement, agite l'arc devant lui et vers le bas. Je tire. Deux fois. La flèche déchire un trou dans l'air, un sifflement colérique d'une grande aspiration, l'homme projeté en arrière, l'arc qui chute bruyamment, le mur de Coca qui s'effondre et se renverse. Silence. Un Dr Pepper tombe par terre.

Les deux types sur la route à moitié accroupis et figés, les bras qui couvrent la tête par réflexe. Blanc Bonnet et Bonnet Blanc.

La canette de Dr Pepper qui roulait heurte la botte de Queue-de-Cheval. Des gouttes de sang coulent du conteneur d'où la canette est tombée.

Regardez ce que vous avez fait. Je hurle. Putain de têtes de cons. Tout ce que vous avez gâché. Sans doute vingt caisses de soda.

Ma poitrine, ma respiration, vibrent d'adrénaline et de fureur.

À cause de toi j'ai aussi buté ton pote. Vraiment bien joué.

Les hommes pétrifiés, les bras sur la tête, accroupis. Le dernier geste pathétique avant la mort. Ils savent qu'ils n'ont plus aucune chance de vivre. Le fusil déjà pointé sur Dreads, le doigt qui presse déjà la détente. Respiration lourde. Je retiens mon souffle. Je vais les tuer.

Ces connards ont essayé de me tuer. Pour du Coca. Enfin. Pour à peine un Coca par jour. Vingt-quatre bouteilles par caisse, j'en rapporte une fois par mois. La semaine où on doit faire sans – une dose de manque pour faire de la livraison suivante une vraie récompense. Pour moi et. Pour me valoriser auprès de Bangley. Faut bien avouer. Arriver chez les familles avec le Sprite comme un dieu.

L'un d'eux geint, le blond. Se donne même pas la peine de supplier.

Je dois les tuer. Si je les épargne ils videront le camion, cacheront tout dans les fossés, sous les brise-vent, plus de récompense. Déjà si rares. Si peu de choses que l'on attende avec impatience. Sans parler qu'ils ont essayé de me tuer.

Dreads s'agenouille, se couvre les yeux avec ses mains énormes comme un gamin en pleurs qui jouerait à cache-cache. Queue-de-Cheval a les avant-bras autour de la tête et m'observe avec une terreur absolue, il grimace à moitié, tremble, se prépare au coup de feu.

Debout.

Vas-y qu'on en finisse! hurle Dreads.

Debout. Je ne vais pas te tuer.

Les mots comme de l'azote liquide. Un instant où tout se fige.

Ce que vous allez faire, c'est balancer votre copain dans le fossé et la boucler, je veux pas entendre un son pendant que mon chien se paie à dîner.

Les images qui s'entrechoquent, contradictoires, dans leur esprit déchiré par la terreur. Leur propre vie, le soulagement pas encore assimilé ni même intégré, l'horreur du chien qui se nourrit. Une spirale se crée, un contre-courant comme les deux drapeaux à l'aéroport qui se font face dans des vents contraires. Tous les deux tremblent. Violemment.

Je suis sérieux. Je vais pas vous buter. Tu l'as bien dit, je l'aurais déjà fait. Sans une hésitation.

Ils baissent les mains en m'observant. Les tuer pour un Coca. Pas un article de première nécessité, un luxe. De la même façon qu'autrefois on tuait pour des diamants, pour du pétrole. Non. Pas aujourd'hui.

Vous allez balancer votre pote dans le fossé et ensuite vous allez charger vingt caisses, quinze de Coca, cinq de Sprite, ah oui et aussi deux de Dr Pepper, vous les chargerez à l'arrière de l'avion correctement et gentiment et après je remonterai dans l'appareil et je partirai. Vous garderez le reste. Puisque je ne pourrai pas vous en empêcher. Une fois que j'aurai décollé. Sauf si je vous tue. Ce que je ne vais pas faire. J'ai assez tué comme ça. Allez.

Le faucon crécerelle est au-dessus du champ. Le vent souffle dans l'herbe courte, le soleil touche quasiment le Divide. L'oiseau va planer et chasser jusqu'à la tombée de la nuit. Planer et piquer, planer et piquer. Sous son petit casque, il plane infatigablement, porté par l'air. Chassant les souris et les campagnols.

J'ai le cœur au bord des lèvres. Je voudrais me vider les tripes sur la route mais ne le ferai pas. Ras le bol de défendre ce que je suis censé défendre.

*

Ils ont chargé les canettes. Traîné leur pote dans le fossé et j'ai sifflé une fois, puis j'ai tourné le dos. Ils portaient quatre caisses empilées par trajet, c'est allé vite. Je leur ai dit de mettre l'arc et le carquois avec. Un grand collier avec des bouts de cuir usé pendait au cou de Queue-de-Cheval quand il se penchait. Les deux sentaient la mort.

T'es un homme mort de toute façon, a grogné Queue-de-Cheval en me passant un chargement.

Qu'est-ce que t'as dit ?

Rien. Passé les caisses par la porte de chargement en grognant.

Qu'est-ce que t'as dit putain ?

Il s'est tourné, s'est avancé. Je l'ai arrêté avec le canon du fusil d'assaut.

C'est quoi cette histoire d'homme mort ?

Les A-rabes. Tu peux nous tuer mais les A-rabes te tueront.

Les A-rabes, qu'est-ce que tu racontes ?

C'est ce qu'on a entendu. À Pueblo. Sur la CB. Les A-rabes. Ils sont là. Ou ils arrivent. Pour nous tuer jusqu'au dernier.

Il a craché. À quelques centimètres de ma botte.

C'est quoi ça ? Geste du canon.

C'est quoi quoi ?

Ça. Ton collier.

Il s'est redressé, a dégluti. Ses yeux verts pailletés d'or dans les derniers rayons du soleil. Moqueur.

C'est des cons. Des cons séchés.

J'ai appuyé sur la détente. Je l'ai déchiqueté. Sans une hésitation. L'ai laissé étalé sur la route, qui dégueulait ses tripes. L'autre, le Dreads, a lâché sa caisse et s'est mis à courir. Vers le sud. Vers le sud entre deux champs verts. Sous un récif de nuages rosis, une silhouette antique réduite à un point.

*

Essaye de faire ce qui est bien. Les circonstances interviennent. Qu'est-ce que je vais faire avec vingt caisses de Coca. Les filer à Bangley?

5

Quand j'ai raconté à Bangley l'affrontement au camion de Coca, il a sorti une boîte de tabac à priser de la poche de sa veste, une boîte neuve, a glissé l'ongle pointu de son pouce sous le couvercle et l'a soulevé. Je le sentais depuis mon banc, une forte odeur de moisi salé comme une grosse pelletée de tourbe retournée. Il en a fourré une pincée contre sa mâchoire inférieure, a reculé de deux pas et a craché par la porte du hangar, ma grande réussite dans l'éducation domestique de cet homme.

Merci.

Qu'est-ce tu crois, Hig, depuis que j'sais que cette cuisine est doublée d'un salon de réception, j'fais un effort.

Il s'est penché en arrière contre le haut tabouret que j'avais installé pour lui à côté de la porte. Pour qu'il puisse parler se tourner et cracher. Il s'est penché, à moitié debout, jambes raides, bras croisés, jamais complètement assis.

Bref, tu leur as laissé une chance de vivre.

Mouvement de torsion, crachat.

T'as fait ton scout.

Sans me lâcher du regard. J'ai imaginé que quand ses yeux minéraux bougent ils font le même bruit sec que du gravier qu'on remue.

Prêt à compromettre une importante source de caféine. Sans parler des petites bulles. Pas beaucoup de petites bulles dans notre vie actuelle, Hig. Effervescents, nous ne sommes pas.

J'ai pas pu m'empêcher de lui sourire. Torsion, crachat.

T'étais même prêt à sacrifier ta vie. Pour la deuxième fois. Non, la troisième. C'est seconde ou deuxième qu'on dit ? J'en perds mon latin.

Il a baissé une main de sous ses bras croisés, les yeux vers le sol dans une grimace, la bouche tordue, s'est mis à compter. Il arborait une barbe de trois jours, des poils gris comme du fil barbelé. Il a laissé tomber.

Voyons voir : première erreur, ne pas te poster du côté où tu pouvais avoir un grand angle de tir sur la cargaison tout en protégeant ce qui était au fond. Tu m'as dit que le camion est au tiers plein. Donc. Plein de place. Toutes les chances pour que les combattants soient regroupés à la porte. Avec un tas de munitions. Sinon, ils auraient été nettoyés. Le mec à l'arc aurait jamais pu se mettre en position.

Il a secoué la tête. Il se marrait pas.

Deuxième erreur : quand le gars a prévenu son pote derrière la porte et qu'il lui a donné tes coordonnées. Il t'avait repéré, Hig. Il lui a filé l'angle et la distance. Le seul truc qui explique une action aussi risquée, d'après moi, c'est qu'ils savaient qu'ils étaient morts de toute façon alors ils se sont dit qu'ils allaient donner une chance à cette dernière tentative désespérée. Je veux dire qu'ils seraient morts avec n'importe quel autre pékin arpentant cet hémisphère mais pas avec ce bon vieux Hig. Ça, ça leur paraissait pas possible. Hig, le type qui fait son max pour rejoindre le paradis.

Crachat.

Bref, ils balancent les infos, Voilà comment buter ce connard, et toi tu me dis que tu les avais localisés. Là, ç'aurait été le bon moment pour tirer un ou deux pruneaux. Au moins trois. Tuer l'homme qu'était sorti en premier, tout de suite, celui qu'était le plus près du bas-côté d'où il pouvait tourner au coin du camion, et puis celui qu'était à l'intérieur et enfin celui qu'était forcément au fond du camion prêt à te faire la peau. *Bam bam bam.*

Crachat.

Mais nan. Pas ce bon vieux Hig. Qu'en finit pas de me surprendre. Toi tu attends que la porte s'ouvre en grand, de voir le gars l'arc tendu et d'attendre encore qu'il envoie sa flèche, on sait jamais, au cas où il chasserait un faisan ou je sais pas quoi et que ce serait pas ton cul qu'il aurait en ligne de mire.

Ça s'est pas passé comme ça.

Il a tiré ou pas ?

Inutile de discuter. Je me suis reculé sur mon banc, j'ai croisé les bras à mon tour. J'étais gêné. J'avoue.

OK donc tu le butes. Première bonne décision de toute la matinée. Mais combien de caisses tu fous en l'air ? Si on s'était positionné sur le côté comme un bon tacticien, hein. Mais bref. Cible éliminée. Menace neutralisée. Les deux autres sont de grosses mauviettes et bougent plus au lieu de profiter de l'occasion et d'attaquer ou de battre en retraite.

Il a secoué la tête.

Ils donnent à Hig une dernière chance en or. Pour c'que t'en sais. Ils s'offrent comme cibles parfaites. Ils te supplient quasiment de les achever.

Crachat. Bras décroisés, il soulève le bord de sa casquette militaire auréolée de sueur et gratte son crâne dégarni. Remet la casquette. Large sourire figé.

Mais non. On va de nouveau se mettre en danger mortel. En fait, pour leur peine, on va même leur *laisser* le camion rempli de soda. Ah et puisqu'on en parle, Hig, tu m'avais jamais dit qu'il s'agissait d'un semi-remorque. Qu'on aurait pu ramener ici n'importe quand. J'ai toujours cru que c'était un hangar ou un truc comme ça. Jamais pensé à poser la question.

Torsion, crachat. Il est resté à moitié tourné à regarder la rampe et la piste ensoleillées.

Il est revenu vers moi.

Enfin, chacun ses choix. C'est toi qui l'as trouvé, ce camion. Il m'a dévisagé.

Où j'en étais ? Ah ouais. Je veux dire, ils ont fait de leur mieux pour nous tuer, c'est le moins qu'on puisse faire. Leur refiler tout le Coca. Le lot de consolation. J'imagine. Donc on va le leur donner, mais pas avant de leur offrir une nouvelle chance de nous tuer. On va les faire charger notre propre petit lot de consolation, et pendant qu'on y est, leur permettre de s'approcher, d'assez près pour qu'on puisse les toucher du bout du fusil, sachant qu'ils sont puissants et rapides, une occasion rêvée pour une autre attaque. T'es tout seul, eux sont deux, la situation n'est pas, mais alors pas du tout sous contrôle, les deux types déchargent, chargent, sont en perpétuel mouvement, changent d'angle sans cesse, rien qui les arrête, sont même pas attachés l'un à l'autre. On prend son pied au boulot, hein, Hig ? Bref.

Crachat.

Mais bon, peut-être la meilleure ouverture que t'aies eue de la journée. Parce que c'était peut-être pas la décision la plus maligne, mais t'as du bol Hig. Faut bien reconnaître. Parce que ensuite ils t'ont filé des infos. Sorties de nulle part. Sans même qu'on leur demande, les cons. Pas la moindre petite contrainte. Pas même un coup de pouce de Hig. On récupère le tuyau sur les A-rabes.

Voilà qu'il s'est mis à jurer pour de bon. Dans sa barbe. Voilà qu'il ne s'est pas tourné et qu'il a craché sur le sol du hangar.

On a le tuyau sur les A-rabes et qu'est-ce que tu fais ? Tu butes le connard. *MAINTENANT* tu le butes. Tu piges enfin que c'est pas un scout dans ton genre et là tu lui fais la peau de sang-froid. Avant qu'il ait le temps de s'expliquer. Première info sur un possible visiteur *réel*, à savoir un visiteur avec du putain de muscle, préparant une éventuelle putain d'*invasion*, et tu mets un terme à la conversation. Parce que tu découvres, surprise surprise, que le mec est un violeur et un meurtrier comme tous les autres survivants qui parcourent ce putain de pays. Putain de merde. Non mais le choc je te jure. Bon Dieu de *merde*.

Il était officiellement furax. Il avait le cou et le visage rouges. Cette veine qui battait sur son front. Je sentais la chaleur sur mon propre visage. Il a raison. Voilà ce que j'ai pensé. Si je me laisse prendre de court un jour et qu'on me descend, ça sera parce que je suis trop gentil. Non ? Est-ce que ça vaut le coup de vivre de l'autre façon ? À la façon de Bangley ? Moi, je suis qu'un apprenti. Mais quand même. Un acolyte à l'école de Bangley. Par le simple fait que je vis ici. Et pas super doué en plus. Mais quand même.

Beau boulot, il a dit. Bonne chasse.

S'est levé, s'est étiré le dos, s'est éloigné.

Bon, ça s'est pas trop bien passé. Je me suis arrêté au camion pour rapporter un petit cadeau à Bangley. Je pensais à lui. Ben… Il ne s'est même pas pris un Coca, pas un. Il n'en prendra pas non plus durant notre absence. Je connais le bonhomme. Il pouvait bien nous surveiller la nuit avec ses lunettes de vision nocturne mais il ne toucherait jamais à ce qui se trouve dans le hangar. Ça fait partie de son Code de conduite. De toute façon, le Coca est gâché maintenant. Gâché par l'incompétence. Et à quel prix. Parce que même si j'ai survécu à la rencontre il y a un coût. Ne serait-ce que statistique. Pour Bangley, nous n'avons droit qu'à un certain nombre de foirades avant que les mâchoires ne se referment, et l'affrontement au camion en ajoute une dans ma colonne qui pour le meilleur ou pour le pire est aussi sa colonne, désormais. C'est surtout ça qui le rend dingue. Il ne veut pas perdre à cause d'un imbécile.

J'ai dégonflé les joues. Me suis dit : les montagnes vont me faire du bien. Ça va me faire du bien de monter là-haut. Respirer l'air frais. Me suis dit : bizarre. En dehors des familles, il n'y a qu'une seule autre personne avec moi sur cent cinquante kilomètres carrés et je manque encore d'air frais.

6

Nous marchons d'un pas rapide dans le noir. Jasper et moi, le traîneau qui racle le sol derrière. Froid. Bien-être et froid. Le noir piqué d'étoiles hautes, pas de lune, une traversée sous la Voie lactée pareille à la traversée d'une rivière profonde. Nous n'atteindrons pas l'autre rive. Nous ne l'atteignons jamais.

La dispute avec Bangley me pèse encore sur le cœur. À cet instant il n'y a que notre souffle. Le gras de l'hiver. Je le sens dans mes jambes. Fait du bien de marcher, de marcher vite.

Je tire la corde du traîneau de la main droite, puis j'alterne. Le sac est dans le traîneau, l'arme aussi. Cette fois, Merci Bangley, j'ai une petite arme de poing, un Glock en plastique qui ne pèse presque rien. L'impression qu'il y a plus de survivants dans les parages, que la circulation s'intensifie, je sais pas pourquoi.

Nous dépassons la tour sur notre droite. Passons la zone cible sans un frisson. Les pensées me viennent au rythme de mes pas. On peut s'habituer à tuer comme on s'habitue à avoir une chèvre sur le pas de sa porte. Oncle Pete. Avec sa bouteille, ses cigarillos et ses histoires. Sa vie sur un yacht avec Louise. Leur vie sur un chalutier en Alaska. À croire qu'être sur les flots pouvait rendre la vie intéressante. Jamais aimé le whisky, il m'a dit. Mais j'en bois parce qu'il a une histoire riche en récits.

Les chèvres mortes se multiplient. Tu peux traîner une chèvre dans un champ, mais un souvenir tu peux que le foutre au soleil en espérant qu'il se dessèche. Qu'il s'assèche jusqu'à tomber en une poussière inodore.

Nous marchons. Nous sommes à une demi-heure des premières pentes, des premiers arbres. La nuit n'a pas de poids : le noir en apesanteur à présent dans son passage immanent tel un cerf sur le point de s'enfuir. La lumière du matin, une pensée qui vous traverse. Immobiles et muettes, les hautes étoiles, pas de vent.

Je pense aux tribus des grandes prairies, celles qui vivaient ici, qui parcouraient ces lieux. Les Utes les Arapahos les Cheyennes. Les Comanches qui ont effectué le long trajet jusqu'ici, les Sioux nomades, chasseurs, pilleurs, les Kiowas, les rares Apaches. Quand j'étais petit je lisais l'histoire des guerres et des attaques entre tribus et me demandais pourquoi quiconque voudrait se battre dans un pays si vaste. Pourquoi un paysage se transformait toujours en un territoire appelant la division. Mais bon. Bangley et moi ne sommes que deux et parfois notre base me semble très exiguë. Pas à cause d'un manque de nourriture, de matériaux bruts, ou de couvertures. C'est idéologique. Cette idéologie qui déchire les nations. Déchirait, à l'imparfait. Que sont les nations aujourd'hui ? Ceux qui se battent encore, se mettent sur la gueule pour avoir les restes. Ou se regroupent, peut-être, comme Bangley et moi.

Nous sommes quand même divisés, il y a des fissures dans cette union. De principe. Le sien : on est coupable jusqu'à ce que – rien. Tire d'abord parle après. Coupable, et puis mort. Par opposition à quoi ? Mon principe : laisser vivre un visiteur une minute de plus jusqu'à ce qu'il ait prouvé son humanité ? Parce qu'ils le font toujours. Ce qu'a dit Bangley au début : Ne jamais, jamais négocier. Tu négocies ta propre mort.

Moi contre lui. Suivez la croyance de Bangley jusqu'à son terme et vous obtiendrez une solitude retentissante. Chacun pour soi, même pour gérer la mort, et vous arrivez à une solitude complète. L'univers et vous. Les étoiles froides. Comme celles qui s'estompent, en silence, pendant que nous marchons. Croyez en la possibilité d'un lien et vous obtenez autre chose. Une combinaison en loques, flottant sur un poteau. L'aide demandée et l'aide offerte. Un sourire adressé à travers une cour poussiéreuse, un signe de la main. Et l'aube devient moins solitaire.

On fait de sacrés philosophes, hein Jasper ?

Lui est tout bonnement content de marcher. Nous deux. Il sait où nous allons.

*

Grimper en suivant le sentier de la rivière. Un sentier qui existait bien avant qu'on ne l'emprunte, avant les Arapahos ou les Cheyennes susmentionnés. Il y avait les cerfs et les élans, les mouflons avant. Les coyotes qui les chassaient. Les couguars. Les loups. Les loups à nouveau. Les bisons de montagne peut-être. Les grizzlis à l'occasion, mais dans l'ensemble, ils se méfient des sentiers, y compris ceux du gibier.

Nous passons sous des peupliers de Virginie qui créent une obscurité plus profonde. Des bosquets de saules. Sur les pentes herbeuses qui pâlissent, dans un petit canyon de roche qui renvoie le fracas de l'eau. Ensuite, une forêt de pins ponderosas, l'odeur avant l'image, le parfum qui descend vers nous : gonflée de vanille, comme une confiserie. Ils sont encore vivants. Le traîneau racle les racines entravées, la roche à nu. Des petits tas de crottes laissés par les chevreuils et secs depuis longtemps. Je m'arrête, relâche la bride et prends un gros arbre dans mes bras, debout au milieu d'une frise de sauge plus pâle que la nuit, qui pousse en bouquets sous les arbres, odorants, aussi, et piquants. Me presser contre l'écorce épaisse et rugueuse, le nez collé à une fissure résinée, inspirer ce parfum puissant comme sorti d'une petite bouteille d'extrait de vanille, l'arbre aussi âcre et sucré que du caramel durci. L'époque où nous entrions dans des magasins qui sentaient pareil. Avec pour employés des lycéens en tablier qui s'escrimaient à faire des boules d'une glace trop dure. Ça paraissait d'une difficulté cruelle, à l'époque. Pourquoi fallait-il qu'elle soit si froide ? Des filles toutes minces qui soufflaient pour écarter les mèches de cheveux et abordaient chaque cône comme un règlement de comptes. Mon parfum préféré était rhum raisin. La pistache pour Melissa. Ou n'importe quoi avec des éclats de toffee dedans. Elle adorait le sundae au caramel. J'en ai l'eau à la bouche, au pied de cet arbre. Je crois que je pourrais tuer pour un sundae, et ce n'est pas une figure de style.

Jasper est patient. Il s'assoit, puis se couche. En d'autres temps il aurait filé et serait parti sur les côtés, de plus en plus loin, croisant et recroisant le sentier, suivant son odorat, traquant le gibier, plein d'énergie, mais le voilà content de se poser. Moi aussi. On n'est pas pressés. Il y a bien assez de réserves de nourriture à l'aéroport et Bangley peut se débrouiller sans moi pendant quelques jours, même si j'espère qu'il ne se débrouille pas si bien. Toujours cette peur quand nous allons en montagne, qu'il apprenne à aimer ça, qu'il préfère ça. Être seul. Même s'il est assez intelligent, s'il est assez bon tacticien pour savoir qu'à long terme ses chances diminuent. En plus, ce n'est pas un fermier. Jasper connaît la musique et il est suffisamment poli pour ne pas montrer son embarras. Quand je serre un arbre dans mes bras, mes marmonnements. Cette nuit – il fait encore nuit, à peine – je ne dis pas un mot parce que cette nuit je me vois faire et que j'ai toujours méprisé les effusions sentimentales, peut-être parce que c'est une faiblesse familiale. Mais l'arbre dégage l'odeur la plus sucrée qui soit au monde, il sent le passé.

Les pommes étaient une des choses les plus sucrées qui soient. En Amérique du Nord. Pourquoi était-ce une telle friandise, pourquoi l'étudiant qui cherchait à s'attirer les faveurs d'un enseignant lui en laissait une sur son bureau. Le miel et les pommes. La mélasse. Le sirop d'érable des forêts du Nord. Un sucre candi à Noël. Des images de dragées qui flottaient devant leurs yeux. Parfois à l'automne en rentrant d'une patrouille je nous posais dans un verger au nord de Longmont. Des hectares de pommiers à perte de vue, des variétés dont j'ignore le nom, la plupart des arbres morts depuis longtemps à cause du manque d'eau, ceux qui continuent de pousser au bord des vieux fossés encore irrigués sont hirsutes, hérissés de jeunes pousses, retournent à une espèce d'état sauvage, leurs pommes rabougries et piquées, ravagées par les vers, mais sucrées. Plus sucrées qu'avant. Quoi qu'il reste de ce qu'ils distillent est plus concentré du fait de leur liberté totale et dangereuse.

J'inspire profondément, les bras tendus autour du tronc, les paumes sur la peau rugueuse presque plus chaude que l'air, les doigts qui touchent le velours écaillé de l'écorce avec quasiment la même affinité, la même impression d'aboutissement que les courbes d'une femme.

Ces petites quoi ? Gratifications. L'odeur, c'est toujours l'odeur elle-même et du souvenir, je ne sais pas pourquoi.

Nous grimpons en suivant la rivière tandis que la grisaille granuleuse filtre entre les grands arbres squelettiques, les pins ponderosas tout tordus, tués par les parasites, les branches sans aiguilles, les mains vides dans la mort.

Je n'aime toujours pas cet endroit. La forêt morte. Elle s'est mise à mourir par pans entiers il y a vingt ans. Nous grimpons. Nous avançons vers le bord rocheux, les pierres rondes comme des œufs. Nous faisons des pauses, nous buvons, nous reprenons la marche. Nous atteignons les épicéas et les sapins qui sont encore odorants et offrent toujours cette belle et dense obscurité.

Jasper. Allez. Tu te traînes, bonhomme. T'as pas trop la forme ?

Je passe les doigts dans son épaisse et courte fourrure jusqu'à la bosse en haut du dos, là où la peau du cou est plus relâchée et je gratte. Gratte. Il adore ça. Tourne la tête pour étirer la peau. Faudra que j'emporte de l'aspirine la prochaine fois. On en a des kilos. Bangley dit qu'on devrait en prendre tous les jours pour se prémunir contre alzheimer.

Et pour qu'on n'oublie pas la merde dans laquelle on est ! il hurle sur un ton qui chez lui, ressemble à de la joie.

Pour que *toi*, t'oublies pas. Je crois même que c'est plus important pour toi que pour moi, Hig. Se rappeler toutes ces conneries. Alors boulotte-la, ton aspirine.

Bangley est perspicace à sa façon, psychologue.

On fait une pause. On s'assoit sur un banc de pierre au-dessus d'un point d'eau et Jasper se couche sur mes pieds. Il fait ça quand il ne se sent pas bien. Le jour s'est levé, le gris baigné de couleur. À peine. Nous nous reposons jusqu'à ce que le soleil se déverse directement entre les arbres avec, je le jure, un léger tintement comme les cordes distendues d'un banjo. La rivière qui répond, un murmure et un lapement.

L'automne dernier j'ai vu les empreintes d'un élan. Des traces qui sortaient des épicéas obscurs, imprimées dans le limon où le ruisseau court pendant l'été, puis elles se perdaient sur les pierres lisses et poussiéreuses du banc de galets. Un animal. Une grosse vache. Un fantôme. Eux, tous, qui sont censés avoir disparu.

Un cri. Un martin-pêcheur. Il arrive qu'un martin-pêcheur nous tienne compagnie. Il chante en amont de nous. Le vol en piqué me rappelle les lignes téléphoniques ployant sous la glace, la même courbe répétée à l'infini. Il se perche sur une branche morte au-dessus de la rivière, pousse son cri, s'envole. Il semble nous dire de continuer. Sur des kilomètres. Peut-être qu'il se sent seul, sans compagnon. Parfois un cincle sautille sur les pierres au bord de l'eau. Une fois par an, environ, on voit un balbuzard.

On les aime les oiseaux, hein Jasper ?

Il ouvre les yeux une seconde, ne lève pas la tête de ma botte. Si j'ajoute quelque chose, je le connais par cœur : il lèvera la tête pour me regarder et vérifier si le sujet le concerne vraiment, si je réclame sa considération ou si ce n'est rien de grave et il me dévisagera jusqu'à ce qu'il ait compris de quoi il retourne, alors je ne dis rien de plus. Je le laisse se reposer.

*

On se remet debout et on reprend la marche. Le sentier est escarpé, ici, s'enroule dans les premiers remparts des collines.

À midi nous traversons l'ancienne autoroute. Nous n'approchons même pas le macadam fissuré, nous empruntons le ponceau en tôle ondulée qui passe en dessous, à sec depuis qu'une inondation l'a nettoyé et dévié le cours de la rivière qui le contourne à présent. C'est caverneux. Je pense à Jonas et au ventre de la baleine. Avant je hurlais et chantais ici pour entendre l'écho mais plus maintenant.

Jasper n'aimait pas ça.

Nous traversons la rivière et continuons de la remonter sur l'autre berge. J'attends que Jasper me rattrape. Il semble raide au niveau des hanches, il a le souffle court, halète. Première longue marche cette année, il manque sans doute d'entraînement autant que moi, doit porter un surplus de graisse hivernale.

*

Deux loups. Deux paires d'empreintes qui vont et viennent sur la boue fine juste au bord de l'eau, un déplacement rapide. Attirent l'attention de Jasper. Pendant une minute. Il a les poils du cou qui se hérissent mais son intérêt retombe très vite. Semble inquiet de garder le rythme comme si la marche l'accaparait tout entier.

*

Aux environs de deux heures, je décide de nous offrir un moment de détente. On n'est pas pressés. Nous sommes encore à plusieurs kilomètres du lieu où j'ai vu les empreintes d'élan mais ça ne veut rien dire.

Pourrait être n'importe où ici, hein Jasper?

Je sors le fourreau de la canne à pêche du traîneau pour qu'il sache qu'il n'est officiellement plus en service.

*

Un cours d'eau pas très profond avant un petit à-pic rocailleux, la surface à peine ridée. Un arbre tombé en travers sert de filtre. Pas un canyon tout à fait, mais les gros arbres sombres encore en vie, l'épicéa bleu et le Norvège, le sapin de Douglas, sont penchés tout près, les branches dégoulinantes de mousse espagnole qui se balance dans le vent. Une mousse dont je me demande l'âge. Elle est sèche et légère au toucher, s'effrite presque, mais dans les arbres elle s'agite comme des fanions tristes.

J'assemble la canne et Jasper se couche sur une pierre plate d'où il m'observe. C'est le seul point bénéficiant du soleil et il me regarde depuis ce pan de lumière chaude, son ombre projetée sur les gros galets, se conformant aux pavés ronds comme une pellicule d'eau. Les tiges des molènes de l'année dernière se dressent sur le banc de sable comme des bougies sans flamme. Dans cette même lumière, j'aperçois une nuée de minuscules moucherons pareille à de la brume.

J'enlève mes bottes et mon pantalon, j'enfile les baskets légères à semelles épaisses que j'utilise depuis des années. J'en ai d'autres, quand le caoutchouc sera trop usé. Au cours de mon dernier passage sur le parking du supermarché, j'en ai pris cinq paires à ma taille. Pas aussi légères, mais acceptables. Environ trois ans par paire donc ça devrait me tenir jusqu'au moment où. Impossible d'imaginer. Les images ne se combinent pas dans ma tête. Multiplier les années et diviser par le désir de vivre donne l'impression de falsifier les comptes. On n'oubliera pas ce ruisselet. On n'oubliera pas cette nouvelle pointe de bas de ligne, cette mouche touffue et de souffler dessus pour se porter chance. On n'oubliera pas ce lancer ni le suivant et avec un peu de chance, donc, cela nous mènera à la nuit.

Et le dîner. Je veux le hurler à Jasper mais il dort et comme il connaît le mot ça l'exciterait trop alors je ne hurlerai que quand j'aurai un poisson. Ma première prise est toujours pour lui.

*

J'ai pêché pendant deux heures. Lancé caddis sur caddis. J'ai rejoint le coude de la rivière pour pêcher dans ses eaux peu profondes qui se paraient d'argent quand le soleil rejoignait l'aval du cours d'eau. Le courant dessinait un méandre argent et noir, huile et mercure. Puis le soleil est passé par-dessus la crête, ce qui nous a plongés dans une ombre froide, et l'eau n'a plus réfléchi que le ciel sans nuage et j'ai pu à nouveau voir les pierres dans l'eau moins profonde. Les pierres vertes et l'eau bleue là où elle se ridait. Même dans son sommeil Jasper le sent dès que je m'éloigne de quelques pas alors il s'est mis sur ses pattes et m'a suivi avant de se pelotonner à nouveau dans une anse sablonneuse entre des pierres cinquante mètres plus haut. J'ai gardé ma mouche et y ai ajouté une longue de pointe à l'hameçon avec une nymphe et en quelques minutes, j'avais attrapé quatre grosses carpes. Je laissais la mouche rouler au-delà du trou d'eau, les caddis en pointe dériver à leur gré, et soudain ça s'arrêtait, un petit accroc, léger, pas même une tension qui me disait qu'une carpe avait gobé la nymphe et à cet instant, je tirais et la ferrais. Ces carpes ne se débattaient pas avec la vigueur des truites mais avec une répugnance maussade, comme une mule qui regimbe, sabots plantés dans le sol. Elles ne remontaient pas le courant avec précipitation ni ne s'enroulaient autour d'une branche morte tombée dans l'eau, elles refusaient simplement de bouger, ce qui n'avait rien d'amusant, mais après tout, rien n'était plus amusant dans ce monde si bien que j'en suis presque venu à admirer leur stoïcisme. Un refus impassible d'être déjà dévorées par l'univers.

Comme nous.

Si bien que quand j'ai saisi le corps épais à deux mains et que j'ai fracassé la tête sur un rocher j'ai dit Merci mais en sachant très bien ce que ça fait de ne pas être prêt.

J'ai sifflé. Jasper est peut-être quasiment sourd mais il y a quelque chose dans le sifflement qui chatouille son cerveau au-delà de l'ouïe, alors il s'est déroulé, s'est relevé en vacillant un peu, s'est secoué et il a longé la rivière en trottant joyeusement et je lui ai fait cadeau du premier poisson qui devait peser sept livres. Je l'ai découpé en filets avant de lui donner les tranches de chair grise, la tête et la queue, et j'ai rejeté les arêtes dans la rivière. Celui que j'ai attrapé ensuite, je l'ai ouvert en deux et lui ai lavé l'estomac qui était plein de moucherons et de quelques grosses écrevisses.

Déjà tard. J'ai pataugé tout l'après-midi et le courant était froid où il se pressait contre mes genoux et mes cuisses mais mes pieds étaient depuis longtemps engourdis par cette espèce de chaleur morte. Je commençais à me les geler. J'ai attrapé un cinquième poisson, plus petit, l'ai lavé et j'ai enfoncé le bout d'un bâton recourbé dans ses branchies et je l'ai accroché avec les autres à la chaîne. J'ai déposé le tout dans le traîneau. Ai frictionné mes jambes nues pour faire circuler le sang. Le soleil avait disparu, la rivière à présent lumineuse dans la tombée du soir. Je me sentais quoi ? Heureux. Nous ne pensions qu'à la rivière, à notre dîner, installer un campement un peu plus haut sur une barre de sable que j'affectionnais. J'ai enfilé mon pantalon, me suis assis sur un rocher et j'ai remis mes bottes. Jasper avait retrouvé des forces après le poisson, me regardait la gueule ouverte, souriant parce qu'il savait que nous n'irions pas loin et qu'il aurait droit à un ou deux autres poissons, cette fois cuits et salés.

Allez en route.

Nous avons contourné un bosquet de saules et d'aulnes qui n'avaient pas encore fait de feuilles et nous avons trouvé le sentier à travers un groupe de sapins verdoyants vivants et vénérables, l'écorce, l'orange presque citrouille dont elle se teinte quand elle est très vieille et nous avons retrouvé les vestiges de notre feu de camp dans le sable à quelques mètres rocailleux de l'eau et l'espace plat pour dormir sous un des grands et vieux arbres.

J'ai été chercher des branches mortes là où la forêt était plus compacte à l'arrière du camp, et j'en ai fait du petit bois que j'ai déposé sur un oreiller de mousse espagnole séchée et j'ai vite allumé un feu. Pour qu'on puisse se réchauffer. Le bois était sec, gorgé de résine et il explosait et craquait ce qui produisait une chanson domestique par-dessus le murmure syllabique de la rivière et du vent dans les hautes branches. Les ténèbres avaient déjà gagné la forêt, elles remplissaient le petit canyon telle une marée lente et les flammes les rendaient plus profondes mais le ciel était toujours clair, du bleu le plus pâle et je voyais deux étoiles.

Jasper aussi était heureux. Il s'est pelotonné tout près du feu à l'abri du vent et de la fumée, a posé la tête sur ses pattes et m'a regardé préparer notre poisson sur une poêle à frire spéciale montagne qui a dû être fabriquée il y a un siècle, légère et dotée d'un long manche. Celui-ci était enveloppé dans du papier aluminium brillant pour disperser la chaleur et le nom de la marque, Simpson and Sons Ranchware, était gravé dessus. Il y a cent ans, quand les gens des ranchs emmenaient leurs troupeaux dans les pâturages l'été, payés par le service des Eaux et Forêts, et campaient là pendant des jours, et revenaient chercher les bêtes à l'automne comme dans une chanson de cow-boy. Ces cavaliers durs à cuire accroupis autour de ce même genre de feu. Ce qu'ils n'auraient jamais pu imaginer. Ce qu'on ne peut pas imaginer, en cuisinant ici dans la poêle alourdie par une carpe et crachotant son huile d'olive sauvage. Crachotant et grésillant, les branches qui craquent, le vacillement des flammes dans un vent changeant, le même vent descendant qui apporte le froid des sommets et se précipite dans les branches des arbres comme l'esprit du surf des temps anciens.

Jasper est assis dans la position du Sphinx et il m'a à l'œil. Son moment. Je sale le plus gros poisson, le pose sur une pierre plate et retire le squelette en partant de la queue, dézippant les arêtes.

Provecho.

Il est debout, remue la queue, pour la première fois aujourd'hui, et il engloutit son dîner avec de faibles grognements.

Je tends une corde entre le gros arbre en faction devant notre campement et un jeune aulne, et déploie la bâche histoire de nous protéger de la rosée.

Je cuis un poisson pour moi et m'agenouille sur les rochers au bord de l'eau et je bois, m'asperge le visage. Dans l'obscurité fluide entre les pierres où coule à peine un ruisselet se faufile une araignée d'eau et une poignée d'étoiles chatoient.

Je fais notre lit sous l'arbre et je m'allonge. Me relève, défais deux coins de la bâche et les ramène vers l'arbre. On va se faire un peu arroser mais ça m'est égal, on pourra tout faire sécher devant le feu du matin. Ce soir, je veux voir le ciel. Je m'allonge de nouveau et Jasper avance avec raideur jusqu'à moi presque en boitant, la balade du jour a été longue, il me lèche tout le visage jusqu'à ce que je rie et me tourne. Puis il se blottit contre moi comme à son habitude, se laisse tomber et souffle. On écoute le vent là-haut, l'eau plus bas. Je croise les bras derrière ma tête et je regarde la Grande Ourse briller plus fort. Je me sens propre. Propre et bien.

*

Le matin, je me réveille tout raide. Le sac de couchage et Jasper sont couverts de givre. Ainsi que mon bonnet de laine. Peut-être pas la meilleure idée de dormir à la belle étoile. Pas de souci, on va lancer un feu dans une minute.

Tu dois avoir froid mon vieux. Viens ici. Je tire sur sa couverture du Dr Seuss pour la replier sur lui. Il est lourd, ne bouge pas. Plus on se raidit, plus le réveil est difficile.

Allez bonhomme, ça va aller. Faut juste que je lance le feu. Viens.

Il ne m'écoute pas. Je tire sur la couverture, le couvre encore, lui caresse l'oreille. Ma main s'arrête. Son oreille est gelée. Je passe la main sur son museau, lui caresse les paupières.

Jasper, ça va ? Je frotte et je frotte. Je frotte et je tire sur son collier.

Hé ho.

Je lui prends la peau du cou. Allez, on se réveille.

Je me redresse pour m'asseoir et me tourne, la poitrine sur son dos, je le couvre.

Bon, d'accord. Dors encore un peu.

Dormir.

Je l'attire tout contre moi, raide et pelotonné, et je tends la couverture sur lui et m'allonge. Je respire. J'aurais dû remarquer. Ses difficultés durant la marche. Les larmes qui n'étaient pas là hier déferlent. Brisent la digue et déferlent.

Que vais-je faire à présent ? Lancer un feu dans quelques minutes.

Jasper. Petit frère. Mon cœur.

Je vais lancer un feu. Mettre des brindilles sur de la mousse et le lancer. Je cuirai les deux derniers poissons. J'en mangerai un. Je.

*

Nous avons voyagé.
Désormais tu seras le chemin
Où je poserai mes pas je poserai mes pas
Sur toi

*

Pendant toute une journée je ne bouge pas. Je ne cesse d'alimenter le feu. Je le laisse sous sa couverture, bordé, confortable, il n'y a que son museau qui dépasse. De le voir là, je ne veux pas partir.

Il est le seul à présent. Sa seule vue. Qui. Demain je. Je ne sais pas.

LIVRE DEUXIÈME

1

Rien. Je ne fais rien de toute la journée. Ne lance pas de feu. Ne cuisine pas les poissons. Les laisse sur la chaîne qui pend à une branche. Ils attirent les ours et les couguars. M'en moque. Me lève pour pisser, boire un peu d'eau de la rivière encore plus froide après cette nuit glaciale. Plus bas sur la rivière, l'arbre tombé en travers est bien au-dessus du niveau de l'eau. Donc. C'est le repli. Mon cœur comme la rivière, rétracté.

Retour au sac de couchage, je m'allonge à ses côtés. M'assoupis. Approche ma jambe pour sentir son poids contre moi. C'est différent à présent, comme du bois, mais c'est lui. Je me désaltère dans l'après-midi. Le temps frais. Le soleil en direct sur la rivière, sur nous deux, pendant environ trois quatre heures avant de s'éclipser. Le poisson commence à sentir. Donc.

Je laisse la bâche où elle est et j'attends la nuit. C'était quoi, cette chanson ? *Si je meurs dans mon sommeil, nourris Jake, c'est un bon chien...* Peut-être mieux que ça. Mais alors, il aurait dû jouer celui qui meurt d'avoir le cœur brisé. C'est mieux dans ce sens. Comme l'obscurité qui se déverse dans le canyon, recouvrant la rivière nous recouvrant de son linceul noir. Mais quand même. Jamais de résolution. Rien de décidé, rien de fini. La Grande Ourse a repris sa place. Après un tour complet. Un seul tour de roue et nous sommes différents, à jamais changés. Pour toujours. Comme ces étoiles. Même elles, elles se désintègrent, se disloquent, fusionnent, éclatent. Je ferme les yeux. C'est ce qui est à l'intérieur. Ce qui est à l'intérieur qui bouge, nage dans la douleur, pareil à un poisson aveugle qui nage pour l'éternité. Est-ce que ce qui vit est ce qui reste. Renouvelle, renouvelle l'amour et la douleur. L'amour est le lit de la rivière et la douleur le remplit. Le remplit chaque jour de larmes.

À un moment donné durant la nuit, à un moment quand les Gémeaux sont au-dessus du canyon, je pense au traîneau et au fusil qui est dedans. À quoi faire avec. Je sens le poids de Jasper sur mon genou que j'ai glissé sous lui et je pense : Non, il n'approuverait pas. Il dirait : Quoi ? Il ne dirait rien. Il n'abandonnait jamais son poste, c'était sa façon de me donner de la force. On n'abandonne jamais notre poste, pas vrai ? On est comme ça, nous.

À un moment, sous les Gémeaux, je m'endors.

*

C'est le troisième jour. À l'aube je change de place, je sens sa présence dans la couverture et il y a cet instant. Cet instant où j'ai oublié, suivi de l'instant où tout me revient et où je m'attends quand même qu'il bouge. J'attends de tout mon être qu'il reprenne vie. Parce qu'il le pourrait. On a relevé tous les défis, non ? Pourquoi pas celui-ci ?

Et puis je sanglote. Sanglote et sanglote encore. Enfin je me redresse et le porte emmitouflé dans la couverture, le porte jusque sous les arbres et je commence à creuser. Avec un bâton, avec une pierre plate, avec mes doigts.

*

J'y passe une grosse partie de la matinée afin que le trou soit assez profond pour décourager un ours. Ça tombe bien. C'est un de nos campements préférés. Après toutes ces années. Si son esprit pouvait veiller sur les lieux. Sur la rivière qui change d'une saison à l'autre. Je l'y dépose enveloppé dans sa couverture et je dis

Au revoir, bonhomme. Tu es Jasper. Mon cœur. Rien ne nous séparera jamais, ni ici ni de l'autre côté.

Puis je gratte le sol pour remettre la terre.

Je passe le reste de la journée à ramasser des pierres. Des pavés, des œufs, des pierres lourdes. Lissées et arrondies par la rivière. Je construis un monticule qui m'arrive au torse. Au sommet, je ne sais pas quoi mettre. J'enlève mon vieux pull en laine. Autant mon odeur que la sienne. Je le pose au sommet et continue d'empiler des cailloux. Pour qu'il s'y dissolve comme un drapeau de prière, nos odeurs lavées par les saisons. Comme si je pouvais le couvrir.

Puis je charge le traîneau et remonte le courant.

*

Vingt fois aujourd'hui je me suis arrêté et me suis tourné pour l'appeler. Allez, on garde le rythme. Vingt fois j'ai rentré les épaules en direction de la colline. Courbé la tête, les pieds sur le sentier.

Me suis arrêté une fois, j'ai tourné le visage en plein soleil, les yeux fermés, laissé la lumière cautériser mes larmes. Penché la tête un peu en arrière, un coyote à gorge déployée.

La rivière à ma droite qui vient se heurter à une saillie. Le soleil m'engloutit les paupières, s'écoule comme une eau lourde.

S'il n'y a rien d'autre il y a ceci : être inondé, consumé.

*

Ce n'est pas qu'il ne reste rien. Il reste tout ce qui était avant, moins un chien. Moins une femme. Moins le bruit, la clameur de.

On pense par la parole et par la parole on peut repousser certaines choses. Enfin. Je n'y suis pas arrivé, n'est-ce pas ? Toi non plus. Tu as suivi parce que tu croyais que c'était ton boulot. Est-ce que j'ai été idiot ? Est-ce que nous l'avons été tous les deux ? Aimer c'est choisir un camp et le défendre bec et ongles contre la mort. Retomber du bon côté sur ses deux pieds. Ou sur ses quatre pattes, hein bonhomme ?

Nous autres idiots remontons le sentier, deux idiots dont l'un n'est plus.

*

Il y a une douleur que tu ne peux pas soulager par la pensée. Ou par la parole. Si tu avais quelqu'un à qui parler. Tu peux marcher. Un pied devant l'autre. Inspirer expirer. Boire l'eau de la rivière. Pisser. Manger de la viande de gibier. Laisser la viande sur le chemin pour les coyotes les geais. Et. Impossible de métaboliser la perte. Elle est dans les cellules de ton visage, de ta poitrine, derrière les yeux, dans les méandres de tes entrailles. Muscle tendon os. Elle est toi tout entier.

En marchant tu la propulses vers l'avant. Quand tu lâches le traîneau et que tu t'assois sur une branche morte et. Tu l'imagines se pelotonner à côté de toi sur un carré de soleil peut-être couché sur tes pieds. Pas très en forme. Puis elle s'assoit avec toi, la Douleur, passe son bras autour de tes épaules. C'est ta meilleure amie. Indéfectible. Et la nuit tu ne supportes pas d'entendre ta respiration qui n'est plus accompagnée d'une autre et sous le grand silence comme une partition, le rugissement torrentiel de tout ce qui vit et de tout ce qui est anéanti. Et puis. La Douleur est allongée à côté de toi, très près. Elle ne t'embête pas, ne fait pas même entendre le son de sa respiration.

*

C'est vraiment la merde, hein Jasper ? Ça se la joue super poétique quand la vérité c'est que tu me manques. Tu me manques terriblement, putain.

*

J'ai marché pendant trois jours. À peine mangé ou dormi. M'allonger dans le sac de couchage était une action *pro forma*. Je n'avais pas envie de faire un feu ni de m'asseoir devant, je n'avais pas envie de dormir ni de veiller, je ne savais pas quoi faire d'autre. À l'occasion, je m'agenouillais sur les rochers et buvais des gorgées d'eau à la rivière. Mis le cap sur l'ouest puis sur le nord. Tout droit dans les Indian Peaks. Quand je chasse pour de bon je laisse le traîneau et me déleste au camp de base ou au repaire et je continue en silence. J'emporte un petit sac pour la journée avec la veste en duvet, une bouteille d'un litre pour pouvoir aller jusqu'aux crêtes ou passer une journée à flanc de montagne loin d'un point d'eau. Des allumettes, une scie à gibier, une parka. Pas cette fois. J'ai tiré le traîneau qui raclait et heurtait le sol, faisait un vacarme d'enfer et je ne voyais pas de gibier, que des tamias, des sittelles, des corneilles, des écureuils en alerte qui discouraient dans les cimes, répandant la nouvelle à travers la région : Voilà Hig. Hig avec le fusil. Mais il n'est pas dangereux, il fait un boucan d'enfer avec son attirail, il n'a pas l'air dans son assiette. Il est où son cabot ? L'écureuil sur une branche, aux aguets, la queue recourbée sur son dos, vivant et frétillant, son bavardage aussi perçant qu'un cor des Alpes. Pourrait aussi bien souffler dans un sifflet. Un Deux Trois Soleil ! Jacques a dit J'arrive ! Même les corneilles perchées tournent la tête, nous fixent, moi, d'un œil brillant, le bec ouvert, gorge tendue d'où elles déterrent un cri, un signal colérique au milieu de murmures rauques. Je les inspire. Le summum de l'indignation. Que le chasseur soit insouciant. Qu'il fasse du bruit sur le chemin. Qu'il se montre insouciant, tapageur, inconscient, foute tout en l'air. Qu'il bouleverse l'Ordre. La chaîne de. Les chasseurs et les chassés. Un manque de respect. Il a un problème. *CRÔÔÔAAAA*.

Le chagrin est un élément. Il possède son propre cycle comme le carbone, l'azote. Il ne diminue jamais, jamais. Il traverse tout.

Le troisième soir il s'est mis à neiger. Une neige de fin de printemps mais ni lourde ni humide. La température est tombée aussi soudainement que le passage d'un nuage, il a fait froid, froid comme en plein hiver et le vent lui aussi est tombé. Nous étions au bord d'un petit bassin au-dessus de la cime des arbres et au fond se trouvaient des plaques de vieille neige et un petit lac récemment délivré de sa glace. Nous. Je. Il est possible de continuer ensemble. Pense ce que tu veux moi j'ai cette impression. Restant derrière, explorant les abords du sentier, le même mais invisible. Pas en tant que. Un lac comme un joyau serti dans un chaton de toundra touffue et d'éboulis abrupts, l'eau verte, de ce vert lumineux d'une pierre semi-précieuse qui ne s'excuse pas de l'être mais qui gagne en texture avec le vent. Et puis plus rien. La surface calme, lisse, polie en un instant, l'eau reflétant les nuages noirs qui s'amassaient et se déversaient de l'autre côté des crêtes comme des résidus pourris et soudain il a fait très froid et les flocons ont commencé à toucher la surface. Sans un rond dans l'eau, en silence, disparus. J'ai lâché la bride du traîneau. J'étais à cinquante mètres de l'eau. La neige plus lourde. Un écran blanc qui assombrissait l'air, accélérait la tombée du jour à la façon dont le feu rend la nuit plus profonde. J'étais cloué sur place. Le froid trop intense pour des mains nues et mes mains étaient nues. Les flocons se collaient à mes cils. Ils tombaient sur mes manches. Énormes. Des fleurs et des étoiles. Ils s'amoncelaient, gardaient leur forme, des petits tas d'astérisques et de fleurs parfaites en vrac comme des cubes d'enfants, selon leur géométrie discrète.

Quelque chose proche du rire. Qu'une fleur puisse être si petite, si fugace, qu'un flocon puisse être si gros, si tenace. L'improbable simplicité. J'ai grogné. Pourquoi n'existe-t-il pas de mot pour ce qui est entre le rire et le cri ?

Tout à coup j'ai eu très faim. J'ai quitté ma manche gauche des yeux et j'ai observé le col. La crête de pierre et le pic qui me surplombaient, dans le noir. Mais qu'est-ce que tu fous là ? Hig, bordel, à quoi tu penses ? Pourquoi t'es si haut, si tard dans la journée ?

Je ne devrais pas. Passer la nuit au-dessus des cimes. Les tempêtes se déplacent vite à cette époque de l'année, elles migrent comme tout le reste. Le froid. Je suis exposé. Une panique ancienne m'est montée dans la poitrine. La panique de la nuit qui tombe, de la tempête, d'être seul en terrain découvert. M'a complètement pris par surprise.

Je devais redescendre, perdre de l'altitude.

Cette panique était familière de même qu'une terrible nausée ou qu'une cuite est familière mais absente depuis si longtemps chez moi que je la croyais exclue. Parce que la panique ne sert à rien quand on est coincé entre la vie et la mort. Mais elle ne l'était pas. Exclue, je veux dire. Pas du tout étrangère. C'était une panique qui avait une connaissance intime et proche de sa propre odeur, de sa manière de compresser les angles. J'ai ramassé la corde du traîneau. J'ai regardé mes traces sur un espace où demeurait une croûte de neige. Les ténèbres qui s'épaississaient avec les flocons. Trop tard pour lever le camp. Et merde.

Jasper avait cette capacité de me calmer. Il s'excitait rarement sauf peut-être pour les empreintes d'un loup, alors moi aussi.

Mais tout était calme. Pas de vent donc aucun danger. Je pouvais me mettre à l'abri d'un rocher avec la bâche, me fourrer dans le sac de couchage et dormir. Demain matin, si la neige n'était pas trop épaisse je pourrais redescendre et trouver refuge sous les arbres sans problème, je pourrais pêcher à la mi-journée. À quelques heures en aval.

J'avais mangé toute la viande séchée. Une faim viscérale, vorace, vivante. Si je n'avais pas jeté l'autre viande, celle de Jasper, j'aurais été capable de la manger. Qui pour me juger? Quelle différence qu'elle soit pour lui ou pour moi, nous sommes pareils. Mais j'en avais délesté mon sac en route, des jours plus tôt.

Bon, très bien. Il y avait de l'eau. Il y avait un empilement rocheux de l'autre côté, sur la pente du lac. J'ai tiré sur la corde du traîneau, j'ai fait un pas et me suis arrêté.

Il y avait une ombre sur la crête. Tout était très proche : lac, pente, éboulis, et derrière la silhouette marquée de la crête qui s'élevait au-dessus de la tempête de neige pour transpercer le couvercle bas des nuages. Juste là, sur le fil du rasoir de l'éperon, là où il s'estompait dans le nuage, une imposante masse noire. Je me suis frotté les cils avec mon bras pour en retirer la glace et quand j'ai relevé les yeux vers la crête, elle avait disparu.

J'ai fait un toit avec la bâche bleue près d'un rocher, retiré les pierres plus petites pour avoir un coin plat où me blottir, je me suis couvert et j'ai dormi. Un sommeil sans rêve, sans chagrin accablant, un sommeil interrompu par un réveil dans une obscurité presque totale où j'ai entendu le tic-tac de la neige sur la toile en plastique puis de nouveau le sommeil. Je me suis réveillé en pensant que cette masse était suffisamment grosse pour être un élan. En pensant que je n'avais vu aucune empreinte et en me demandant si c'était bon ou mauvais signe de souhaiter des choses qui n'existent pas.

*

Dix jours que j'étais parti quand j'ai bipé Bangley sur le talkie-walkie. Tôt le matin. Je n'avais pas peur qu'il ne me couvre pas sur les quelques kilomètres de terrain dégagé, ni d'être abattu ou suivi hors de la forêt, mais c'était notre rituel. Sans parler que ça lui donnait un peu de temps pour se faire à l'idée que je déboulais une fois de plus dans son monde, quelques heures pour se souvenir de comment être humain. Enfin, peut-être. Et s'il surveillait le périmètre depuis le poste d'observation dans la maison, ce qu'il faisait toutes les heures, ça pouvait m'éviter d'être mis en charpie par mon propre partenaire. La façon dont j'allais mourir ne me préoccupait pas plus que ça, mais là-dessus, j'avais un peu de mal. Je veux dire avec cette idée : une erreur de Bangley. Qui n'en serait peut-être pas une. Une demi-erreur, pas tout à fait avouée comme ce pauvre Francis Macomber. Voilà. Je ne voulais pas être dans son Heure triomphale. Donc j'ai branché le talkie et j'ai appuyé sur le bouton du micro deux fois.

J'avais deux cervidés dans le traîneau. Des petites biches, mais il y en avait deux, peut-être assez pour justifier la longue absence, ou pas. M'en foutais royalement. Il pouvait dire ce qu'il voulait. Il ne menait plus la danse, moi non plus, et si j'y réfléchissais, j'en savais un peu moins chaque jour. Je savais que dalle.

Une minute, à peine, de la friture et

Tiens tiens. Le Hig prodigue. Je croyais que tu m'avais clamsé entre les doigts. Sérieux.

Salut Bruce.

Pause de considération, plutôt longue. Ça le stoppe net chaque fois. Un réflexe comme d'appuyer sur un bouton. Peut-être qu'il n'y avait que sa maman qui l'appelait comme ça. Quand elle était en colère.

Des ennuis ?

Et maintenant, l'ironie. Ce qui m'a surpris. Bangley avait presque l'air inquiet. Mais difficile à dire, en même temps, par le talkie-walkie.

Quelques-uns.

OK. Content que tu sois revenu en un seul morceau.

Pause.

C'est le cas ? T'es en un seul morceau ?

J'ai examiné la radio. Bangley qui parlait comme un putain d'être humain. Ce doit être la réception, la friture, quelque chose dans la courbe des ondes, une éruption solaire qui les aurait perturbées. Ce qu'il voulait dire c'était : t'as besoin d'aide pour la traversée ?

Ouaip, un seul morceau. Bras jambes, la totale.

OK donne-moi quatre-vingt-dix minutes.

10-4, message reçu.

Hig ?

Ouais ?

T'as pris des putains de vacances ou quoi ?

Ah, ce bon vieux Bangley.

J'ai branché le micro. *Quatre-vingt-dix minutes. Terminé.*

Il faisait déjà jour. J'étais accroupi à ma place au pied d'une pente de pins ponderosas – un bosquet de saules et de peupliers au départ des premières collines où la rivière obliquait vers le sud et où notre sentier continuait tout droit vers l'est. À travers un terrain à découvert. Si j'avais eu la situation en main, je serais parti des heures avant l'aube ce qui aurait évité à Bangley de rejoindre la tour en pleine lumière. Il était armé du CheyTac .408, un fusil de précision aussi léger que peut l'être un engin aussi puissant. Sa fierté et sa joie, conçu pour être utilisé en marchant si vous devez marcher tout en vous permettant d'atteindre quelqu'un dans les poumons à un kilomètre et demi de distance.

J'ai patienté quatre-vingt-dix minutes le soleil dans les yeux, ce qui à vrai dire, n'était pas la meilleure des stratégies de marcher à moitié à l'aveugle, et j'étais content de savoir qu'il était là-haut dans sa tour, le soleil dans le dos avec une vue dégagée jusqu'aux premiers arbres baignés par une lumière parfaite. Ça s'était mal passé à trois occasions. Il y avait eu la gamine avec le couteau qui ne représentait même pas un danger. Au moment où je me suis mis en marche, je me suis dit qu'un problème était bien la dernière chose à laquelle je m'attendais, que l'aube était déjà chaude, adoucie par l'odeur de l'herbe fraîche et des premières fleurs. J'ai marché pendant plus d'une heure, le chargement lourd sur ce terrain plat, les deux biches débitées et entassées dans le traîneau et j'avais encore la moitié du chemin à parcourir pour atteindre la tour, me débattant avec le harnais, tirant fort, lorsque la radio sanglée à ma poitrine a pris vie.

Hig t'as de la compagnie. L'insistance. Un ton alarmé inhabituel.

OK. Compagnie.

J'ai lâché la bride et me suis tourné. Derrière sur le sentier, rien. De grands buissons d'armoise, du *rabbitbrush*, de l'herbe grama déjà à hauteur de genou. Des asters jaunes et blancs en fleurs, de grosses abeilles déjà occupées à butiner, le sentier lisse et désert derrière moi. Le cœur à tout rompre.

Hig ils te traquent. Quatre cents mètres plus haut. Tu m'entends ? Quatre cents mètres, ou un peu plus.

OK. OK. Compris.

Dis 10-4. Répète le code. T'es pilote bon Dieu.

Fais chier Bangley.

J'essaye de te calmer. Concentre-toi sur les détails. Un à la fois.

JésusMarieJoseph. Qui a bien pu engendrer ce type ?

Silence.

Un 10 et un putain de 4. Quatre cents mètres. Je suis concentré.

C'est bien. OK, retourne-toi. Maintenant. Tourne-toi ! Regarde vers moi. Attrape une bouteille d'eau. Étire-toi. Fais comme si tu prenais une pause. MAINTENANT !

OK. OK. C'est bon.

Ils peuvent pas nous entendre, Hig. Le vent souffle vers toi. Ils sont contre le vent. Prends un air naturel. Étire-toi. Bois. Fais semblant de te gratter la poitrine et branche le micro. T'es tout seul. Pour ce qu'ils en savent, Hig, t'es en solo. Une proie solitaire.

Génial, vraiment.

Où est ton pote ?

Mon pote ? Ah Jasper. Longue histoire.

Court silence. J'entendais presque cliqueter les rouages, le léger recalibrage de la stratégie.

Neuf. Pigé ? Retiens ce chiffre. T'as neuf poursuivants.

Neuf ? Putain de merde.

Hig, ils savent que t'es armé. Ils veulent ta bidoche ils veulent ton arme. Ils ne sont pas armés. Pas de fusils. J'en ai pas vu. S'ils en avaient tu serais déjà mort. Compris ?

Ouais, putain, j'ai compris. Neuf ?

Hig écoute-moi. Ils ont des machettes. Des machettes ou des épées.

Des épées ? Des putains d'épées ?

Hig, calme-toi. Ils sont prêts à subir des pertes. D'après moi. Ils en ont après ton arme.

Sacré Bangley. Il devinait tout ça à trois kilomètres de distance. Depuis la tour, penché sur l'œilleton de son télescope.

Génial.

Prêts à subir des pertes. Chacun s'imagine qu'il sera celui qui s'en sort. Ils veulent manger de la viande et ils veulent le fusil. Tu m'entends ?

Oui.

Dis-le Hig. Reste concentré.

Mon cœur battait la chamade. J'ai failli éclater de rire. Là, debout, le soleil dans le dos, le regard porté vers le sentier qui traverse les hautes broussailles avec une saloperie, une putain de division quasi complète de visiteurs à quatre cents mètres derrière.

Dis-le.

10-4.

Bien. Reprends ton souffle.

Bangley, dis-moi ce que tu veux que je fasse? Qu'est-ce que je dois faire?

Respire, je veux que tu respires. Ils te traquent Hig. Ils ont toute la journée. D'après eux. Y a pas le feu. Tu avances lentement, ils vont réduire l'écart entre vous. Petit à petit. Ensuite ils vont te charger. Ils l'ont déjà fait. Ils se déplacent comme s'ils l'avaient déjà fait. Tu copies?

Oui, putain, je copie. 10-4.

OK donc tu as l'avantage. L'avantage, Hig. À cet instant, tu as un coup d'avance.

Vraiment?

Oui, Hig, je te jure. Écoute-moi.

Et dans la seconde j'ai pensé qu'il avait l'air un peu anxieux, ce qui ne m'a pas rassuré. Neuf ça faisait un sacré nombre de visiteurs qui voulaient vous tuer. Me tuer.

Écoute-moi. Devant toi, vers l'est, à environ quatre-vingts mètres, le chemin se transforme en une espèce de ravine. Pas profonde, mais ça suffira. Tu t'étires, tu prends la bride comme si t'étais vraiment épuisé et tu avances vers cette ravine.

Bangley, putain, je suis vraiment épuisé.

C'est bien Hig. Ça va te permettre de rester calme. Pas d'expresso pour Hig, pas pour le moment. On tremble pas. On veut des gestes assurés et efficaces. Maintenant tu marches. Il y a un gros buisson bien dense d'armoise ou je sais pas quoi au nord par rapport au sentier au fond de la ravine. Deux buissons. Parfait. Tu tires le traîneau derrière ces buissons et tu le caches. Tu coupes des branches s'il le faut. T'as deux bestioles là-dedans d'après ce que j'aperçois. Exact ?

T'es doué Bruce. T'es incroyable.

Silence le temps qu'il encaisse. Pas sûr d'avoir été sarcastique. Ou pas, on s'en fout.

Content que tu t'en rendes compte, Hig, sincèrement. Le traîneau et la viande te serviront de bouclier. Au cas où je me serais trompé pour les fusils. Au cas où ils seraient armés. D'une arbalète ou d'autre chose que je peux pas voir. Ce n'est pas le cas, mais on veut que tu sois couvert. Parer à toute éventualité.

Il adore dire ça. Parer à toute éventualité. Enfin, c'est aussi grâce à ça qu'il est encore sur cette foutue planète. Je reconnais qu'il faut bien le reconnaître. Bangley.

Tu caches le traîneau et tu te mets derrière. Compris ?

Bien reçu. Pause. Bangley ?

Vas-y Hig.

J'ai cinq cartouches dans mon magasin. Plus une dans la chambre. Six.

Silence. J'entendais la brise agiter le *rabbitbrush*. Soudain tout m'a semblé excessivement calme.

Comment je vais en buter neuf s'ils me chargent ? Avec six cartouches ?

Crachotement dans la radio. Jamais été aussi heureux de l'entendre. Le bruit de l'intervention, du calme dans le combat, le bruit de la maîtrise stratégique. Bangley.

OK, écoute, Hig. Respire et écoute. Étire-toi encore. Tu n'as aucune idée, pas la moindre petite idée que ces connards sont derrière toi. Ça ferait pas de mal de chantonner.

Chantonner ?

Ouais, vas-y chantonne. Ou siffle. Rien de plus troublant qu'un sifflement. Maintenant écoute, écoute-moi, Hig. Quand ils passeront le bord de cette ravine, tu attends. Tu planifies tes tirs. Tu vas les balayer par le flanc droit. C'est plus facile pour toi. Pigé ?

Oui.

Répète.

Par le flanc droit. 10-4.

OK. T'es peut-être pas au top de ta forme ce matin, mais tu pourras en choper deux, peut-être même trois. Au moins. Et souviens-toi que tu attaques en étant planqué. Ces premiers tirs les prendront totalement par surprise, tu peux me croire. Va leur faire un sacré choc. Ils croyaient qu'ils t'avaient. Ils croyaient que t'étais qu'un chasseur de chevreuil à la con complètement HS et qui rentre chez lui sans se douter de rien. Savaient pas qu'ils mettaient les pieds dans ton foutu périmètre.

Il m'encourageait. Ça marchait. Sacré Bangley.

Hig ?

Ouais ?

T'es avec moi ?

Oui. Et maintenant qu'est-ce qu'ils foutent ?

T'occupe pas d'eux. Ils ont toute la journée, tu te souviens ? Tant que t'es à l'arrêt, eux aussi font une pause et bougent pas d'un iota. Allez, Hig, tu en butes deux ou trois tout de suite. Peut-être quatre si c'est ton putain de jour de chance. À partir de là, les autres s'éparpillent pour se mettre à l'abri et tenter de te localiser. Jusque-là, ils n'ont pas eu le temps de le faire. Ensuite tu gardes tes munitions à côté. Pas dans ta main, tu pourrais faire tomber des cartouches. Tu les alignes, undeuxtroisquatre cinq. Mets-en dix. Si t'es d'humeur généreuse douze c'est mieux. Tu les mets sur le traîneau. Dix.

Dix.

Bien. T'as un magasin. Jamais compris ta foutue nostalgie pour cette connerie de levier de sous garde calibre .308. C'est quoi ça ? Un Savage 99 ?

Il savait très bien ce que c'était.

Foutu Savage 99. Salaud de Hig. Bon ben chuis content. Maintenant chuis content.

Sérieux ?

J'te jure, Arthur. Le magasin. Ça sera beaucoup plus rapide comme ça. Suffira d'un coup de pouce. Tu les charges une à la fois, pas d'urgence. Si t'as le temps, doucement, tu mets les six dans le chargeur. En silence parce que tu veux pas qu'ils te repèrent s'ils l'ont pas encore fait. Et ils t'ont pas repéré. Pigé ?

J'ai inspiré profondément. J'étais épuisé. Soudain j'étais très très heureux d'avoir Bangley pour me couvrir. Jamais été aussi heureux.

Compris. Dix sur dix même.

Ça c'est mon Hig. Après la première salve il en restera entre sept et cinq. Tu es à l'abri, dissimulé, et s'ils croient que ça vaut la chandelle de risquer leur peau qui vaut pas un clou pour continuer d'avancer alors que tu viens de buter leurs potes, c'est qu'ils sont plus dangereux que ce que je crois. Ils le feront sans doute pas. Par contre, ils seront sûrement en rogne. Pas oublier le facteur rogne. Très important. Le facteur à la con du t'as-buté-mon-jumeau-attardé. Et là, t'as vraiment l'avantage.

J'ai commencé à rire. Là, le soleil dans les yeux et la brise qui arrivait de la montagne en portant sans doute le parfum *Eau de maraudeur*, et mon chien mort, j'ai commencé à rire.

Tu ris ou tu pleures ?

Il avait l'air vraiment inquiet.

Rigole. Je rigole. Jasper est mort. Dans son sommeil.

Désolé Hig, sérieux. Mais faut que tu te reprennes, maintenant, Hig !

OK OK. Le facteur à la con du jumeau-attardé. Je suis avec toi Bangley.

En service, Hig. T'es en service. Il t'en reste entre quatre et sept. S'ils chargent parce qu'ils ont les boules, t'en flingues deux de plus, et ce sera plié. Les autres battront en retraite, assuré. S'ils sont plus malins qu'ils en ont l'air, ils se disperseront d'abord. Ils essayeront de te prendre par les côtés. Ça serait problématique mais j'ai un bon angle de tir. Tu te rappelles que tu voulais que la tour fasse six mètres de haut ? T'arrêter à six mètres ? Que j'ai dit neuf et que tu m'as fait la gueule pendant deux semaines ? Tu te rappelles ? Et l'avancée ? Mon avancée avec ses doubles poutrelles blindées ? C'est pour ça. Je les vois. Tous. Ils sont couchés à terre pour l'instant, mais quand ils bougeront, même accroupis, je les aurai. Donc toi tu restes où t'es. S'ils se dispersent, tu recharges et je t'indiquerai leurs positions. Tu te mets face à la pointe rocheuse à l'ouest, à midi, et je te les indiquerai en partant de là. Direction et distance. Ce sera comme au ball-trap.

Hig ? T'as pigé ?

Ball-trap. Pointe rocheuse à midi.

T'es un bon gars. Tu me parais bien concentré, Hig. Juste, je pense à un truc. T'as ton arme de poing ? Le Glock ?

Oui.

T'es un as. On fait tout comme j'ai dit. Si ça foire, qu'y en a un qui s'approche trop, tu dégaines le flingue et tu le butes. Assure-toi qu'il est armé. Tu attends d'être hors de vue et tu vérifies. Compris ?

Compris – 10-4.

Maintenant range ta bouteille d'eau, sifflote, ramasse la corde et avance.

Je me suis exécuté. J'ai sifflé. J'ai passé le harnais sur mon front comme une courroie de portage, ce qui me permettait de soulager mes épaules, et j'ai repris la marche. Très lentement. Soudain, j'étais harassé, plus fatigué que je ne l'avais jamais été. Une part de moi voulait simplement s'allonger et dormir dans le soleil chaud du matin, les laisser emporter la viande, le fusil, ma vie. Qu'on en finisse. Mais une autre part voulait faire équipe avec Bangley. Je veux dire que je voyais bien que ce défi l'excitait et que ce malade croyait vraiment en moi. Pensait que je pouvais m'en tirer. C'est bizarre, mais j'ai voulu le faire en partie pour lui. C'est pour ça que je pense qu'une équipe est en général plus forte que la somme des individus. Je me suis courbé et j'ai avancé, tiré comme une mule sur le harnais et j'ai fait bouger le traîneau sur le chemin dégagé et une fois que j'ai été lancé, c'est devenu plus facile. J'ai atteint le bord de la ravine, j'ai saisi la bride d'une main, le kayak par l'anse et je l'ai fait basculer de l'autre côté. Je l'ai dirigé à la main en descendant la petite pente. Arrivé en bas, alors qu'il continuait de glisser, j'ai tiré aussi fort que possible sur la bride et j'ai couru. Le sol était sablonneux, dégagé au fond. Suis allé aussi vite que possible. Dès que je serais hors de vue, ils gagneraient du terrain pour me rejoindre, et eux aussi courraient. J'ai tiré le traîneau vers le buisson d'armoise le plus éloigné et je l'ai couché sur le côté. Dans un même mouvement ou presque, j'ai sorti mon gros couteau de chasse et j'ai commencé à couper de grosses branches. En moins d'une minute, le traîneau était caché. C'était un kayak vert, vert sapin, et tout à coup, j'ai été super content d'avoir choisi une couleur de camouflage plutôt qu'un fuchsia vif bien criard.

Cinquante mètres Hig. À cinquante mètres de la ravine.

J'ai dégagé le fusil de son attache sur le traîneau, ma seule et unique boîte de cartouches et je me suis allongé, j'ai calé le fusil sur la patte arrière d'une des biches à la peau dure. Je débitais toujours les animaux avec leur fourrure, je les dépouillais plus tard ce qui était plus difficile mais préservait bien mieux la viande pendant le transport. À cet instant, j'étais heureux d'avoir cette habitude. La fourrure à ras offrait un appui solide au canon du .308.

Trente mètres. Trente Hig.

Il murmurait à présent, tout près.

Ralentissent. File indienne sur le sentier facile d'accès. Ils se doutent de que dalle, Hig. T'as pigé. T'as l'avantage Hig. Reste calme, attends que tout le groupe descende au fond et chope-les par la gauche, d'avant en arrière. Recharge. Recommence. Tu vas t'en sortir. Maintenant je me tais. Bonne bourre.

Il avait débranché. Bangley. Un truc tellement bizarre à dire : bonne bourre. Mais ce connard était sérieux, en plus. Ça m'est monté au cerveau. J'étais survolté. Le fusil en équilibre sur la peau de la biche, j'ai sorti le Glock de son fourreau attaché à ma ceinture et l'ai armé et posé sur la fourrure à droite. À soixante centimètres. Retiré le plastique rouge qui maintenait les cartouches dans la boîte et je les ai posées à la droite du canon, pointe vers l'avant, pour que je n'aie plus qu'à les charger sans les retourner. Mes mains tremblaient un peu. Juste un peu. *Bonne bourre.* Ça changeait tout ou presque. *Tu n'as tout bonnement rien à perdre Hig.* C'est ce que je me disais. Alors éclate-toi. Le cœur qui battait, mais de ce battement entre joie et anxiété qui me rappelait l'époque où je jouais au foot au lycée. J'étais goal, la dernière ligne de défense, la dernière chance, le dépositaire ultime de la confiance de l'équipe, et j'éprouvais exactement la même sensation à présent. Bon sang, tu pourrais aussi bien te carapater sous un rocher. Mais une fois la machine lancée, ne restait que l'action, les réflexions envolées, et la joie qui me faisait dépasser ma peur. Je me sentais presque comme ça à cet instant. Le *Rien à perdre* synonyme du *Déjà mort* du samouraï. Voilà ce que je me disais.

J'ai aligné treize cartouches en laiton. Le 13 de la chance. J'ai actionné le levier, enfoncé la cartouche dans la chambre et j'en ai glissé une autre dans le magasin. Il en restait douze, une rangée de soldats en laiton brillant. Deux recharges complètes. Une inspiration profonde et j'étais paré. Je faisais porter tout mon poids sur le fémur de la biche sous la couche de muscles et de peau. Je le sentais contre ma poitrine. Main droite autour de la carcasse index sur la détente et les deux yeux braqués sur le carré de poussière où le chemin tombait dans la ravine, la terre presque polie par le passage du traîneau, le passage de nos années. Quarante-cinq mètres environ. Et

Le premier est passé de l'autre côté à moitié accroupi, ni rapide ni lent, est passé de l'autre côté et a ralenti, perplexe. Mais il est passé. Un homme très mince avec une grosse barbe grise, les bras nus couverts de tatouages de prison, des étoiles et des croix, il brandissait une épée. Une putain d'épée de cavalerie. Ne voyant pas sa proie, s'attendant à la voir d'un instant à l'autre, il s'est relevé par réflexe et a rejoint le fond de la ravine en examinant les traces du traîneau dans le sable. Le suivant l'a presque renversé tellement il est arrivé vite, impatient d'attaquer, un homme énorme, avec une barbe rouge, armé lui aussi d'une épée. Je ne réfléchissais plus. Des tueurs. C'étaient des tueurs. Je les voulais. *Bon sang de bonsoir, Hig, t'es sur la bonne voie mon pote.* J'entendais les paroles de Bangley résonner comme par une espèce de transmission télépathique. Je sais pas, peut-être que ma bouche s'est mise à saliver. Plaignons les proies qui meurent sous les coups de ces hommes. Le troisième était un type aux cheveux longs, des cheveux sales aux mèches torsadées qui lui descendaient à la taille, rasé de près, avec une veste de motard en cuir noir – il était armé d'une batte de baseball hérissée de vis. Longues, environ huit millimètres de diamètre, sans la tête et avec la tige aiguisée. Rouge et Vis ont dépassé le meneur à toute pompe, déboulant par-dessus le bord du ravin visiblement assoiffés de sang, et ils avaient parcouru un peu plus de trente mètres avant de s'arrêter pour regarder autour d'eux. J'avais ces trois-là en ligne de mire. Trois autres se pointaient, pour moi, le flou d'une masse en mouvement. Je les tenais. D'avant en arrière, du meneur Maigrichon à Rouge et à Vis de gauche à droite, Bon allez, j'ai mis les réticules sur le meneur, tiré. Sursaut familier, le fusil qui se soulève de la fourrure, à peine, se déloge et se déporte sur la droite, j'avais fait ces gestes des dizaines de fois pour prendre deux ou trois cerfs, tirant par la gauche pour atteindre le centre de la masse, le canon à un poing de large du reste, facile, je vise Rouge et je tire. *PAN!* Repositionnement. Aucune décision le tir c'est tout. À peine conscient des deux premiers qui tombent, le dernier, Vis, qui commence seulement à s'accroupir pour plonger et *PAN*, atteint à l'épaule ou au flanc, il tourbillonne, projeté en arrière, s'agite au sol, puis plus haut, la masse au bord du ravin qui se désagrège, sur le point de se fragmenter, suffit de viser le plus gros objet, deux hommes ensemble et je tire, un bras qui part en arrière, renversé, à terre. Repositionnement. Quatre. Quatre! Quelque chose monte en moi, ni joie ni triomphe mais pas loin. J'étais, nous étions, nous étions une équipe, nous en avions mis quatre au tapis –

Hig, recule! Cours!

La radio soudain à fond, pressante, à la limite de l'hystérie

Cours vers moi, vieux! Maintenant! Le Glock! Chope le Glock, Attrape les balles, la carabine dans l'autre main! COURS! Vers moi!

Bon Dieu. J'ai obéi. Quelque chose dans les ordres, l'ordre, la séquence très claire, Dieu merci, j'ai attrapé le Glock, l'ai fourré dans ma poche droite, ramassé une poignée de balles, la carabine, couru. Un coup d'œil en arrière. Là, j'ai aperçu les cinq restants qui passaient par-dessus le bord de la ravine dans une course effrénée tête baissée, dispersés. Ils étaient rapides. Sveltes et rapides, une arme dans chaque main et c'est tout. Cette image : cinq hommes imposants déployés pour charger. Le sable les ralentirait, ils seraient sur moi en trente secondes. Un seul, un seul me tuerait. J'ai couru. Carabine, cartouches dans la main, j'ai couru. Aussi vite que possible. Un dernier regard, ils étaient au fond de la ravine, à découvert, se rapprochaient

VROOOOMP

Commotion retombée d'une pluie de poussière poussière dans bouche yeux

VROOOOOMP

Les bras qui couvrent la tête putain de Jésus Marie Joseph

VRAAAOOOOOOOOOOOMPK

Tressaillement sol qui tremble griffe la poussière poussière en mottes qui volent bouquets d'herbes pluvieuses de sable en averse de cailloux de tige de bois de son mat en motte et

Silence. Les oreilles qui bourdonnent. L'humidité. Le nez qui saigne.

Dans le silence assourdissant j'entends la radio. *Hig? Hig? Hig! T'es en vie? Hig!*

Tous les morceaux. Mains qui griffent à nouveau le sol. Quoi? Main à la tête. Rien, la tête n'a rien. Les oreilles qui sifflent. Roule sur le côté, la manche au nez, le sang, pas grave. Salive. Les yeux. Le regard clair, doigts engourdis, respiration. Intact.

Hig! Bordel t'es en vie! Fais une pause, fais une pause. Rien de cassé? T'es en un seul morceau? Essaye de te lever. Lentement. Hig!

Sur les genoux c'est bon. Rester comme ça un instant peut-être une semaine. Les mains et les genoux. Le sang du nez qui goutte par terre je le vois, c'est bon, un bon signe. Les mains et les genoux respiration. Respiration. OK je vais bien.

Hig ils sont plus là, ventilés. J'en vois un ou plutôt des morceaux à trente mètres derrière. Peut-être des blessés. Les autres ont disparu de l'écran. Plus là, Hig. Tu m'entends? Quand tu pourras te ressaisir, récupère ton arme ta carabine.

Hig? Tu vas bien. Sans doute un peu sonné c'est tout. T'as toujours le Glock? Hig? Vérifie dans ta poche. Dis-moi si tu as toujours le Glock. Jusqu'à ce qu'on soit sûrs et certains que la voie est libre. Dis-moi.

Les mains et les genoux. Je me mets en boule pour m'asseoir. Le soleil qui me fait cligner des yeux. Il me parle. Bangley me parle. La radio. Porte une main à la poitrine, la main raidie et lente comme dans une séquence au ralenti, branche le micro j'appuie pas de force

Je. Je.

Tout va bien Hig. Bon gars.

Je. J'ai le Glock.

Bien vieux. C'est bien. T'es un bon, Hig. Reste où t'es une minute, respire.

Silence.

Bangley.

Oui, Hig?

Tu me dis toujours de respirer.

Rire dans l'émetteur. Un vrai rire de soulagement sincère. Une gorgée d'eau fraîche.

C'est toujours mieux de respirer que le contraire, tu crois pas, Hig?

Nouvel éclat de rire.

Tu t'es bien démerdé, Hig. T'as été génial. T'en as buté quatre d'affilée. Quatre! Tu jouais gros et t'as tout raflé, vieux. On avait dit deux au max tellement t'avais l'air de sucrer les fraises.

Rire.

Merci.

Silence.

Putain qu'est-ce qui vient de se passer? Bangley. Qu'est-ce que t'as fait?

Mortier. Du british 81 millimètres. Fallait bien que j'utilise ces saloperies de mines un jour. L'avancée sur la tour que je t'ai fait construire? C'est pour ça Hig. Pour te sauver la peau. Voulais te faire la surprise, un peu comme un cadeau d'anniversaire, quoi.

Grésillement.

Ça t'a mis sur le cul, pas vrai, Hig? Pour de bon. M'en reste encore une belle réserve. Pour quand ça tournera vraiment mal.

Assis par terre au soleil pendant que le sang dans mon nez coagulait et que j'essayais de digérer l'histoire du tir au mortier. Ce connard de Bangley. Il avait un mortier et des mines cachés sous la tour depuis tout ce putain de temps. Bon Dieu.

Grésillement.

Au début quand j'ai vu les neuf types qui venaient lentement sur toi, je suis descendu chercher le bestiau dans les broussailles où je l'avais planqué. Je m'disais que t'aurais peut-être besoin d'un coup de main un peu musclé, cette fois, Hig.

Pause.

Mais tu t'es super bien démerdé. T'aurais peut-être même pu t'en sortir sans ça. Ces tirs que tu nous as faits. La vache.

J'ai vu ma carabine qui avait valsé sous un buisson de pourpier de mer à quatre mètres de là. Penché la tête en arrière une fois de plus : les yeux fermés, le soleil m'a inondé, le sifflement dans les oreilles s'est éloigné lentement comme un vent vagabond. J'ai ri. Crié aussi. Ri et crié en même temps, je ne sais pas combien de temps, comme un dément.

*

J'ai pris l'avion cet après-midi-là. Pas du tout en état de le faire, mais je l'ai fait quand même. Pour débusquer les quatre mecs qui restaient, pour m'assurer qu'ils n'avaient pas des vues sur les familles ou sur nous, mais rien. Ils sont retournés vers les collines, voilà ce qu'ils ont fait. C'est au mieux. Voler. Sans Jasper pour la première fois depuis des années. Quand même étalé sa couverture avec le chasseur de faisan sur le siège, pour me porter chance, j'imagine, quand même effectué mon circuit avec précaution, entamé mes piqués moins brutalement pour ne pas le projeter au sol – la façon dont je m'étais entraîné à voler depuis. Après avoir effectué le grand tour, à la vague formée par les premières collines à l'ouest, j'ai fait demi-tour et j'ai volé à basse altitude pour observer le carnage, les trois cratères des plaies ouvertes dans les broussailles, les cadavres où nous les avions laissés quand Bangley est venu m'aider à rapporter le traîneau. Je pouvais à peine le tirer. Non pas que je manquasse de force dans les jambes. Le sang me battait aux tempes, une douleur au niveau du front, mais surtout, j'étais dans l'incapacité de me concentrer assez longtemps pour faire cinq pas d'affilée en tirant une charge. Me sentais un peu nauséeux, aussi. Bangley s'est montré patient et après m'avoir pris le harnais il a dit

Fais une pause Hig. Je m'occupe de ça. La journée a été longue.

Tu vas me dire de respirer ?

Il a bu une gorgée par le tube en plastique de sa poche d'eau et m'a regardé sous un jour nouveau. Il avait un brin de tabac sur la joue qui ressemblait à un grain de beauté. Exactement au même endroit que Marilyn Monroe.

Hig ?

Ouais ?

Respire seulement si t'en as envie. Tu sais, quand tu dis que je suis soulagé. T'en as vu trente-six chandelles, Hig, c'est sûr. Et chuis désolé, sincèrement. Mais. C'est toujours mieux que d'être mort. Ça pourrait même être pire. Déjà t'as les deux yeux qui regardent dans la même direction et t'as pas non plus perdu ton sens de l'humour.

Il a passé la courroie sur son front, s'est penché en avant et s'est mis à marcher.

À présent depuis l'avion je pouvais tout voir : la bifurcation dans le sentier sablonneux et le tas de branches où j'avais caché le traîneau, un peu de plastique rouge dans la poussière le petit porte-cartouches qui accompagnait la boîte, l'endroit où j'étais arrivé quand la première mine a explosé à pas vingt-cinq mètres de là. Les quatre où je les avais butés, trois dans le sable au fond de la ravine, un plus haut, les oiseaux, vautour corneille corbeau pie, qui se dispersent d'un coup quand je les survole. Le type mutilé par le tir au mortier qui aurait tout aussi bien pu être moi. Un bras, la moitié de la tête arrachés. Ma tête me faisait toujours mal et alors que je volais à basse altitude et que j'ai vu le corps, je me suis penché et j'ai vomi par la vitre. Pas grand-chose à vomir, tout juste les haricots en boîte et la salade de gibier que m'avait préparés Bangley dans le hangar mais ça a dégouliné sur le fuselage et j'ai tout dû nettoyer le lendemain. Ce qui restait, ça aurait pu être moi. Le mortier n'est pas une arme de précision. Bangley a dit qu'il avait évalué la distance et l'angle de cinq points le long du sentier et qu'il était presque sûr de son coup mais. En fait, c'était surtout un pari très risqué, il a vu que je me faisais déborder et.

Je me suis essuyé la bouche avec le dos de la main, puis j'ai mis le cap sur le sud-est et j'ai fait le tour des routes qui conduisaient aux familles, mais rien. Quand je suis revenu par l'est, j'ai aperçu une douzaine de personnes dans la cour et la combinaison de travail rouge qui flottait mollement sur le poteau alors j'ai atterri. L'avion a rebondi sur l'allée et j'ai éteint le moteur. Les articulations raides en descendant.

Aaron est un grand homme taillé à la serpe, avec une barbe comme une vague de bois sculpté. La maladie du sang l'a bien amoché comme la plupart des autres et il avance lentement, posément, comme un homme beaucoup plus vieux. Il a agité la main, énorme au bout de son poignet étroit qui surgissait d'une chemise en flanelle reprisée.

Je leur ai fait signe et tous, mères pères enfants ont marché vers moi, un groupe déguenillé, puis ils se sont arrêtés et nous nous sommes fait face, séparés par la cour en terre battue boueuse. Cinq mètres. La distance aussi tacite qu'irrévocable comme dans un vieux western où le montagnard croise la route de guerriers indiens dans la prairie. Ou quand le fermier affronte l'avide propriétaire terrien et ses porte-flingues, les chevaux qui renâclent et se raidissent comme au bord d'un précipice. Toujours cette parcelle de zone démilitarisée que nous respectons les uns les autres et au-dessus de laquelle les mots peuvent être échangés avant d'être suivis peut-être de balles de flèches et de mort. C'est comme ça qu'on l'appelle, la ZDM. Bizarre au début, plus maintenant. Ici, nous avions décidé sans même en parler ni sans la moindre preuve médicale que la maladie ne pouvait pas se transmettre d'aussi loin. Se transmet sans doute même pas à un mètre et demi de distance, ni même par simple contact, mais tout le monde, et surtout moi, se sentait mieux avec ce fossé. Nous en avions besoin, nous placions les objets à récupérer au milieu de la zone et ça aussi ça nous convenait.

Aaron a dit, Tu ne fais pas descendre Jasper?

J'ai cligné des yeux, me suis à moitié tourné vers l'avion, et puis je suis resté planté là. Le souffle coupé pendant une seconde.

Ils m'observaient, tous, je sentais une espèce de pression sur moi. J'ai baissé la tête, regardé une goutte d'eau salée tomber dans la poussière. L'ai effacée.

Hig tu vas bien?

Aaron était penché en avant, son cou de dinde, sa barbe. La terre des âmes perdues. Puisqu'on parlait d'être déjà mort. Je me suis redressé.

Il est mort Aaron. Sur la montagne. Dans son sommeil. Il était vieux.

L'onde de choc qui a traversé le petit groupe s'est presque matérialisée sous mes yeux. Dernièrement, ils avaient perdu un enfant, Ben, un garçon de huit ou neuf ans qui était toujours excité comme un boisseau de puces, encore plus que les autres, chaque fois que j'atterrissais et sortais Jasper. Très souvent, il oubliait le règlement et bondissait dans la zone en hurlant de joie et tendait les bras vers le chien qui se mettait debout et remuait la queue et telles ces silhouettes peintes sur une urne grecque, jamais il n'arrivait jusque-là, jamais il n'atteignait son but – car un parent au bras long, une tante, le récupérait toujours avec une douce réprimande.

Je suis désolé Hig. Nous sommes tous désolés.

La sincérité de ces paroles, leur dignité. Après tout ce qu'ils avaient perdu et. Ça ne changeait rien. Ce chien était mien, il était ma famille. La seconde larme a coulé, je l'ai essuyée et me suis dit qu'il n'y en aurait pas d'autres. Pas devant eux.

Merci.

Une petite fille s'est avancée. Elle s'appelait Matilda. Elle avait un bouquet d'asters sauvages dans une main. Elle est allée au centre de la zone, l'a déposé par terre et m'a souri.

Je viens de les cueillir, a-t-elle dit. Pour toi.

C'est un cadeau ?

Elle a acquiescé en me regardant. Elle souriait, jolie, la peau cireuse, des cercles noirs autour des yeux.

Merci, ai-je répondu. Merci. Et j'ai craqué. Je suis resté planté là devant eux tous et j'ai pleuré, pleuré de manière incontrôlable, tremblant, et j'ai souri à la gamine à travers mes larmes. Son sourire à elle s'est estompé et elle a affiché un air apeuré et elle est retournée dans les jupes de sa mère et je m'en suis voulu mais je ne pouvais pas me retenir. C'était Jasper, mais pas seulement. C'était tout cela. Est-ce que c'était ça l'enfer ? D'aimer à ce point, d'avoir un tel chagrin à cinq mètres de distance, cette distance infranchissable ?

J'ai ramassé les fleurs mais ne me suis pas reculé ensuite. Ils étaient à portée de bras, à peine plus.

Merci, leur ai-je dit à tous. Jasper adorait venir ici.

Et c'est vrai. Je pense que l'odeur des enfants le rendait heureux.

Les fleurs sont magnifiques. J'ai respiré leur parfum. Mmmm. Wow.

Grand sourire. La petite a de nouveau souri, toujours pendue aux jupes de la femme.

Vous avez mis le drapeau ?

Aaron a acquiescé. La dernière fois, c'était une semaine après la dernière livraison de Sprite. La pompe à énergie solaire qu'ils utilisaient pour tirer l'eau de la rivière et irriguer leurs cultures était morte ; en fait, juste un fusible à changer mais ils n'en avaient pas alors j'en ai rapporté un le lendemain matin. À ce moment-là, une grande femme a traversé le groupe pour se présenter. Renversante – la moitié du visage. La maladie ne lui avait pas encore dérobé sa vigueur. La moitié de son visage était gravement brûlée, comme par une explosion de gaz. En parlant, elle se détournait en partie et regardait son interlocuteur de biais, semblait presque parler dans le vide. Elle s'appelait Reba comme la chanteuse de country d'autrefois et elle aussi savait chanter, je l'avais entendue. Elle a tendu un seau en plastique fissuré qui avait contenu des légumes en saumure et je m'en suis saisi, de la main à la main, pour la toute première fois, et j'ai vu qu'il regorgeait de jeunes laitues.

On a eu une récolte exceptionnelle, a dit Aaron. Je me souviens que tu disais que tu ne les cultivais pas pour je ne sais plus quelle raison. On a pensé. Il n'a pas terminé sa phrase.

J'ai souri. Je me suis accroupi et j'ai tendu la main à la gamine qui m'avait donné les fleurs.

Vas-y, a dit sa mère.

Elle a tendu sa petite main noire de terre, je l'ai prise et l'ai serrée légèrement et j'ai souri. J'ai croisé ses yeux noisette, un peu injectés de sang à cause de la guerre qui faisait rage dans son système immunitaire, et je me suis accroché à ses tout petits doigts pendant un long moment, je m'y suis accroché comme si c'était une corde et que j'étais un homme sur le point de se noyer.

*

Les haricots poussaient déjà, leur petite boucle émergeant de la terre retournée. L'eau coulait dans les sillons. J'ai dit à Bangley que je repartais.

Nous étions dans son atelier installé dans le salon d'une des grosses baraques au nord de mon hangar. Une double baie vitrée s'ouvrait à l'ouest, vers les montagnes, tournant le dos à la piste. En fait, c'était une armurerie. Bangley ne s'excusait pas de ne rien connaître à la mécanique, au travail du bois, à la menuiserie en général, à l'agriculture, surtout à l'agriculture, au jardinage, à la cuisine, surtout à la cuisine, aux langues, à l'histoire, aux maths au-delà de l'arithmétique, à la mode, au travail du cuir, au gin-rummy, à la couture, et encore moins à la rhétorique – le décorum, les règles d'un débat rhétorique respectueux.

Crache ta Valda Hig, c'était son expression, en dernier recours. Crache-la et pas la peine de prendre de foutus gants. Y a que toi et moi ici ha ha ! Personne d'autre à impressionner.

Mais il s'y connaissait en armes, savait comment les modifier, les améliorer, et il pouvait en construire une avec trois fois rien, un bout de tuyau et de vieux couverts. Dans la remorque du pick-up avec laquelle il était apparu à l'aéroport un après-midi, il avait une imposante perceuse à colonne, un fer à souder, un générateur, des meuleuses, une scie à ruban. Quand j'ai fait remarquer que ces techniques – la soudure, la brasure, la trempe – pouvaient servir à toutes sortes de travaux du métal il m'a lancé son rire plein de gravier.

Mais tout ça, moi, ça me sert à rien.

Il avait également apporté une cinquantaine de posters qui ne représentaient que des filles en bikini ou en tenues plus légères encore brandissant différentes armes légères elles aussi, si je puis dire, ha ha, avec, en bannière, les grandes marques, de Colt à Sig en passant par Winchester. Ces posters recouvraient les murs lambrissés de noyer qui accueillaient autrefois des tableaux encadrés et étaient scotchés jusque sur le cadre des fenêtres. Ces filles tiraient des salves à la mitraillette, tenaient des pistolets devant elles comme si c'étaient des feuilles de vigne et parfois ne se préoccupaient même pas de cacher leur nudité, et la douleur qu'elles me causaient, je parle de la vue de ces femmes dévêtues, leur vue me prenait à la gorge si bien que je limitais mes visites au strict minimum. Quand j'y allais, je l'interpellais depuis la cour, attendais qu'il me réponde, m'invite à entrer, par exemple, tentant par là de l'inciter à faire de même et à ne plus me donner une attaque cardiaque quand il passait au hangar, même si je savais que c'était en vain.

On a plein de viande, Hig, il a dit en redressant un gros tuyau dans un étau.

Après notre accrochage de l'autre jour il avait annoncé qu'il allait construire un lance-grenades. En fait, il en avait déjà un, un M203, mais la portée n'était pas suffisante pour me sauver la peau, il avait dit, donc il allait le refaire. En plus précis, a-t-il ajouté.

Je voudrais pas que Hig voie encore trente-six chandelles, ça le rend débile, après.

Là, il s'est redressé et m'a observé en plissant les yeux pendant que j'essayais de ne pas poser les miens sur les nanas à poil assoiffées de sang. Bizarre : sur une table basse, près du canapé en cuir qu'il avait décidé de garder, se trouvait une photo encadrée de la famille qui vivait là : des vacances à la montagne, trois gamins blonds avec des casques, des parkas, leurs parents qui se tiennent derrière avec les skis, grands sourires, les dents aussi blanches que les sommets enneigés derrière eux. À Vail ou quelque part par là. Je n'ai jamais posé de question à ce sujet. J'ai subodoré que la présence de cette photo n'était pas un simple rappel de ce qu'avait pu être la chaleur d'un foyer à l'époque où elle sévissait encore, mais qu'elle permettait plus vraisemblablement à Bangley de continuer à compter les points : Hé, salauds de yuppies, vous voyez, vous aviez tout ça mais aujourd'hui, c'est qui qui l'occupe, votre beau salon, qu'a une santé de fer, et qui fabrique des armes ultra efficaces pour continuer d'en profiter, contrairement à vous.

J'extrapole peut-être, mais.

Tu crois que t'as besoin d'une autre partie de pêche ? La dernière était pas assez excitante ?

Je secoue la tête. En avion.

En avion ?

À Grand Junction. J'ai capté une transmission qui venait de là-bas y a pas longtemps. De la tour.

Ses mains, que je me représentais toujours comme appartenant à un animal tellement elles étaient grosses et brutales, ont lâché le tuyau, posé la lime. Il m'a regardé de sous le râtelier des fusils qu'il m'avait fait construire dans les débuts — il ne faisait jamais rien sans avoir l'équivalent de la puissance de feu de tout un escadron à portée de main.

Y a pas longtemps ?

Trois ans.

Son large sourire figé. Il a frotté ses joues couvertes d'une barbe de trois jours et je l'entendais depuis l'autre bout de la pièce.

Trois ans.

Il s'est à moitié retourné pour regarder par la fenêtre ouest, en direction de Junction comme s'il tentait d'évaluer en espace-temps le rapport entre les distances et le passage des saisons. Un instant, et pour la première fois, je l'ai vu comme un homme vieillissant. Il est revenu vers moi.

Bon sang, Hig. T'es pas doué pour réagir quand on t'appelle, hein ?

Je lui ai souri.

Hig ?

Ouais ?

C'est ta crise de la cinquantaine ?

Juste derrière lui sur la gauche, accroché au mur lambrissé à côté de la grande fenêtre, se trouvait l'image d'un top model tchèque célèbre, l'air méchant, qui tenait une mitraillette courte ressemblant à un Uzi. Elle s'appuyait sur sa jambe gauche, hanche droite projetée en avant, et toute cette géométrie conduisait l'œil du spectateur de ses yeux verts à son entrejambe qui ressortait timidement en un petit triangle de poils noirs qui ne cachait pas la petite ligne, le chemin vers la terre promise. Ça m'a tué. La respiration aussitôt difficile. Je me suis dit que Bangley était un tacticien-né. Il évaluait n'importe quelle situation en une fraction de seconde, trouvait le ressort qui remonterait le mécanisme, le point vulnérable. Est-ce que je faisais ma crise de la cinquantaine ?

J'y crois pas trop à ces trucs, j'ai dit. Cette vie de merde est une crise perpétuelle.

Tu crois ?

Non.

D'abord l'élan, maintenant la tour de contrôle. À quasiment cinq cents bornes d'ici. Il est à combien, ton point de non-retour ?

Il parle de carburant. Le point après lequel je n'aurai pas assez d'essence pour revenir.

Quatre cent vingt.

Peut-être que tu cours après des ombres Hig. Tu veux notre mort à tous les deux ?

Je me tenais au milieu du salon familial. Il y avait eu un écran plat, une grosse stéréo, un lecteur de musique sur une table basse avec plus de dix mille chansons, beaucoup de country pop. Bangley avait tout balancé, accroché le râtelier et les posters à la place. Il y avait une manette de jeu sur la table au milieu de la pièce. On l'avait branché : *Le Monde en guerre VII*. J'ai cru que ça plairait à Bangley. J'avais à peine lancé le jeu qu'il s'est éloigné et s'est visiblement détendu quand je l'ai éteint.

Je sais, j'ai dit.

Il m'a regardé. Ses yeux minéraux, son sourire rigide.

Je sais que c'est un risque. Quelle que soit la personne qui a envoyé cette transmission, elle avait de l'électricité. Elle était dans une tour de contrôle, entourée de radios puissantes. Peut-être qu'elle sait quelque chose.

Quelque chose ?

Qu'elle a des nouvelles.

Des nouvelles.

Sur cette histoire d'Arabes ou je ne sais quoi.

Bangley n'a pas bronché. Puis il a repris la lime, s'est emparé du tuyau de sa grosse patte et a baissé la tête.

Hig est un requin, il a dit. Il doit bouger sinon il meurt. Il suit son destin et fait ce qu'il a à faire.

J'ai retourné ça dans ma tête toute la nuit après m'être allongé seul derrière le remblai, le poids de Jasper contre ma jambe une absence douloureuse. J'ai regardé les ultimes constellations hivernales disparaître sous l'horizon à l'ouest. C'était sa façon de me donner la permission. Ce dont je n'avais pas besoin. Mais quand même.

*

Un matin clair et calme, début mai, la manche à air immobile à côté de la pompe à essence, le ciel au-dessus des montagnes pareil à un bol vibrant d'une eau claire et bleue. Notre buse à queue rousse plane, portée par le premier courant ascendant au-dessus du tarmac qui commence à peine à se réchauffer. Des cercles élégants. Le nid de sa partenaire est dans un peuplier de Virginie au bord de notre étang et hier, j'ai entendu les gazouillis braillards des oisillons. Trois, je dirais. La femelle s'est redressée, a déplié ses grandes ailes une fois et m'a lancé un regard d'une intensité meurtrière. Cherche pas de noises à maman. Même pas en rêve, ai-je dit tout haut.

J'allume la pompe et remplis deux bidons d'essence de six gallons et je les charge derrière mon siège. Moins de soixante-quinze livres. Réservoirs pleins avec cinquante-cinq gallons utilisables. Le surplus d'essence me donnera un peu moins d'une heure, pas suffisant si je fais des repérages en chemin, pas suffisant pour revenir, mais je n'en prendrai pas plus parce que je veux pouvoir atterrir et décoller sur des petites distances si nécessaire. Le kit de survie pèse trente livres avec dix jours de viande, des tomates séchées, du maïs, deux bocaux d'huile d'olive. Cinq gallons d'eau dont je n'ai sans doute pas besoin puisque Grand Junction doit son nom à la confluence de deux grosses rivières. Mais c'est aussi une ville fantôme et j'ignore ce qui peut arriver, s'il sera compliqué d'atteindre ces cours d'eau. Mieux vaut être prévoyant.

Je garde la couverture de chasse au faisan de Jasper sur le siège passager. J'accroche le fusil d'assaut et le pistolet-rafaleur au râtelier vertical devant son siège.

C'est quoi le plan, Hig ? Tu vas jusque là-bas.

Et ensuite ? Tu prends contact avec les indigènes.

Et ensuite ? Vous vous donnez des nouvelles.

Tu n'as aucune nouvelle à fournir.

J'ai ce que j'ai.

Et ensuite ? Tu rentres à la maison ?

Bonne question.

Refais le plein.

Bonne chance.

Conversation entre moi et moi. Bangley n'est pas dans les parages. Je grimpe à l'échelle, sur la Bête. Assez de soleil pour faire fonctionner la pompe, profiter de ce bon vieux cliquetis des chiffres qui défilent derrière la vitre. La brise légère et chaude sur ma joue gauche, un faucon déroulant l'écheveau de son cri perçant. Qui s'effrange comme ses ailes. L'excitation familière d'un voyage, un vrai voyage, vers des terres inconnues. Une montée d'optimisme que je ne m'explique pas. Bangley a raison. Les chances d'obtenir des nouvelles utiles sont faibles, les chances que l'homme dans la tour de contrôle ne soit plus qu'un squelette sont grandes. Et puis, qu'est-ce qu'il y a de neuf ? On mange on dort on protège le périmètre on se défend et parfois je vais dans la montagne pour prendre des nouvelles des rivières et des arbres. Avec la Bête, je prends des nouvelles du vent. Que reste-t-il d'autre ?

Pour la première fois, j'ai dû montrer à Bangley comment arroser le jardin, comme diriger le courant vers chaque parcelle, comment nettoyer les sillons, lui montrer ce qui est et ce qui n'est pas une mauvaise herbe. Il a été désagréable. Il a avoué qu'il s'était juré que jamais de sa vie il ne deviendrait fermier, que la seule terre qu'il creuserait jamais serait pour une tombe.

Les poils de ma nuque se sont dressés quand il a dit ça. Le connaître depuis si longtemps et être encore surpris.

Mon père était fermier il a dit.

Dans l'Oklahoma?

Il m'a dévisagé, la bêche entre ses mains avait l'air totalement à sa place.

OK tu as déjà fait ça.

Il m'a dévisagé. Il a pincé les lèvres, examiné le tranchant de la bêche sali d'argile et à moitié immergé sous le filet d'eau qui coulait dans un sillon.

C'est ton domaine, il a dit finalement. Si c'était moi j'aurais utilisé le tuyau percé qu'il y a dans la cour de cette baraque au nord.

Je l'ai dévisagé à mon tour.

T'es fermier, j'ai dit.

Pas de réponse. Il a grimacé en baissant les yeux et a regardé le soleil à l'ouest. Une bise vagabonde lui ébouriffait les cheveux qui dépassaient de sous sa casquette. L'eau d'irrigation détournée de la rivière émettait un clapotis et un gargouillis froids. Elle se pressait contre les mottes tombées des bordures, coulait par-dessus et formait des bosses lisses qui se déversaient ensuite en filets. Tourbillonnait dans les angles. Si je les regardais assez longtemps je pouvais grossir ces sillons en imagination, construire une rivière à truites idéale à partir de n'importe quel cours d'eau. J'ai toujours pratiqué l'irrigation pieds nus et j'avais les pieds engourdis. J'aimais cette sensation, assis sur le monticule de Jasper, celui d'où il avait l'habitude de superviser les travaux, et au soleil, je me suis laissé chatouiller à nouveau par la sensation. Je me suis séché les pieds, les talons sur un bout de chiffon. J'ai secoué mes bottes et mes chaussettes pour en retirer la terre avant de les remettre.

Je l'ai dévisagé.

C'est donc ça, j'ai dit. Dans une vie antérieure de Bangley. Cette pelle. C'est dingue, on dirait une extension de ton corps. Comme si tu étais né avec.

Il a tourné la tête, m'a regardé et les mèches de cheveux se sont à nouveau soulevées. Froid, aussi glacial que l'eau qui coulait sur mon pied droit.

C'est une bêche, il a dit.

J'ai acquiescé.

Je sais.

On s'est regardés. Qu'est-ce qu'on s'en fout, j'allais partir dans la matinée.

T'aimais pas trop ton père, hein ?

Hésitation, il a secoué la tête lentement.

Tu le détestais, le vieux salaud.

La mâchoire de Bangley qui allait de droite à gauche.

Tu faisais de tout. Bon sang. Un fermier. C'est là que tu as appris. Tu sais souder, ferronner, ferrer un cheval, construire un corral, une étable. T'es sans doute meilleur charpentier que moi. Nom de Dieu.

J'ai croisé les bras sur le manche de la bêche et j'ai regardé les montagnes. Vent doux. Un busard à queue blanche qui survolait l'armoise de l'autre côté de la rivière, battait des ailes et faisait des vols planés juste au-dessus des broussailles pour tenter d'effrayer un lapin. Deux faucons, pas des queues rousses, plus petits, peut-être des éperviers de Cooper, des gerfauts. Beaucoup d'oiseaux chanteurs avaient disparu bien avant que, mais dans ce monde-ci, les rapaces n'ont pas l'air de s'en tirer trop mal. Un monde de faucons.

Combien de temps ? Tu travaillais à la ferme avec lui ? Tu l'as détesté tout ce temps ?

On était plantés là. L'eau dans les sillons qui conversaient entre eux par chevauchement de ruisselets. Pas un mot de prononcé et j'ai su avec certitude que Bangley avait tué son vieux.

Quand tu reviendras, il a fini par dire. On apportera des améliorations. Si tu veux. Il y a des façons plus pratiques d'irriguer. Mais bon, je me suis toujours dit que Hig s'éclatait à retourner la terre sous le cagnard.

Quelle gentille attention.

Il s'est gratté le haut de la pommette sous l'œil droit. C'était bizarre. Je l'ai regardé avec cet air du type qui découvre que sa tendre épouse fait partie d'un programme de protection des témoins. Il avait été tueur à gages ou un truc dans le genre. Ou sénateur.

Je te le fais pas dire.

C'est clair.

J'hésite entre me foutre en boule ou péter un câble et sombrer dans l'hystérie.

Il m'a souri. Pas ce large sourire figé, mais un vrai demi-sourire qui avait tout de suite honte de lui-même.

Choix personnels, il a dit.

Hein ?

Les choix personnels. Ceux-là sont les plus durs. Quand on pense à ce genre de conneries.

Putain, t'es complètement perché. Un putain de fermier perché.

Lui aussi était courbé, les bras croisés, et il a de nouveau affiché son large sourire figé qui ne sourit pas et j'ai su que la conversation était terminée et que je ferais mieux de ne plus le traiter de la sorte.

J'ai terminé par les réservoirs situés dans les ailes. J'ai contourné le nez de l'avion avec l'échelle en aluminium qui raclait le goudron en direction de l'aile gauche, je suis monté dessus avec le bout du lourd tuyau sur l'épaule. Clic clic clic, les chiffres qui défilaient, l'essence qui glougloutait et qui sifflait juste avant d'atteindre le bouchon. Dix sept virgule trois gallons. Ça m'excitait encore de me dire que ce carburant était gratuit. Gratuit jusqu'à ce que. Le soleil était à deux doigts au-dessus des collines à l'est, deux doigts à bout de bras ce qui faisait une demi-heure et donc il était presque six heures. Treize zéro zéro Zulu. L'heure du grand méchant Greenwich. Greenwhich. Quelque part en Angleterre. La maison de l'Horloge. Centre de l'Univers Chronométré. En d'autres temps. Plus grand monde pour s'en préoccuper aujourd'hui, m'est avis.

Avant de mourir de ce qui était sans doute une cirrhose doublée d'un cancer et alors qu'il savait qu'il n'avait que quelques mois devant lui, mon oncle Pete a fait quelque chose qui ne lui ressemblait pas du tout : il a passé ses journées dans sa cabane à organiser ses diapos. Sa vaste collection de positifs couleur. Il avait grandi avec l'argentique et n'avait toujours pris que des diapos qu'il disait plus nettes. Il entassait les boîtes en carton jaune, et celles en plastique bleu et blanc, chacune contenant une pellicule, en une pile de trente centimètres de haut qui couvrait presque toute la table de sa cuisine. Malgré des souffrances terribles et quasi constantes, il sortait les pellicules de leur boîte une à une et, à la lumière de sa petite fenêtre en journée ou éclairé par une lampe le soir, il glissait chaque photo montée sur son cadre dans une pochette plastique transparente, dans un classeur. Il les légendait avec un marqueur indélébile : sur la diapo, il inscrivait le numéro du classeur / de la diapo, sur la page il recopiait ces mêmes informations plus la date de la prise de vue agrémentées d'une description de trois mots max : Pêche Bonefish Keys. À côté des trois classeurs qui contenaient jusqu'à cinq ans de photos s'il avait beaucoup utilisé son appareil, il gardait un autre classeur papier avec un journal fermé par un cadenas. Celui-ci offrait des descriptions plus longues, des notes sur certaines des photos qui réveillaient sa mémoire. Je lui ai rendu visite une fois durant cette époque. Pendant qu'il classait, je coupais et fendais du bois pour le long hiver alors que nous savions tous les deux qu'il ne le verrait pas. Trois stères d'érable hêtre frêne bouleau jaune ramassés dans la parcelle boisée qu'il possédait à flanc d'une petite colline, des bûches entassées sur la moitié de la véranda et le long du pignon, et tout cela – moi qui travaillais pendant qu'il était assis à l'intérieur – le gênait. Au début, j'ai cru qu'il était fou. Je veux dire qu'il aurait pu s'installer sur sa petite véranda et regarder pour la dernière fois le printemps du Vermont se transformer en un été verdoyant à la chaleur tapageuse, regarder les poules et les alouettes et les chouettes dans le commerce lyrique de la reproduction et de la nidification, les feuilles, et l'air. Piqué par les mouches noires, les moucherons puis par les moustiques lors d'ultimes soirées exquises. Pourquoi n'était-il pas dehors dans son fauteuil à bascule Dartmouth ? Pourquoi ne grattait-il pas sa vieille guitare fatiguée ?

Mais une nuit, allongé sur mon vieux lit de camp sous une fenêtre grande ouverte à écouter le cri de la chouette qui essayait de me terrifier avec ses hurlements de femme mais qui ne faisait que me combler de bonheur – le cri doux-amer d'une beauté inassimilable et de la perte aussi immense qu'imminente –, l'évidence s'est révélée à moi : il revivait sa vie. Non mais c'est bien sûr. Diapo après diapo, image par image. Il agrégeait les souvenirs comme s'il montait un mur contre l'extinction, et les petites boîtes lui servaient de briques.

Sur l'échelle dans le matin clément, j'écoutais les derniers bruits de succion de l'essence glougloutant jusque dans le réservoir et j'évaluais l'heure en fonction du soleil. Quelque chose là-dedans m'a fait penser à Pete et ses albums, Pete penché sur la table dans la cabine sombre et close qui sentait la résine, la fumée de cheminée et le café. Tel un homme voûté sous un vent incessant. Qui conserve ces objets qui n'ont plus d'autre utilité que d'offrir un rempart contre l'oubli. Contre l'obscurité de la disparition totale.

Bref. Je n'allais pas non plus compter les heures. J'avais un avion aux réservoirs pleins, une bonne météo et j'allais m'envoler vers l'ouest pour voir jusqu'où j'irais. Je vissais le bouchon du deuxième réservoir quand j'ai entendu des pas traînants et j'ai vu Bangley traverser la rampe. Il avait un panier au bras.

J'ai souri. C'était comme cette vieille rengaine des chemins de fer. Pete la chantait. *La mère de Johnny est venue voir son fils avec un panier au bras / Elle disait mon fils chéri / Fais attention quand tu cours / Bien des hommes ont perdu la vie à vouloir rattraper le temps perdu...*

Ce n'est pas une tarte, il m'a dit.

J'ai souri. J'ai tourné le bouchon jusqu'au déclic et je suis descendu.

Il m'a tendu le panier, s'est tourné vers l'échelle pour la replier en relevant les bras de blocage et l'a rapportée à la pompe. Le panier contenait six grenades.

Je ne sais pas pourquoi je n'y ai pas pensé plus tôt, il a dit. Mais bosser sur le lance-grenades m'a fait réfléchir.

Elles étaient regroupées au fond comme des œufs dans un nid. L'œuf de la mort. Un élément sorti d'un conte de fées que j'aurais lu il y a longtemps et dont je ne me souvenais pas.

Combien de chargeurs tu as pour le fusil d'assaut ?

Quatre. Les gros.

Il a acquiescé.

Tu as la pompe manuelle ?

Il voulait parler de la pompe avec le long tuyau que je pouvais utiliser pour prendre de l'essence à un réservoir souterrain ou à n'importe quel réservoir. En dehors des jerricans d'essence les neuf mètres de tuyau étaient mon équipement le plus lourd. J'ai acquiescé.

Qu'est-ce que tu feras quand tu manqueras de carburant ?

J'atterrirai.

Il a acquiescé. Il a regardé la Bête, les montagnes. Il avait les mains dans les poches. Il regardait vers l'ouest et dans la brise légère, il a dit

T'as été un bon partenaire Hig. Un peu maboul parfois.

Oh putain. Ma poitrine s'est serrée j'ai cru que je – Enfin.

Comme la famille, il a dit.

Je suis resté là enraciné au tarmac.

C'est pas facile de s'entendre avec moi. Les seuls qui y soient plus ou moins arrivés étaient ma femme et mon fils. Et toi. Big Hig.

Je crois avoir senti ma mâchoire se décrocher. J'ai cligné des yeux.

Longue histoire, il a dit. Il a souri à moitié.

Continue d'avoir les yeux en face des trous Hig. Vigilance situationnelle. Ne fais pas le con en pensant au passé et en te faisant avoir par un fils de pute. Essaye de revenir.

Je le dévisageais.

Je penserai à désherber.

Il s'est éloigné. Je continuais de le regarder. Y a intérêt.

Je veux, mon neveu !

J'ai enroulé le lourd tuyau sur son rouleau à la main et je suis monté dans la Bête, ai fermé la porte. Branché l'alternateur, mis les magnétos sur *Both*, appuyé sur le démarreur.

*

Peu de bruits au monde sont aussi excitants que l'explosion d'un moteur Continental qui prend vie. Les premiers tours réfractaires de l'hélice. Le rugissement qui s'adoucit tandis qu'elle disparaît avec l'accélération de sa rotation.

Si on va assez vite on disparaît.

On a sautillé sur la chaussée entre les rangées d'avions mal en point en train de se désagréger, on a quitté le taxiway et décollé à mi-piste. J'ai vu Bangley pousser la porte de la maison qui lui sert d'atelier, il n'a pas levé les yeux.

*

La Bête a faim. Elle avale l'air comme un cheval excité. Je regarde autour de moi : le siège vide à droite, le panier d'œufs de Bangley et la couverture avec le chasseur qui n'en finit pas de viser un faisan qui prend son envol. En tas contre la porte. Même à moitié sourd et les articulations raides Jasper était un meilleur copilote que la plupart des hommes. N'importe quel homme. Que les choses en soient réduites à : la vie condensée en une couverture miteuse. Le plomb qui n'atteindra jamais sa proie, l'oiseau qui ne retombera jamais mais aussi, le chasseur qui ne manquera jamais son coup. Qui ne perdra jamais rien. Dont le chien ne mourra jamais.

Le plus grand vide, celui laissé par un clébard.

… en pensant au passé et en te faisant avoir par un fils de pute…

Je poursuis ma route. Je survole le Divide. En contrebas, Boulder ravagé par les flammes, les parois triangulaires des Flatirons poussées contre la masse plus imposante des montagnes comme des pierres tombales vierges. *La plus jolie ville que la terre puisse accueillir. Retiens bien ça.* La station de ski Eldora scarifiée de vieilles pistes et de pentes, les lignes de télésièges juste en dessous, j'aperçois les sièges vides qui tanguent dans le vent. Quelques cahots, la Bête plus que docile. Voguer sur le col enneigé. Assez près pour voir les traces d'un gros animal solitaire filant sur la crête. Impossible mais. Trop haut. Nous sommes tous piégés trop haut.

La station de sports d'hiver et la Fraser Valley qui se déroulent devant nous une fois de l'autre côté. Des dizaines de pistes de ski d'un vert tendre contre la rouille des forêts mortes. On avait l'habitude d'y skier. La dernière fois que Melissa et moi nous sommes séparés pour faire la course, j'ai partagé le télésiège avec un gros homme qui m'a expliqué qu'il était venu passer les vacances d'hiver ici avec un groupe religieux du Nebraska. Œcuménique.

On se contente de suivre la Bible à la lettre, il a dit. Avec le mot à mot, on ne peut pas se tromper. Il avait secoué la tête en affichant un gentil sourire. Je serais fou de ne pas le croire.

J'ai pensé à des rochers dans une rivière, une marelle de rochers. D'un rocher à l'autre, pas besoin de réfléchir. Un mot après l'autre. On se contente de suivre, vieux. Des miettes de pain jusqu'à Dieu. Assis à côté de lui, nos skis qui pendaient au-dessus de vingt mètres de vide, j'ai pensé, Peut-être qu'il faudrait traduire par autre chose que *Débonnaire*. Peut-être que ce ne sont pas les débonnaires qui héritent, mais les innocents. Ils n'*hériteront* pas de la terre, ils la possèdent déjà.

Je lui ai dit que j'étais resté coincé à la série des engendrements. J'ai dit que par contre, je venais de lire les Lamentations et que ça me rappelait *Mad Max*. Avec les femmes qui mangent leurs bébés, je veux dire, et tout le monde qui meurt.

Il n'a pas ri.

Il a dit, J'essaye de rester du Bon côté de la Bible. Le côté gauche a été écrit par les juifs. Des choses qui valent qu'on y prête attention, j'imagine, mais si j'étais vous je commencerais par Jean.

Aujourd'hui je me dis, On aurait tous dû prêter attention au Côté Gauche. À l'autre côté, le Côté où la moindre Merde Tourne à la Catastrophe Absolue.

Je descends et je longe la rivière Fraser après Tabernash. À l'exception de la caserne des pompiers et du magasin discount de spiritueux qui se dresse désormais seul au bord d'un champ plein de moutons Bighorn, la quasi-totalité de la vallée est partie en fumée. Tandis que je les survole, les moutons se lèvent, s'agitent et pris de panique ils trottent vers la forêt calcinée et j'aperçois quatre loups qui sortent des hautes herbes et les repoussent comme des chiens de berger. Je poursuis ma route.

Je connais cette région tout entière. Doc Ammons, j'aperçois son étable encore debout au milieu de cinquante hectares dégagés du côté de Granby. La maison n'existe plus mais. Son fils Swift était mon meilleur ami à la fac, ils étaient ma seconde famille. Nous pêchions souvent tous les trois dans la Fraser. J'aperçois les corrals en rondins, l'anneau où Becky entraînait ses chevaux et ses élèves cavaliers. Je pourrais sans doute trouver un tas de mes vieux livres dans la cabane en bois où j'avais l'habitude de dormir. Aujourd'hui, je ne veux plus de souvenirs. Je poursuis ma route.

À travers la faille en ligne de mire de Gore Canyon les ailes frôlent la paroi rocheuse de chaque côté. C'est mon impression. J'ai pêché ici aussi, la rivière très profonde très vite, les rapides si bruyants, les falaises qui en réverbèrent le son – il fallait vraiment faire attention en longeant les rails de chemin de fer qui y conduisaient et regarder souvent derrière soi. Plus d'un pêcheur n'a jamais entendu ni vu le train qui lui arrivait dessus. L'air sur l'eau, froid et lourd, qui fait monter la brume, la Bête qui adore ça.

Vraiment ? Avant, j'adorais voler comme ça. Virevolter dans une gorge à quinze mètres de l'eau.

À présent je n'éprouve plus rien. Je suis dans le même état que mes jambes sans cuissardes après dix minutes dans l'eau de la fonte des neiges. Engourdi et content de l'être. Content d'être engourdi.

C'est peut-être là que se situe la différence entre les vivants et les morts : les vivants veulent souvent se sentir engourdis et les morts ne le veulent jamais, s'il est possible qu'ils veuillent quelque chose.

La lumière du soleil. Je ressors à l'autre bout. La rivière qui s'apaise en une surface noire, la roche qui s'affaisse en colline, les bois qui n'ont pas flambé. J'aperçois les canards qui folâtrent dans les étangs. Les hérons qui sortent des roseaux, angulaires, qui déploient leurs ailes gigantesques au bruit de l'avion. Couleur fumée.

Qu'est-ce que tu veux ? Hig. Quoi exactement ?

Je veux être couleur fumée.

Et puis quoi d'autre ?

Et puis. Et puis.

Je tire fort sur le manche et prends brutalement de l'altitude pour nous sortir du trou à State Bridge. Des collines sèches pour les moutons, des hardes d'antilopes et de cerfs éparpillés. Dans les plaines le long de l'Eagle River je vois l'Eagle Airport qui en mettait plein la vue autrefois. Je branche le micro et j'appelle la tour. Demande l'autorisation de traverser leur espace aérien. Un espoir et une habitude. *Trois trois trois alpha trois, en transit par l'est, pour transiter dans vos zones en route*

En route vers où ? Junction peut-être. Avec un petit crochet par le sud vers l'Uncompahgre Plateau, les lieux où j'avais l'habitude de chasser. Sans raison.

en route

J'ai envie de dire *En route vers Quelque Chose de Complètement Différent*. Je poursuis ma route.

*

2

Embardée soudaine et ruade. Puis une autre. Projeté sur la gauche, l'aile gauche qui plonge. Je serre bien le manche, rectifie et je regarde l'altimètre. J'adore ça. Le manche entre mes mains est neutre, l'avion stabilisé et l'altimètre tourne dans le sens des aiguilles d'une montre. Courant d'air ascendant. Les arbres diminuent, la pression dans le coussin du siège comme une grande main qui se soulève. Courant ascendant de fin de matinée, les forêts encore sombres qui s'imbibent de soleil et rejettent ce panache d'air chaud. La remontée inattendue est rapide, grisante, un peu alarmante.

On gagne quinze cents pieds sans aucun effort. J'ai passé la Roaring Fork River juste après Carbondale, qui n'a pas brûlé, entouré de rivières et de ranchs verdoyants. Je cligne des yeux. On dirait du bétail là. Du bétail à l'ancienne. Noir et rouge. Doit en être – cette couleur est unique. Bon sang. Du bétail revenu à l'état sauvage, resté sur ses terres de toujours, miraculeusement épargné par les loups. Je descendrais bien jeter un coup d'œil mais je ne veux pas perdre d'altitude ni gâcher l'essence dont j'ai besoin pour franchir le prochain col.

Un ranch. Du bétail. Que longe une rivière. Le corps de ferme à l'ombre de peupliers de Virginie feuillus et de saules Navajo. Une route fissurée et abîmée qui serpente pas loin. Je cligne des yeux et j'imagine quelqu'un dans la cour. Quelqu'un qui se penche pour accrocher un épandeur au tracteur. Quelqu'un qui se dit *Saloperie de dos, encore courbaturé*. L'odeur du café qui lui parvient par la porte de la cuisine. Quelqu'un d'autre qui étend du linge au soleil. Chacun sa litanie de soucis, inconscients de la chance inouïe qu'ils ont. Je cligne des yeux et refais le monde. En normal. Mais.

Bien plus normales les absences.

La crête de Huntsman. Je vois le grand éboulis où l'on avait l'habitude de skier, on l'appelait l'Interminable. C'était l'impression que ça donnait. Serait parfait maintenant : une neige de printemps, compacte et stable. Zéro risque d'avalanche.

La moitié de la forêt de trembles encore en feuilles, toujours vivace. Sur la gauche, la paroi déchiquetée des Raggeds. Un signe de tête, je poursuis ma route.

Le paysage s'adoucit. Des forêts de trembles sur des kilomètres. Je tapote la jauge d'essence.

Vingt-neuf virgule trois gallons. Pas assez pour rentrer à la maison. Pas plus compliqué que ça.

Pas plus compliqué de passer le point de non-retour.

*

Je me demandais : Ça fait cet effet, mourir ? Être à ce point seul ? Se raccrocher à une réserve d'amour et passer de l'autre côté ?

*

On a failli emménager ici. Paonia. Peony, pivoine mal orthographiée. Melissa en avait assez d'enseigner, du principal et de la région et rêvait de se lancer dans autre chose. L'agriculture biologique peut-être. Ce coin-ci de l'État offrait moins d'opportunités dans le bâtiment, mais j'aurais sans doute pu me débrouiller en faisant des restaurations, des meubles, une maison de temps en temps. Première fois que j'ai vu la ville, j'ai trouvé qu'elle ressemblait à la maquette d'un train électrique. C'est toujours le cas. Je laisse la Bête perdre de l'altitude.

Je coupe le moteur et plane vers le flanc sud de Grand Mesa, la cime des trembles soyeux à quelques mètres du ventre de l'appareil. Toujours verts, les troncs pâles toujours frappants, les fougères qui font toujours ce tapis épais à leur pied et cachent sans doute des chevreuils. On frôle un pan de falaise. Et la vallée s'ouvre : une rivière au fond vert encadrée de deux hautes chaînes de montagnes et entre elles, la courbe d'un vaste col. Des vergers, les belles rangées d'arbres touffus de chaque côté de la rivière. Des vignes, aussi. De grands peupliers de Virginie soulignant les méandres de la rivière vers l'ouest. À l'ouest, là où cette dernière quitte la vallée pour entrer dans un désert de broussailles, j'aperçois les voies ferrées, les sommets aplanis des mesas et l'élévation énorme du Plateau, pourpre dans la brume du matin. Et la ville, un hameau, plutôt, concentrée entre la rivière et la colline avec la lettre P en pierres blanches.

On y faisait souvent les courses, on achetait des munitions, de la nourriture pour chien. J'attendais sept minutes au croisement que le train de charbon passe dans un fracas métallique. Je l'ai chronométré une fois, énervé parce qu'il me faisait perdre de la lumière du jour. Jeté un coup d'œil au siège de Jasper.

Tu l'adorais cet endroit, hein, bonhomme. Se balader le long de la rivière en contrebas du parc et lancer un bâton dans le courant. T'étais pas très doué pour rapporter le bâton. Ou pour nager. Mais tu adorais quand même. On devrait tous être comme ça, hein ?

Je vire vers l'aval de la rivière et mets le cap sur le plateau désertique. Les entrailles nouées.

*

Je ne peux pas vivre comme ça. Ne peux pas vivre du tout en fait. Qu'est-ce que j'ai foutu ? Neuf années à faire semblant.

*

La route que nous empruntions traversait un pont vert. Le canyon s'appelait Dominguez. Je vole à huit cents pieds d'altitude. Je vois le pont. Je vois le verger pris entre les parois du canyon, la piste. Je la suis.

Des forêts clairsemées, des pins à une feuille, des genévriers presque noirs et encore vivants. Des arbres du désert dont les branches épaisses et tarabiscotées ne montent jamais haut. Rabougris et têtus. Me rappellent Bangley. Prêts à tout pour ne pas mourir. Certains sont là depuis que le prêtre espagnol susnommé a parcouru la région avec son dieu.

Jamais survolé ce coin. On venait toujours en pick-up. La route est mangée par la végétation. Les voies ferrées elles aussi envahies bifurquent et s'éloignent du petit bras de la rivière pour grimper une crête. Vire à droite pour les suivre à travers un autre goulot vers les terres où j'avais l'habitude de chasser. Mais. À gauche sur le sentier de la rivière un éclair de roche rouge, la partie supérieure du canyon soulignée. Toujours fasciné qu'un cours d'eau si petit puisse laisser une telle marque, que de telles proportions de ce vaste pays restent cachées dans ces replis. Je fais demi-tour pour jeter un œil.

Alors que j'approche, le bord révèle la face rouge d'une haute paroi, un rouge sombre avec des bandes d'humidité noires et ocre. Entrecoupé de saillies. La ligne pâle dessinée où un énorme bloc de pierre s'est détaché. La falaise de plus ou moins soixante mètres.

C'est un canyon encaissé. Je crois rêver. L'explosion vert citron des cimes de peupliers, quelques pins ponderosas hérissés. Et. Je resserre le cercle. Comment ai-je pu le rater ? Parce que je suivais la route, si je puis dire.

La fente du petit canyon s'élargit sur un trou de verdure tapageuse. Traversé par les méandres de la rivière. Une prairie sur l'aile gauche. Et. Je suis tellement sous le choc et curieux qu'en effectuant mon tour je manque m'écraser contre la paroi rocheuse.

Une hutte en pierre blottie contre la falaise. De la fumée qui en sort. Un pont en pierre enjambe la rivière vers un champ. Du bétail dispersé sur une herbe arrosée. Une demi-douzaine de bêtes.

Du bétail.

Et.

Un bout de jardin plus grand que le nôtre. Irrigué par une tranchée percée perpendiculairement à la rivière. Et.

Une silhouette penchée dans le jardin.

Et.

C'est une femme.

De longs cheveux noirs attachés en arrière. En train de se redresser. La main au front, en visière, pour regarder l'avion.

Une femme en short, une chemise d'homme nouée à la taille. Pieds nus ? Pieds nus. Grande, dégingandée. Se tient droite, de toute sa hauteur, se protège le visage et m'observe. Bouche qui dessine un grand O. Hurlement ? Oui.

À cet instant une silhouette surgit de la maison si c'est une maison, un homme avec un fusil. Un vieil homme. Vieil homme avec un fusil qu'il braque vers le ciel et vise. Et merde.

Je n'entends pas le coup mais. Un bruit de grenaille utilisée pour les oiseaux, l'aluminium qui se déchire et un nouveau sifflement d'air. Nom de Dieu. Puis un bruit sec, une brûlure, une piqûre, tout le côté gauche du visage qui me brûle. Les deux mains qui agrippent le manche. Je le tire vers moi pour une ascension rapide, vire sur l'aile droite et j'effleure les genévriers les plus bas alors que je passe de l'autre côté et les perds de vue. Des éclats de verre dans le cou. Allons bon. Ma vitre a disparu. La vitre gauche, ce qu'il en reste une mosaïque de verre trempé qui pend au cadre.

Ma chemise couverte de sang. L'air.

*

À cet instant, j'ai su pourquoi j'étais venu.

*

Ce n'est pas ce que vous croyez : vous pensez à la Femme mais ce n'est pas ça. C'est pour être à nouveau heureux d'être en vie.

Quand vous comprenez que rien de vital n'est touché chez vous, ou chez la Bête, que vous reprenez de l'altitude, que vous stabilisez, que le moteur ronronne, que tout est sous contrôle. Que vous portez vos doigts tremblants à votre visage ensanglanté et vous le touchez, le touchez avec précaution, sentez les quatre bouts de verre et c'est tout. Quelques éclats. Putain. Et le toit du cockpit est criblé de trous, le revêtement seulement, rien n'a traversé le métal. Si près. Ce connard a bien failli me dézinguer. Si j'avais pas viré pour sortir du canyon tous ces plombs seraient dans mon crâne. Nom de Dieu. Et dans la foulée, j'ai éclaté de rire.

Mon premier instinct d'homme heureux a été de refaire un tour avec le fusil d'assaut et de réduire le vieux salopard en bouillie à bout portant. Ça m'a fait du bien. Ressentir quelque chose, et pas de morosité. Hig, ce fils de pute t'a rendu service. T'a sorti la tête du cul. T'aurais fait la même chose si tu avais dû défendre ta terre, ta maison et ta femme.

Femme.

Est-ce que c'était la sienne ? Le vieux chameau. Qui sait de quels compromis on est capables, dans ce monde. Le premier instinct a donc été de descendre buter ce connard et de récupérer sa femme. Et. Pourquoi pas ?

Très bien, Hig, mais que tu sois un gentil ou un méchant, ou juste un type relativement sympa dans un monde de merde, il va quand même d'abord falloir faire atterrir la Bête. La poser dans un paysage de vallons rocailleux doté d'une seule route qui n'en est plus une.

J'ai fait demi-tour, passé la crête après le canyon et j'ai pointé le nez de l'appareil vers une prairie d'armoise traversée d'une piste pleine d'ornières orientée au sud.

Une F-E-Deuzème-E. La première que je voie qui soit viable, grande, sans doute pas infectée par la maladie du sang, et pas figée sur un poster dans l'atelier de Bangley ou étalée par terre derrière vous, trop jeune, un couteau de cuisine à la main – la première que tu voies, vieux, et t'oublies déjà tout. Comme de faire gaffe à l'atterrissage.

Hig, espèce d'abruti. Ressaisis-toi, bordel.

J'ai redressé. Refait un tour à basse altitude. Les ornières étaient profondes. Du genre à bouffer la jambe droite du train principal jusqu'au marchepied. Bien joué, Hig. Ç'aurait fait une sacrée trotte pour rentrer n'importe où.

Non, ce n'est pas ça. Pas que. Pas que réduit à néant par la vision d'une nana à mille pieds d'altitude, j'entends. J'ai ri en réalisant que ça aurait pu être un homme, ou une mégère. C'était plutôt l'idée d'une nouvelle rencontre quel que soit le sexe de la personne : de ne pas être obligé de les tuer ou de laisser Bangley les tuer. C'était chez eux, je veux dire, pas chez moi. J'étais le visiteur.

C'est fou à quel point le fait de ne pas devoir tuer quelqu'un simplifie la relation, en général. Même si papy a bien essayé de me tuer, *moi*. Bon. Passons l'éponge. Toujours est-il que je pouvais marcher jusque chez eux, le buter ou pas, et ça c'est une libération. Ou *les* buter. Si ça se trouve, il y a tout un escadron qui m'attend dans la maison ou planqué quelque part. J'ai effectué deux tours à basse altitude, lentement, et j'ai cartographié la route avec précaution, où commençait le fossé, où il finissait, j'ai repéré les buissons et les nids-de-poule. Est-ce qu'ils m'entendaient à un kilomètre et demi de là dans le canyon ? Sans doute. Sans doute qu'ils étaient en train d'aligner les cartouches de leur fusil à pompe calibre 12 sur le rebord de fenêtre en pierre, sans doute qu'elle détachait sa queue de cheval, déboutonnait sa chemise, et attendait de me ferrer à distance comme une sirène.

Hig !

Concentre-toi Hig, respire. 10-4, répète.

10-4.

Concentre-toi sur les détails. Reste en vie.

10-4, putain.

J'aurais évité la route et me serais posé directement dans la prairie d'armoise sauf que je n'avais pas de pneus de toundra et un rocher caché par les broussailles pouvait arracher une roue. Mieux valait un risque connu, etc. Me suis assuré que je voyais à quelques mètres de chaque côté des ornières parce que j'allais devoir mettre une roue sur la bosse au centre et envoyer l'autre heurter les broussailles. Puis j'ai décidé de ne pas être radin. L'atterrissage allait devoir se faire à quelques centimètres près. Mieux valait savoir exactement d'où venait le vent.

J'ai repris de l'altitude, gagné trois cents pieds, et me suis épongé le côté du visage avec un coin de la couverture de Jasper. Puis j'ai tendu la main entre les sièges pour attraper la petite boîte en bois que je gardais là, j'ai dégoupillé une grenade fumigène et l'ai balancée par la vitre. Un épais panache de fumée orange en est sorti dans un tourbillon et a dessiné une traînée dans le ciel.

Elle a atterri à un peu plus de cinq mètres de la route et la fumée s'est échappée tout droit au ras du sol en direction de l'est-nord-est.

Bon sang, c'était une super-idée. Un fort vent de travers de fin de matinée qui aurait pu faire capoter mes projets. Qu'est-ce que j'oubliais d'autre ?

Si Bangley était encore en vie c'était parce qu'il n'oubliait jamais rien. Peut-être qu'il se souvenait d'un peu trop de choses, c'était redondant, mais il s'en foutait. Qu'est-ce qu'il avait d'autre à faire de ses journées ? Soudain, je me suis dit que si moi j'étais encore en vie, c'était parce que Bangley n'oubliait jamais rien. Bangley. Mari et père. Fermier. Nom de Dieu.

Ah si je sais. Hig, t'as oublié qu'essayer d'atterrir sur une route criblée d'ornières réduite à l'état de piste dans un paysage de caillasses et d'armoise qui te cachent quasiment tout ce qu'il y a en dessous – eh ben t'as oublié que ça pouvait te rayer de la carte. Ou rayer la Bête de la carte ce qui revient presque au même.

OK, respire. J'ai fait un dernier tour avant la finale, volets à moitié sortis et j'ai abaissé le nez, dirigé fermement l'appareil pour une glissade et je suis arrivé de biais sur le champ.

*

Un atterrissage en brousse a le don de vous réveiller. Si vous ne l'étiez pas déjà. L'électricité coupée, le moteur qui a poussé un dernier grognement, et j'ai redressé la Bête juste avant qu'elle ne touche le sol, l'aile gauche basse dans le vent et la jambe gauche du train principal a heurté violemment la broussaille. Je me suis battu avec les rafales de vent. Histoire de garder le nez du côté gauche du fossé et pas dedans. Puis la jambe droite du train et la roue arrière droite se sont posées sur la piste bombée entre les anciennes marques de roues et on a fait une embardée à gauche. Me suis efforcé de ne pas mettre le pneu dans l'ornière. J'ai dû réussir puisque je n'ai pas entendu de bruit de casse à part ceux de déchirures, de coups et de couinements quand l'avion a percuté les gros buissons d'armoise et j'ai maintenu le nez redressé aussi longtemps que possible et quand il s'est abaissé on était sur une miraculeuse étendue dégagée de pierraille et d'herbe rase, merci les bisons ou je ne sais quoi d'autre, de sorte que la Bête a rebondi, s'est ébranlée et dans un frisson, je nous ai arrêtés pile devant les pins à une feuille.

Fiou. Respire. Première pensée : la peinture que j'avais refaite. La belle Bête parcourue de grosses rayures. La seconde pensée : c'était beaucoup trop juste. C'était trop stupide. Tout ça était stupide. Si je n'avais pas balancé le fumigène, je me serais écrasé. J'ai regardé la jauge d'essence numérique avant de l'éteindre. À peine plus de douze gallons. Moins d'une heure. Et moins d'une heure avec les deux jerricans. Pas du tout assez pour rentrer. Stupide. Mais. Je pourrais rejoindre Junction si j'avais la même chance au décollage qu'à l'atterrissage.

*

Avant de planter les trois piquets pour arrimer la Bête dans le sens du décollage, avant de glisser deux Œufs de la Mort offerts par Bangley dans les poches de ma veste, de mettre le fusil d'assaut en bandoulière et de m'éloigner, pour la première fois de la matinée, j'ai pensé à faire quelque chose qui n'était pas stupide. J'ai pris les jerricans, suis monté sur les ailes et j'ai versé mes derniers gallons de carburant dans les réservoirs. Ravitailler tout de suite. Plutôt que dans la précipitation, plus tard, quand tu te seras foutu dans de sales draps. J'ai aussi pris la clé. Je l'ai mise dans ma poche de jean droite et j'ai dit

Hig. La clé est dans la poche droite de ton jean.

Tu sais pas si tu seras pas obligé de déguerpir à toute vitesse.

3

En fait, elle n'était pas à la rivière à m'attendre en tenue d'Ève, ni même habillée en train de chantonner dans l'herbe devant la maison, elle n'était nulle part. Pas besoin de me ligoter au moindre mât. La fumée qui s'échappait de la cheminée et faisait des volutes dans le canyon s'était évanouie.

Tout à coup, l'endroit avait l'air abandonné. Seau renversé dans la cour, une cuiller de cuisine sale à côté. Le bétail, quelques moutons, se tenait là, tête baissée dans la prairie, face à la rivière en contrebas. Si maigres qu'on leur voyait les côtes, les hanches protubérantes, presque morts de faim. Un gros oiseau dans le ciel tournoyait près de la paroi rocheuse. Un pèlerin. La saillie soulignée par un ruban blanc de guano là où devait se trouver son nid. S'éloignait, puis revenait. J'ai eu de la peine pour les canards qui passaient par ce trou. Pas de poules. J'ai pensé. À cause du faucon ? Non, le vieux avait un fusil. Parce qu'ils auraient besoin d'un coq, ou deux, pour préserver la volée – sans doute trop bruyant le matin quand on veut rester caché, ça alerterait toute cette satanée région de leur présence. Pas con.

J'ai dirigé la lunette vers le sommet du canyon d'où chutait la rivière, formant une cascade de six mètres. Le haut de la cavité était totalement encastré dans la falaise. Et la roche montait en flèche de chaque côté. Un joli petit coin. Un alignement de pins morts s'appuyait contre la roche près de la chute d'eau, leurs branches nues formant une échelle grossière. OK. S'ils se sont enfuis de ce côté ils n'ont pas retiré ou caché l'échelle peut-être seulement parce qu'elle était trop lourde ou qu'ils n'en ont pas eu le temps.

J'étais allongé tout au bord, coincé entre deux rochers qui surplombaient l'ensemble. À cet endroit, la falaise devait faire trente mètres de haut, peut-être moins. J'étais serré et il a fallu que je tourne le fourreau du Glock dans mon dos pour ne pas érafler l'arme.

Pense comme Bangley. Voilà ce que tu dois faire. La voix de Bangley. Je l'entendais.

Bon sang, Hig. Ils t'ont chamboulé, le vieux et sa maigrichonne. Pour l'instant tu as dix fois plus de puissance de feu sur ta hanche droite que lui.

Ouais mais s'ils sont plus nombreux que ça ? Ou s'il a autre chose que le fusil ?

T'as des indices pour le prouver ? Des selles dans la cour, des vêtements suspendus à une corde à linge, des draps de lit, des vieilles godasses ?

T'as raison.

C'est bien que tu réfléchisses comme ça, Hig, je reconnais. Tu pares à toute éventualité. Hig est un vieux singe mais il finit quand même par retenir deux trois conneries. Mais faut que tu piges les données qui sautent aux yeux. Je dis pas qu'il n'y a pas trois autres gars armés cachés dans les arbres. Faut aussi prévoir ça. Mais tu dois agir en fonction de ton intuition. Sans parler que tu as le fusil, et les grenades, faut pas oublier. Tu les as, les grenades ?

Oui, j'en ai deux.

Hig ?

Ouais ?

Qu'est-ce que tu fous ici ?

Silence.

Je veux dire, tu cherches quoi ? Qu'est-ce que tu cherches, bordel ?

Silence.

Tu peux pas avoir de plan si t'as pas de mission. Tu peux pas avoir de mission si tu sais pas ce que tu cherches, bordel. Première règle. Avoir une mission claire, une stratégie de sortie.

Je croyais que la première règle c'était Jamais Négocier. *Négocie, Hig, et tu négocies ta propre vie…*

C'est le premier principe. De toute façon qu'est-ce que ça peut bien foutre ? Là, t'as un plus gros problème à résoudre. À savoir : qu'est-ce que tu espères accomplir, bordel de merde ?

Le canyon s'est assombri et j'ai frissonné. Un nuage, un cumulus gonflé traînait son ombre dans la crevasse. Emportant les derniers frimas d'un long hiver. L'ombre sentait le pin ponderosa. Le nuage est passé et le soleil sur les manches de ma veste a chassé ma chair de poule. J'étais bien, coincé entre les rochers. J'entendais le bourdonnement d'un taon mais ça ne me gênait pas. Puis je me suis aperçu que ça ne m'aurait posé aucun problème de caler ma tête sur mes bras grillés par le soleil et de dormir. J'avais le nez à quelques centimètres du sol. J'ai regardé une fourmi escalader la tige d'un petit aster pourpre. Ça sentait bon ici. Un mélange de poussière siliceuse d'herbe fraîche de prosopis.

Hig !

Heu oui. Quoi ?

Concentre-toi bordel. Lâche un peu ta bite. Chaque minute passée là à pas savoir ce que tu dois foutre, t'es vulnérable. Pareil pour l'avion. Ceux qui sont en bas sont peut-être en train de reconnaître le terrain jusqu'au sommet pour essayer de te choper par la peau du cul. Élaborer un plan pour neutraliser la menace, ça c'est Hig. Ce qu'on ferait, et illico presto. Plutôt que de rester là vulnérable, exposé, comme tu le fais maintenant.

Ouais.

La vache. J'y avais pas pensé. J'ai soupiré, presque sifflé. Qu'est-ce qui te prend ? T'es complètement dingue ou quoi ? T'as les fusibles qu'ont sauté, c'est ça ?

Est-ce que t'as déjà eu la lumière dans toutes les pièces, d'abord ?

Hig !

Euh quoi ?

Tu sais pourquoi t'as envie de roupiller ? Pourquoi là tout de suite maintenant tu serais capable de t'étirer et piquer un roupillon en attendant le coucher du soleil ?

Pourquoi ?

Parce que tu ne sais pas quoi foutre ! Je dis pas que tu saurais pas quoi faire si t'avais un but. Je t'ai vu, Hig. Quand t'as un but, genre échapper à neuf connards de maraudeurs et leur régler leur compte, ben là t'es plutôt doué. Hig pète le feu. Mais ici, tu ne sais pas quoi foutre. Tu te comportes comme un putain de chiot qu'a perdu sa mère. Une œillade à cette grande bringue de bonne femme qui n'a peut-être pas la maladie et tu vires cinglé.

C'est pas ça.

Alors pourquoi t'as pris le risque pour l'avion ? J'l'ai vue, ta petite manœuvre. Un sacré coup de poker. Tout risquer pour aller jeter un coup d'œil à une nénette. Et si elle déteste les hommes ? T'y as réfléchi ?

C'est déjà nul de tout risquer pour Quelque chose de Connu, c'est ça, que tu dis.

Et puis j'ai pensé : il est plus vraisemblable de tout risquer pour de l'inconnu. Raison perverse qui en vaut bien une autre.

Je t'ai dit, Hig : Si tu commences à te prendre le chou dans une situation tactique t'es grillé.

Grillé.

Ça me disait bien. J'imaginais deux tartines légèrement grillées avec du beurre et de la confiture. Pas mangé de beurre depuis neuf ans puisque pas de lait. Je parie que ces vaches donnent un lait chaud et sucré tous les jours. J'ai orienté la lunette vers la prairie pour voir si j'apercevais une mamelle gonflée et je les ai vus. Coup de bol complet. Il devait avoir au moins deux armes et il était assez sensé pour avoir une carabine ainsi qu'un fusil puisque ce que j'avais aperçu était la lueur fugace de sa lunette de visée. À peine un instant. Assez pour que je le repère dans un bouquet de roseaux, au bord de la rivière, le long de la prairie, loin de la maison. Un gros bloc de grès de la taille d'une voiture avait chuté jusque-là et il s'était collé contre. Exactement là où je me serais assis. Une stratégie basique pareille à celle qu'on utilisait à l'aéroport : la maison comme leurre. Il était assis là où lui, ou eux, avait une vue dégagée sur le terrain découvert entre la rivière et la petite maison en pierre. Tout ça à portée de fusil. Pouvait gérer la plupart des menaces avec les deux coups du double canon. Et lui, ou eux, avait aussi le fusil pour les tirs à plus grande distance, ou pour après. Eux. Une fois que je l'ai eu repéré, je voyais très bien le canon plus sombre de sa carabine, plus droit que les roseaux, et je l'ai vue elle, une masse de cheveux noirs qui a bougé. Elle avait l'autre fusil. Le fusil de chasse. Et il ne regardait pas de l'autre côté de la cour, il m'avait moi en ligne de mire. Putain.

Le coup m'a envoyé des flocons de grès arrachés à mon rocher bien confortable sur tout le côté droit du visage. Je me suis aussitôt reculé. Le second coup a retenti juste au-dessus de ma tête. Putain.

Clignement. De la poussière de pierre dans les yeux. Le côté droit du visage qui me brûle aussi. Main à la tempe. Pas de sang cette fois. Connard de papy. Ça fait deux fois. Le vieux con m'a bien cerné. Si je ne fais pas gaffe, le prochain pruneau atteindra sa cible.

J'entendais Bangley se marrer. Comme s'il était à un mètre de moi. Son rire sorti de l'éther comme un fantôme pas tout à fait inoffensif.

T'es dans un sacré pétrin, pas vrai, Hig ? Un dilemme. Tout ce que tu veux c'est te faire des potes et voilà que tu vas peut-être devoir buter quelqu'un. Rire fort et long.

*

Il marquait un point, le vieux Bangley, mon surmoi tacticien. Le connard en bas était un foutu bon tireur. Bon tireur genre pro, comme Bangley. Il avait bien failli m'avoir à la carabine, à croire que la Bête et moi étions une grosse sarcelle bleue. Plutôt joli.

Pourquoi j'avais la tête qui tournait comme ça ? D'une certaine façon, le pétrin dans lequel j'étais fourré me réjouissait. En fait, je n'étais pas dans le pétrin. Je pouvais partir. Mais. J'imaginais un drapeau blanc au bout d'un bâton flottant au bord de cette falaise. Moi qui l'agitais comme dans un cliché hollywoodien. Personne ne l'a jamais tenté avec nous à l'aéroport parce que *a)* c'était toujours la nuit, et *b)*, dans l'ensemble, Bangley les trucidait avant qu'ils comprennent ce qui leur arrivait. Et même si quelqu'un avait essayé, qu'est-ce qu'on aurait fait ? Ne jamais négocier. Bangley aurait gagné un maximum d'avantage tactique, leur aurait lancé, *OK sortez en paix*, et puis il leur aurait explosé la tête. Ce bon vieux Bangley.

Ouaip, il allait donc falloir injecter une bonne dose de foi et de confiance et même là, ça se jouerait à pile ou face sans parler que je n'avais rien de blanc sur moi.

Je me suis reculé un peu, me suis levé, étiré. Me sentais ragaillardi quasiment comme si j'avais fait une sieste. Puis j'ai couru jusqu'à la Bête. J'avais une rame de papier Xerox dans la poche du siège à l'arrière et quelques crayons de couleur. Des cailloux de la taille de la paume et des élastiques, aussi. Au cas où j'aurais eu besoin de laisser un mot aux familles. Mais une ou deux fois, j'avais fait tomber des messages sur des vagabonds qui campaient sur les routes trop près de l'aéroport et qui ne semblaient pas bien intégrer les paroles entêtantes de ma chanson nord-sud-est-ouest : *Retournez vers le nord ou mourez*, etc. Et sur qui un bâton de dynamite restait aussi sans effet. Ces messages, ceux enveloppés autour d'un caillou et lâchés depuis la Bête, étaient très succincts, très graphiques et ils marchaient toujours. La puissance de la plume. J'étais toujours très fier de moi quand je rédigeais quatre lignes qui poussaient une bande de pirates réfractaires à remballer et s'enfuir par la route. J'ai attrapé une demi-douzaine de feuilles, un crayon noir ainsi que la couverture de Jasper et je suis retourné à mon poste.

Je souriais. Je le sentais à mes joues enflammées qui s'étiraient. Je me suis accroupi au bord du canyon et sur une feuille, j'ai écrit verticalement en aussi gros que possible : *JE*

La satisfaction de la composition. Me souviens que Dylan Thomas écrivait le premier mot d'un nouveau poème puis allait au pub se bourrer la gueule pour fêter ça. Pour avoir brisé le vide du silence.

Bref. Voyons comment c'est reçu avant que je gâche davantage de papier. J'ai rampé, me suis tortillé jusqu'au bord de la falaise qui, par chance pour moi et mon plan, avait la forme d'une lèvre, aiguë pour ne pas dire en saillie, sur une paroi qui tombait à pic. En faisant bien attention d'éloigner ma tête déjà amochée, j'ai passé la couverture par le bord, l'ai déployée et l'ai agitée comme un drapeau. Me suis assuré que le chasseur, le faisan rouge et le chien étaient du bon côté pour qu'ils soient vus d'en bas et j'ai aussi fait attention à ce que mes doigts restent invisibles.

Ne m'étais jamais autant amusé depuis des années si je ne compte pas les parties de pêche, et je crois que c'est parce que ça *ressemblait* beaucoup à la pêche sauf que là, c'étaient des gens, qui se trouvaient à l'autre bout de cette ligne. *No kill.* J'attrape, je remets à l'eau.

J'avais à peine suspendu la couverture qu'il y a eu un autre coup de feu. Un froissement de l'air juste au-dessus de mes mains, de ma tête.

Le sifflement bien connu des balles dans les westerns et les films de guerre, eh ben vous savez quoi? C'est exactement ça. Elles produisent un *ffft* comme quelqu'un qui ouvre une bouteille de soda, mais mortel. Fatal Soda. Une sorte de vide à la vitesse d'un canard en piqué. Suivi presque en simultané d'un petit bourdonnement, un point d'exclamation musical.

Vas-y, flingue la couverture si t'en as envie. J'ai du fil et des aiguilles.

Puis le silence. Intrigués. Mon impression.

Souvent en pêchant, vous pouvez très vite sentir l'état d'esprit du poisson au bout de la ligne. Cette connexion. Je veux dire que vous savez tout de suite : féroce, effrayé, vieux sage, petit con, rusé, paniqué, résigné, confiant, espiègle. N'importe quoi, juste en tirant un peu sur la ligne. J'analysais souvent le silence entre les gens de cette façon.

J'ai redéployé la couverture et le coup a retenti presque aussitôt et puis le silence. Un silence perplexe. J'ai souri. Je savais que papy examinait la couverture, étudiait le motif, en se disant *C'est quoi ce bordel?* Je savais qu'à cette distance avec sa lunette il pourrait voir la scène. J'ai rampé au sol pour attraper deux pierres lourdes que j'ai posées sur la couverture afin de la laisser pendre là.

Je l'ai laissé se poser des questions, peut-être en discuter. Puis j'ai pris le papier, l'ai embroché sur la pointe d'une branche d'un peu plus d'un mètre de long et je l'ai glissé par-dessus le bord : *JE. PAN!*

Sssss. Complètement raté. Ha! N'a pas visé le papier mais ma tête, où elle aurait été si je m'étais approché un tout petit peu plus.

Silence. J'ai mis le papier à la verticale pour qu'il puisse le lire. Il pouvait. Il était super près. Je veux dire que si j'étais vraiment salaud je pourrais leur balancer un bloc de pierre sur le coin de la gueule. Ou leur cracher dessus.

J'ai retiré le bâton. Si je gloussais, c'était la première fois depuis neuf ans. Glousser – ce mot. Ce n'est pas un mot de Fin des Temps. J'ai retiré la feuille avec les dents et sur une deuxième page, j'ai crayonné, de nouveau verticalement, *SUIS*.

Pourquoi est-ce que je ne me contentais pas de crier? C'est-à-dire que les conversations peuvent s'envenimer tellement vite. J'ai appris ça. La première fois que j'ai vu Melissa c'était dans un café et comme j'étais trop timide pour lui parler, je l'ai séduite avec un petit mot. Et ça marche. Alors qu'il suffit d'une mauvaise intonation pour que tout soit foutu. Nan, ça c'était mieux. Sans oublier qu'il y avait la cascade, le vent et que jamais de la vie je n'aurais approché mes lèvres du bord de cette falaise.

Planté *SUIS* sur le bâton que j'ai tendu. Cette fois pas de tir. Silence. Le salaud commençait à capter. *JE SUIS*. Petite veine existentielle. Bon sang, je pourrais m'arrêter là et leur donner un peu de temps pour y réfléchir. J'ai pris le crayon et j'ai écrit *PAS*. Repris mon bâton, accroché la feuille. L'ai laissée voler au vent.

Les implications philosophiques entre l'avant-dernière assertion et la dernière étaient profondes. Je veux dire que Hamlet leur arrive pas à la cheville. La dialectique qui se déploie. Nom de Dieu.

Puis *UN*. Je l'ai écrit sur toute la page. *UN. UN.* La feuille qui bat dans l'air, bruisse.

Puis j'ai taillé le crayon sur le rocher, retourné la feuille et rédigé en aussi gros caractères que possible : *FAISAN*.

Je l'ai suspendu. Maintenu le bâton avec un autre caillou et me suis allongé au soleil, les bras croisés sous ma pauvre tête meurtrie, et j'ai laissé la chaleur me couvrir et le soleil panser mes plaies.

Ils n'iraient nulle part, moi non plus.

*

Si on était dans un western, je mettrais mon chapeau au bout du bâton. J'en portais un, de chapeau. Une casquette de baseball tachée par la sueur et à la visière élimée qui disait Cherry Hills Golf Club. Je l'avais prise à un visiteur une nuit et je l'aimais bien parce qu'elle portait un message de consolation : la Fin de Tout voulait dire la Fin peut-être pour l'éternité et à travers tout l'univers, du Golf.

Je n'avais rien contre le golf.

Enfin, il y avait sans doute des Écossais en Écosse qui avaient survécu à la pandémie et se payaient à cet instant même une petite partie de ce sport ancien en parcourant la lande – pas d'irrigation mais de la brume et de la pluie, pas de tondeuses à gazon mais des troupeaux de moutons sauvages. Des drives dans la brume. C'était une idée plaisante.

Peut-être que papy détestait le golf. Je doute qu'il puisse lire des lettres aussi petites mais disons que s'il avait une lunette puissance dix, alors peut-être qu'il pouvait. Je l'ai mise sur le bâton quand même, pour rire, et l'ai passée par-dessus le bord. Rien. Le vieux croûton n'a pas mordu. Il allait attendre de voir un œil, une oreille. Humph. Bon et maintenant ? Je pourrais aussi bien me lever, me pointer au bord et hurler : Salut ! Je viens en paix ! En amitié ! Et. S'ils appliquaient le premier principe de Bruce Bangley j'étais un homme mort. Curieusement et pour la première fois depuis un bon bout de temps, je sentais que je n'étais pas prêt à mourir. Pas là tout de suite. Je veux dire que j'avais plus qu'un vague intérêt à rester en vie. Étrangement.

OK. J'avais bien une idée.

Je suis retourné à la Bête j'ai pris un autre tas de feuilles. J'avais tout le temps du monde : aucun de nous ne semblait aller nulle part. À moins qu'ils ne foncent vers l'arbre-échelle ce qu'ils ne feraient pas puisque je pourrais les flinguer aussi facilement que ces officiers allemands dans ce passage incroyable de Hemingway que j'adore : *Tout à fait épatant. Ils tentèrent de l'escalader [...] tandis que nous les canardions, postés à une cinquantaine de mètres de là. Ils essayèrent de l'enfoncer et des officiers s'y mirent aussi. C'était un obstacle absolument parfait.* Enfin, si ça avait été la raison de ma présence.

Je me suis accroupi près de mon rocher au soleil, bien planqué derrière et j'ai écrit d'autres mots. Je les ai enfilés sur le bâton les uns après les autres et les ai tendus au-dessus du vide comme avant. Gros silence pendant que le poisson réfléchissait au bout de la ligne.

JE-POURRAIS-VOUS-FAIRE-EXPLO-SER-MAIS-JE-NE-LE-FERAI-PAS – PAIX

Heureusement que j'avais une ramette entière.

Et puis j'ai sorti un Œuf de la Mort de ma poche j'ai retiré la goupille qui était un peu raide et j'ai balancé la grenade.

Je l'ai lancée loin en amont vers ce qui, dans mon esprit, était le haut de la prairie – bien à l'écart des vaches et de là où ce fils de pute et sa copine avaient pris racine.

L'explosion était profondément satisfaisante. Merci Bangley. J'avais le reste des feuilles prêtes et pendant qu'ils se remettaient de la surprise et se tâtaient le corps pour voir s'ils étaient morts ou vifs, j'ai affiché la suite.

VOYEZ ?-LA-PROCHAINE-POURRAIT-FAIRE-MAL

Longue pause.

N'ATTENDEZ-PAS-QUE-JE-MANQUE-DE-PAPIER

Pause.

MONTREZ-VOUS

J'avoue, je m'amusais comme un petit fou. Pour la première fois depuis des années, je pense, j'avais l'impression d'avoir les idées claires. Pas comme si les pensées se tenaient sur un pré à l'image de ces poneys norvégiens à poils longs se demandant ce qu'ils faisaient là. Pas à l'image de quelqu'un qui errerait dans la forêt.

Histoire de faire bonne mesure, j'ai une fois de plus avancé lentement la casquette dans le vide. Rien. Peut-être que nous commencions à nous comprendre. J'ai rampé jusqu'au bord et j'ai jeté un coup d'œil. Tous deux se tenaient dans les roseaux, fusil le long du corps. Lui était grand, en bonne condition physique, pas si vieux, une petite soixantaine, à vue de nez, avec un chapeau de cow-boy fauve tout miteux. Elle était plus grande que lui et je me dois d'ajouter, belle. Maigre mais avec une mâchoire carrée, des pommettes hautes, des sourcils noirs, de longs cheveux tressés. Je ne saurais pas dire pourquoi, mais elle avait l'air intelligent même à cent mètres de distance. J'ai tendu la main vers le fusil d'assaut, et je les ai visés. Si on peut dire d'un homme qu'il étincelle, il étincelait : les lèvres pincées par la rage et les yeux gris qui lançaient des éclairs furieux. Son visage était parcouru par les rides profondes de celui qui a affronté les éléments naturels. Ses yeux à elle étaient très écartés et quoi d'autre ? Violets ? Une couleur entre le bleu et le noir. Elle avait les joues rouges d'un rouge écarlate et elle semblait effrayée mais pas que : légèrement amusée, aussi. Est-ce que c'était ça ? Elle devait avoir autour de trente-cinq ans.

Peut-on tomber amoureux à travers la lunette d'un fusil ? Bon Dieu. J'ai tourné la tête pour la regarder à l'œil nu. Bien proportionnée, hanches larges, grande. Peut-être trop maigre. Je suis revenu au viseur, j'ai déplacé le canon et j'ai examiné le bas. J'admets. Elle avait les jambes éraflées, irritées et peut-être qu'elles étaient trop maigres mais elles étaient longues et effilées.

Respire Hig. Dis 10-4. Dix quatre.

Me suis mis sur un genou, sans les quitter du viseur, les deux yeux ouverts. J'ai hurlé.

Salut!

Il a cligné des yeux. J'ai déplacé la lunette sur son visage à elle et tous les deux ont donné l'impression qu'ils devenaient dingues ou qu'ils faisaient un mauvais rêve.

Salut!

J'ai continué de viser la fille. Elle a souri. Un vrai sourire. Il était léger, petit, mais avec la puissance dix de mon viseur, impossible de le rater.

Comment on procède? Je hurlais.

Silence.

Allez, papy! Relax! Si j'étais là pour tuer violer ou piller, tu serais déjà mort!

Pause le temps qu'il digère ça.

Je te pardonne! j'ai hurlé.

D'avoir essayé de me tuer plus de deux fois, je veux dire! D'avoir failli foutre en l'air mon zinc. Rien de personnel. J'ai bien capté. J'aurais fait la même chose.

Mes cris se sont perdus dans la brise. Mais je voyais qu'ils m'entendaient. Qu'un message passait, je veux dire. Je voyais aussi quand je relevais la tête et que je regardais en bas que toutes les vaches et les quelques moutons s'étaient regroupés, terrifiés, le long d'un haut taillis dans le fond le plus reculé du canyon.

Désolé d'avoir effrayé vos vaches !

Ils sont restés là, les bras levés. J'ai observé l'un et l'autre à la lunette. Lui se mangeait les joues à s'efforcer de comprendre ce qui était en train de se passer. Et elle. Je n'étais pas sûr. Je voyais tourner les rouages et je me disais qu'une idée pas déplaisante commençait à germer dans son esprit. C'est ce que j'ai fantasmé. Je savais, *savais* que je n'avais pas toute ma tête, mais je savais aussi que de ma vie d'adulte, je n'avais jamais été aussi lucide.

OK vous pouvez garder vos fusils. Je descends.

OK ?

OK ?

Il a acquiescé. Finalement. A repris son fusil et a repris la posture d'un homme qui contrôle son environnement. Je dirais ceci : il y avait quelque chose chez ce vieux bonhomme de digne et fier. C'était un sacré bon tireur, déjà. J'ai eu l'impression que tout ce que faisait ce connard chatouilleux, il le faisait avec cette même dose de confiance. Juste une impression que j'ai eue depuis les gradins.

Si vous décidez de me tuer vous vous sentirez super mal après ! Je vous assure que ça vous gâchera la meilleure partie de votre journée.

Elle a souri. Oh bon sang. J'étais parti. J'ai pensé, Peut-être… peut-être que c'est son père. Quel imbécile.

Au purgatoire, impossible d'être autre chose qu'un imbécile. J'ai baissé le fusil, me suis reculé rapidement et je suis retourné à la Bête.

Histoire de mettre la chance et le respect de mon côté, j'ai empoché une autre grenade pour en avoir deux et j'ai emporté de la viande en signe de paix et puis, le fusil d'assaut en bandoulière, j'ai traversé la prairie d'armoise au galop. J'ai rejoint le sommet du canyon par les bosquets de pins à une feuille jusqu'à ce que la crevasse s'ouvre et que je débusque un sentier tracé par le gibier pour descendre à la rivière.

4

Mon cœur battait comme un tambour mais pas à cause de l'effort. Le terrain était accidenté, oui, le chemin menant à la rivière était raide et jonché de rochers. J'ai posé une main sur leurs chaudes épaules quand je sautais de l'un à l'autre ou que je les contournais, glissais sur la terre molle en suivant la route des chevreuils. Leurs déjections étaient partout au milieu des longues aiguilles tombées des pins ponderosas et le soleil mêlait les odeurs qui ressemblaient étrangement à celle, musquée, d'un chevreuil vivant qui se tiendrait tout près entre les pins. Ce qui a réveillé le chasseur en moi. Mais ce n'était pas ça non plus. J'avais le cœur qui battait à tout rompre parce que j'avais l'impression de me rendre à mon premier rendez-vous amoureux.

Le vrai premier rendez-vous de Hig – j'étais tellement nerveux que ça avait tourné au désastre. On était allés voir *Avatar* en 3D. Je n'arrêtais pas de sortir pour aller pisser. Chaque fois, je rapportais du popcorn ou des bonbons. Elle a dû croire que j'étais plus ou moins diabétique ou boulimique, j'en sais rien. Je ne l'ai pas embrassée à la fin, pas même essayé, elle était manifestement énervée, et je ne saurai jamais si c'était parce qu'elle pensait que j'étais un geek et qu'elle avait trop hâte de se débarrasser de moi ou – je n'y ai pensé que des mois plus tard – parce qu'elle était peut-être aussi nerveuse que moi, qu'elle m'aimait bien mais ne savait pas comment me demander de l'embrasser et s'était sentie rejetée quand j'étais parti si brusquement. Pour la première fois, je comprenais que quelqu'un pouvait chercher avec anxiété *mon* approbation, qu'on pouvait avoir peur de *moi*. Avant la fin du monde, cela représentait une prise de conscience fondamentale. Entre-temps, cette idée est devenue un principe : tout le monde a peur de moi.

Ce qui est un drôle d'état d'esprit pour aller à un rendez-vous. Pauvre Hig, pauvre Frankenstein.

Mais pas elle. Elle a souri. *Elle a souri.*

Ne les avais-je point charmés ? Ne les avais-je point désarmés par mon charme, eux qui étaient en Mode Massacre ? Ne leur avais-je pas coupé l'herbe sous le pied ? Non ?

Je me suis arrêté net. J'ai plissé les yeux en direction de la rivière, fait un pas précautionneux de plus dans l'ombre d'un pin. Peut-être pas.

C'était mignon, le coup de la couverture. Le vieux bonhomme n'était pas patient. Il accordait une grande valeur à son temps et à son attention. Pendant que je faisais joujou allongé au soleil à les laisser réfléchir à la situation, il avait été obligé de s'accroupir dans les roseaux humides, le sang bouillant, apeuré aussi – pour sa vie, pour sa nana – se disant, je vais crever ce fils de pute arrogant. À la première occase. Il se croit malin, on va voir s'il se trouvera encore malin quand il devra regarder ses couilles en train de rôtir sur le feu.

Un truc comme ça.

J'ai avancé. Malgré tout. Avec les poils qui se dressaient sur ma nuque.

Quand je suis arrivé à la rivière, je l'ai descendue en suivant un chemin dégagé le long de la berge. Des hautes herbes, de minuscules asters blancs comme des pâquerettes, des castillejas. Des fraises sauvages, des penstemons. De gigantesques pins ponderosas, l'odeur de la pierre humide et froide et de la vanille. Des papillons blancs qui se coursaient en tournoyant au-dessus d'une barre de gravier. Qui s'accouplaient. Le truc du premier rendez-vous : c'était de l'histoire ancienne. Mon cœur battait toujours vite, mais pas pour ça. Je voyais ces papillons battre des ailes, trois puis deux, traversant les rais de lumière, et j'ai pensé : Hig, l'accouplement n'est sans doute pas au programme pour cette fois. Ne le sera sans doute jamais.

Quand tu arriveras à la petite falaise en haut de la prairie, celle avec la cascade, quand tu descendras l'arbre-échelle d'une branche à l'autre, dos tourné à papy, il te butera direct, et avec un grognement de satisfaction, encore. Voilà voilà. Tu crois que tu joues, là, p'tit con ? T'es-pas-un-faisan-je-te-le-confirme : t'es-un-homme-mort. Écris donc ça sur tes bouts de papelard. Pan. T'as pas voulu nous foutre la paix. Pan. Arrête de bouger, tu veux ? Pan.

Bangley : *Je-te-l'avais-dit-Hig : jamais-ô-grand-jamais – putain-tu-sais-très-bien-ce-que-je-veux-dire. Allez-Repose-en-paix.*

Bon bon bon. Quel qu'ait été le dilemme un peu plus tôt je ne l'avais toujours pas résolu. J'en étais arrivé à cette conclusion pendant que je longeais la rivière. Autre chose : lui, eux, avaient pu grimper l'arbre-échelle pour rejoindre le haut de la rivière en deux minutes chrono et m'attendaient peut-être déjà sous les saules ou derrière n'importe quel arbre pour me tendre une embuscade facile. Je me suis figé.

Je ne voulais pas mourir. Pas tout de suite.

Je pouvais être dans son viseur à l'instant où je vous parle. Encore la chair de poule, et cette fois pas à cause du froid.

Jeté un coup d'œil en aval de la rivière. Un érable négondo au bord de l'eau, les feuilles couleur citron vert. Quelques peupliers plus bas. À chaque souffle d'air, les feuilles se tournent vers le nord, avivées comme la paume d'une main au soleil. Ça suffit. Ils pouvaient être tapis derrière ces troncs épais et poilus.

Ça suffit, Hig, ça suffit. Reconsidère la folie que représente la simple connexion humaine. Écoute un arbre.

Quand tu pêchais, c'est ce que tu cherchais, pas vrai ? Une connexion. Pense à ce que ça coûtait au poisson. Le poisson n'en voulait pas de ta connexion et si une truite avait pu te tuer d'un coup de mâchoire, elle l'aurait fait. Papy est ce poisson. Il peut t'avaler.

Hum.

J'ai reculé, me suis aplati derrière un arbre. La rivière était dix mètres plus bas environ, le courant limpide et assez peu profond pour le traverser. Le niveau de l'eau était bas pour cette période de l'année, montait tout au plus à hauteur de cuisses. J'ai contemplé la rive opposée. Elle était pentue, escarpée, couverte d'herbe fraîche et de petites fleurs qui couraient jusque dans une clairière de ponderosas. Vers le sommet de la crête, les formations géologiques éboulées s'élevaient comme des ruines en phase terminale, murs et parapets.

Une planque parfaite. Eux. Un coin parfait pour vivre la fin de toute chose, je veux dire. D'ici, plus haut, jamais on ne pourrait imaginer que le courant s'engouffrerait dans un trou aussi large et profond, vers une telle prairie. Aucune raison de descendre par ici, de suivre le courant. Ce n'était pas le chemin le plus simple, et la vieille piste, la route sur laquelle j'avais atterri, conduisait plutôt vers le nord et l'est. Vers des endroits où la route enjambait la petite rivière sans effort. Depuis le sommet, impossible de voir l'ouverture, le canyon, rien jusqu'à ce qu'on tombe d'un coup dessus, sur le bord. Et je parie que le chemin qui partait d'en bas était semé de cascades et de falaises. C'était parfait. Un repaire. Les desperados de l'ancien temps l'auraient adoré.

Comment ont-ils descendu les vaches ici ? Le seul point d'accès est l'arbre-échelle. Je me suis rendu compte.

Pourquoi est-ce que dans les moments les plus critiques, mon esprit se met à divaguer sur des bizarreries ? Ça ne plairait pas à

Bangley. Bangley dirait *Baisse-toi. C'est pas con cette histoire d'embuscade. Alors baisse-toi et utilise ton cerveau.*

Je me suis exécuté. Je suis remonté de dix pas et me suis mis à couvert sous un épais genévrier qui s'étalait près du sol comme un buisson poilu. Me suis faufilé derrière, me suis enfoncé dedans jusqu'à ce que je puisse m'asseoir en ayant une vue sur la pente à travers les branches. Des brindilles raides ont effleuré mon visage couvert de croûtes, piquantes. Le parfum était entêtant. J'avais l'impression d'être à l'intérieur d'un de ces sachets parfumés. Pourquoi est-ce qu'elle avait fait ça ? Des baies de genévrier d'un bleu cendré sont tombées en pluie. Je crois que c'est avec ça qu'ils fabriquaient le gin. Non, vraiment ?

Bon et maintenant ? J'étais en sécurité. Donc, t'as gagné quoi ?

Terré sous une masse de branches piquantes. J'étais un troll qui vivait au pied d'un arbre. Qui regardait le monde à travers un écran irritant d'aiguilles et de branches. Qui vivait de l'eau du ciel, de fragments de chansons et de souvenirs.

J'ai posé le fusil par terre, serré les genoux contre moi, et me suis appuyé contre les branches plus épaisses.

Éreinté. Jusqu'à la moelle. Le détachement, ça demandait un tel effort. Le vol pour arriver ici me semblait déjà appartenir à une autre vie. Et l'aéroport était comme un rêve. Si l'aéroport était un rêve, alors Jasper était un rêve dans ce rêve, et l'époque d'avant la fin de toute chose était un rêve encore plus lointain. Un emboîtement de. Rêveries. Cette tendance à adoucir les pertes en les changeant en fantômes pâlissants.

Attendre la tombée de la nuit, voilà la solution. Dans le noir, je pourrais suivre la rivière. Les observer. Descendre l'arbre-échelle en sécurité. Un des avantages acquis grâce à toutes les nuits passées à pêcher, pêcher obsessionnellement dans le noir : je sais faire confiance à mes pieds pour trouver le chemin.

Une truite pouvait voir la plus petite mouche à la surface même dans la nuit la plus noire. Le ciel était toujours lumineux, lumineux pour une truite qui voyait l'insecte ressortir dessus. J'adorais attraper des poissons dans le noir. Ce n'était souvent qu'un son sur un étang calme, un blip, suivi d'une légère éclaboussure et la ligne tendue. J'adorais ça.

L'obscurité. Rien. Une forte odeur d'aiguilles qui se réchauffent. Dormir. OK quelques minutes. Dormir.

*

Debout.

Hein ?

Debout. Recule. Tu touches ce fusil t'es mort.

Dur et pointu un truc dur et pointu contre ma nuque. Bâton. Ouais c'est ça, un bâton. Un long bâton. Avec au bout, un homme armé. Merde. Et merde. Bravo Hig.

Les mains au sol. Recule. Rampe.

Rampe. Lentement. Maintenant à plat ventre, mets-toi à plat ventre. Mains derrière la tête. Maintenant !

Genou dans le dos, brutal. Mains qui fouillent durement sous ma veste et me soulagent du Glock. Une main qui court sur mon dos, remonte, les jambes, main experte, rapide.

Retourne-toi.

Même chose devant, fouille rapide, on me soulage des grenades. Les glisse dans les poches de sa veste de ferme.

Plus jeune que. Ou pas. Plus mince. Cheveux blancs. Tanné comme du cuir de chaussure. Des rides. Des lignes profondes qui lui strient les joues. Des rides d'expression. Des pattes-d'oie aux coins des yeux, aux coins extérieurs. Les yeux gris qui étincellent. Habitués à renvoyer ses étincelles au soleil. Ça déconne pas. Le moindre mouvement preste et assuré.

Pas sûr de la raison : de près j'avais moins peur. N'éprouvais aucune panique. Ce qui était sûrement débile, à cet instant. Papy n'avait pas peur de moi non plus, mais alors pas du tout. D'une certaine façon, je lui rendais la pareille.

Retourne-toi. Encore.

Genou brutal dans le dos, des aiguilles aiguisées qui me piquaient le côté droit du visage. L'ai regardé du coin de l'œil. A fait tomber un rouleau de corde de son épaule gauche, l'a déroulé d'une main, m'a attaché les poignets, serrés. D'une main.

Z'êtes rancher, j'ai dit. Je le vois à votre chapeau.

La ferme.

Message reçu. Plutôt sympa de pas verser dans le bavardage.

Ce que je n'ai pas dit, je n'ai rien dit.

Genou brutal entre les bosses des vertèbres, la douleur quand il a tiré vers le haut, resserré le nœud.

T'aurais dû poursuivre ta route. Personne vient nous embêter, ici.

Je vous embête, je vois bien.

La ferme.

Les genoux qui me pilonnent les côtes. Il a reculé, cinq pas sur le côté, déroulé la corde, s'est penché, a ramassé le fusil d'assaut sous l'arbre et l'a mis en bandoulière.

Maintenant debout.

M'a même pas laissé une chance. Tiré un coup violent sur la corde qui m'a mis sur pied et a bien failli m'arracher les épaules.

Avance.

J'ai avancé. Et.

Le soulagement de faire ce qu'on me disait de faire. Quelqu'un qui savait exactement ce qu'il faisait. Contente-toi de suivre les ordres. Pendant que je descendais la pente en trébuchant j'ai pensé que s'il avait voulu me tuer je serais déjà mort. Comme quand j'étais en haut de la falaise et qu'ils se tapissaient dans les roseaux. Il me rendait la pareille. À cet instant il me rendait la pareille. Une relation parfaitement équilibrée. Bon sang.

J'étais plus près que je ne l'avais cru. Environ deux cents mètres du point d'où la rivière se précipitait, devenait une cascade de six mètres de haut. Je voyais le sommet de leur arbre-échelle qui surgissait à gauche du courant. J'entendais l'eau qui chutait dans l'étang en contrebas. Elle envoyait des éclaboussures et ces éclaboussures dans la lumière du soleil scintillaient en forme d'arc-en-ciel mouvant.

De cet angle, à travers la brume d'eau, le petit canyon encaissé ressemblait au jardin d'Éden. Verdoyant et protégé, alimenté par un cours d'eau, loin de la mort. Comment est-ce que j'allais pouvoir arriver jusque-là ? Est-ce qu'il allait me descendre par mes bras entravés – par-derrière et m'arracher les épaules ? Ou juste en me poussant par-dessus le bord, en espérant que l'étang ne soit pas trop profond ? Me casser une cheville, les jambes, ou encore mieux m'estropier.

Le sifflet a retenti, j'ai sursauté. Me suis retourné d'un bond. Ç'aurait pu être le faucon pèlerin, mais qui m'aurait crié direct dans ma putain d'oreille. Elle est sortie de la hutte en pierre. Elle avait le fusil avec la lunette. Mécanisme à simple coup. Et avec une petite couverture. Elle s'est assise à une table en bois, a roulé la couverture, posé le canon dessus comme si c'était un sac de sable, levé les yeux, visé vers le haut, a changé d'avis, a soulevé l'arme et a tiré un bipied au bout du canon, a visé de nouveau. Meilleur angle. Sur moi. Ces gestes lui étaient familiers, de toute évidence.

Elle est très douée. Je lui ai appris. Tu déconnes tu meurs.

Il a avancé et d'un coup, a défait le nœud qui retenait un de mes poignets, gardant l'autre attaché à la corde.

Descends.

D'une main ? J'ai le vertige.

Ce qui était vrai. En avion c'est différent.

Il m'a botté le cul. Sans déconner. Un coup de botte rapide. La pointe dans les fesses pour me faire avancer, m'a presque projeté par-dessus bord. M'a fait mal. Super mal. À l'ego. Et si j'étais passé de l'autre côté ? Pour la première fois depuis mon réveil j'avais vraiment envie de lui foutre un coup.

Utilise les deux mains.

Me suis accroupi, accroché à l'arbre avec les deux mains baissées.

*

Je m'appelle Hig.
Je suis de l'année du Rat.
Je n'ai pas de matricule mais ma licence de pilote est le 135-271.
Je suis Poissons.
Ma mère m'aimait. Elle m'aimait vraiment. Mon père. Absent mais. Bref. J'avais un oncle qui m'a appris à pêcher.
J'ai écrit trente poèmes après la fac, dont vingt-trois dédiés à ma femme.
Jasper était mon chien.

Pas d'enfants. Ma femme était enceinte.
Mes livres préférés sont : *Shane. Infinite Jest.*
Je sais cuisiner. Plutôt bien pour un mec.
Profession : entrepreneur en bâtiment. Ça ne me plaisait pas. Je détestais ça. J'aurais dû être prof d'anglais dans un lycée ou un truc dans le genre. Ou toiletteur.
Je n'ai pas la maladie, autant que je sache je suis en bonne santé.
Environ deux fois par mois, je rends visite à des familles qui ont la maladie du sang.
Mon poème préféré a été écrit par Li Shang-yin au IXe siècle.
Ce n'était peut-être pas mon poème préféré avant que commence le monde du temps fini mais ça l'est maintenant.
Je suis particulièrement habitué au chagrin. Je crois. Dans ce domaine, ma récolte est abondante.
Je pourrais avoir de l'eau ?

*

Il m'a attaché à un poteau dans la cour. Face au soleil. M'a assis sur un des tabourets, les mains dans le dos. Nœud serré. Ils sont restés debout à m'observer. J'ai plissé les yeux, essayé de les distinguer. J'ai pensé à quelque chose.

Ma poche de veste droite.

Il s'est avancé et y a plongé la main, fouillé pour en sortir deux boîtes neuves de tabac à chiquer Copenhagen. Du tabac vieux de neuf ou dix ans, périmé, mais quand même. Je l'avais emporté pour en faire cadeau, alors bon. Il s'est mis à côté de moi pour que je puisse le voir penché, tête baissée, qui me regardait de biais, de près. Puis il a ouvert une des boîtes d'un coup de pouce expert, a froissé le papier autour du couvercle en fer, un quart de tour et ouverture. Il a fourré le nez dans la boîte, inspiré. Je pouvais le sentir. Sel et poussière. Le tabac tombait en poussière tellement il était sec, je le savais par Bangley, ce qui ne l'a pas empêché de prendre une pincée qu'il a coincée sous sa lèvre supérieure. Il était du genre lèvre supérieure. Il a recraché.

Trois points.

C'est tout ? Pour deux boîtes. Six aurait été plus juste, je crois.

Il a tendu la boîte à la fille et j'ai été surpris de la voir prendre une pincée. Il a tiré le second tabouret à côté de moi, s'est assis.

Tu auras le soleil dans les yeux dans vingt minutes.

Elle se tenait figée devant moi, la lumière dans le dos. Elle était grande. Je n'arrivais pas à voir son visage. Mais je sentais son regard perçant sur moi.

Est-ce qu'elle parle ?

Oups. Moins trois. Retour à zéro. Ton chiffre préféré. À ce que je comprends.

J'aime voyager léger.

Il a à peine acquiescé.

C'est bien. Le mouvement de tête. Fait un bail. Je me branle de savoir comment t'aimes voyager. Tu pourrais transporter un ensemble de salon pour ce que ça me fait. Il a regardé autour de lui. Ça pourrait nous servir, en plus.

Si j'ouvre la bouche vous allez me soustraire des points, c'est ça ? Si je parle sans qu'on me le demande, je veux dire. C'est ça ?

Il a acquiescé. Moins un.

Donc, je perds les avantages de ma carte de fidélité, j'imagine.

Moins deux. À moins dix je te bute. Sans appel. Ici même. Tu la mentionnes encore une fois et je t'enlève cinq points. Maintenant à toi de voir. Tu mens, c'est dix points, t'es mort. Tu chies dans ton froc, t'es mort. Tu te pisses dessus, c'est ton problème.

Soudain je rigolais plus. J'ai entendu la pulsation de la cascade, battant au rythme d'un tambour tribal, entendu bêler un des moutons et c'est exactement comme ça que je me sentais. Plaintif et plutôt traumatisé.

Je l'ai regardé.

Tu sais quoi ?

J'ai dit ça.

Tu sais quoi ? Va te faire foutre. Va te faire foutre toi et tes points. Je suis venu ici en paix et par deux fois t'as essayé de me crever. Je suis venu ici pour trouver quelque chose. Je ne sais pas quoi. Je ne sais pas quoi, t'entends ? Pas la mort en tout cas. On la voyait assez comme ça à l'aéroport. La mort.

J'étais assis sur le tabouret attaché serré et pendant que je le regardais, je sentais les larmes couler sur mon visage, les picotements sur les coupures du côté gauche.

J'ai perdu mon chien il y a une semaine. Jasper. J'ai pas besoin de toi ou de tes conneries. J'ai plus rien. Alors vas-y, enlève-moi vingt putains de points, bute-moi. Je serais bien content. Allez.

Je goûtais le sel de mes larmes.

Laisse-le se lever papa, elle a dit. Ça suffit. Laisse-le se lever.

Elle avait une voix rauque. J'ai cligné des yeux dans le soleil. Senti ses mains habiles dénouer la corde.

*

Je me suis dirigé vers un peuplier au bord de la rivière et j'ai pissé. M'en foutais. Je n'étais pas timide. Le débit et le gargouillis du courant couvraient mes sanglots. Faisait frais dans l'ombre épaisse. Des sanglots violents à m'en étouffer. Ils regardaient peut-être, non, ils regardaient forcément, qu'ils aillent se faire foutre. J'ai attendu que ça se termine, j'ai inspiré. À genoux, je me suis passé de l'eau sur le visage, les coupures formaient déjà un faisceau de croûtes. J'ai bu. Putain qu'est-ce qui m'arrivait à pleurer tout le temps ? Je m'en foutais, mais pas vraiment. Je ne craquais pas, c'était seulement ce que j'avais envie de faire. À peine une larme en neuf ans, puis Jasper, maintenant ça.

Soudain le monde s'ouvre, s'ouvre sur un étroit canyon encaissé avec quatre moutons et on pleure. Deux bergers, peut-être pas tout à fait sains d'esprit, et on pleure. Le soulagement d'avoir une autre compagnie que celle de Bangley, pas de maladie du sang, on pleure. On pleure. Parce qu'à une époque c'était le milieu de nulle part et maintenant ce n'est même pas ça. Et je ne suis même pas ça. Avant j'arrivais à me situer : je suis veuf. Je me bats pour ma survie. Je suis le gardien de quelque chose, sais pas trop de quoi, pas de la flamme, peut-être seulement de Jasper. Maintenant c'est fini. Je ne sais pas ce que je suis. Donc je pleure.

Je me tenais à l'ombre de l'arbre dans l'air frais de la rivière et je laissais le son, la brise légère me traverser de leur souffle. J'étais une coquille. Vide. Portez-moi à votre oreille et vous entendrez le ressac lointain d'un océan fantôme. Le néant, c'est tout. La plus infime pression du courant ou de la marée pourrait me renverser, me chavirer. Je m'échouerais. Ici sur ce rivage, je m'assécherais et blanchirais et le vent me décaperait et me durcirait, arracherait les fines couches de l'épiderme jusqu'à ce que je sois cassant, de l'épaisseur du papier. Jusqu'à ce que je m'effrite dans le sable. Voilà comment je me sentais. Je dirais que c'était un soulagement enfin de n'avoir rien, rien, mais j'étais trop creux pour assimiler ce soulagement, trop vide pour le porter.

Franchement, je me foutais de ce que ce vieux connard me réservait. N'avoir rien à perdre c'est si vide, si léger que ce tas de sable auquel on est réduit est finalement emporté par une rafale de vent, si peu solide qu'il ne peut que rejoindre la tempête de sable des étoiles. C'est notre destination commune. Le reste s'amenuise en attendant le vent.

Certainement pas une bonne position pour négocier. Rien à échanger. N'y ai même pas pensé, *Je les ai épargnés lui et sa fille, ils me sont redevables. De quoi ? Quelque chose. Vingt foutus points.*

Je suis revenu vers eux.

Je pars. Je remonte ce putain d'arbre. Manifestement, vous préférez rester entre vous.

Je l'ai regardée.

Est-ce que je pourrais avoir une chique ? Je suis pas tellement consommateur, mais là, ça me fait envie. Merci.

J'ai pris une grosse pincée. La nicotine a fait effet à la première déglutition et aussitôt, j'ai eu la tête qui tournait.

La vache. J'avais oublié.

J'ai craché.

Tirez-moi dans le dos pendant que je grimperai, comme j'ai dit, pas sûr que vous me rendiez pas service.

Ils me dévisageaient. Elle avait une trace noire sur la gorge comme un bleu.

Je vais avoir besoin de mon Glock, du fusil. Gardez les grenades. Cadeau de pendaison de crémaillère.

Il a hésité, pris le pistolet sur la table, me l'a tendu crosse en avant. Je l'ai remis dans son fourreau. Il a soulevé le fusil contre sa poitrine, me l'a passé.

Merci. De m'avoir botté le cul.

J'ai reculé et l'ai frappé.

Le coup que je lui avais gardé, une droite courte et puissante qui l'a atteint à la joue gauche. Il est parti à la renverse, proprement, durement et il a atterri sur le cul. Il en a perdu son chapeau. Surprise totale. Il s'est redressé sur les mains et m'a regardé en clignant des yeux et ce n'est que quand j'ai observé le tableau avec un peu de recul que j'ai vu une main enveloppée autour d'une arme de poing. Comme un tour de magie. L'arme d'un officier, un calibre .45.

Fallait pas me botter le cul. Ou jouer les bourreaux. J'aurais suivi les ordres.

Pour quoi je me prenais ?

Je me suis tourné et j'ai marché sur le terrain dégagé qui remontait vers la rivière, le dos exposé et aussi prêt à recevoir une balle qu'au déclenchement de l'instant suivant.

*

Toi, hé, toi.

Quoi ?

Higs, c'est ça ? C'est ce que tu as dit.

Hig.

Hig, tu veux déjeuner ?

Me suis arrêté. Elle devait faire environ deux centimètres de plus que moi. La cicatrice d'une brûlure coupait la ligne de poils noirs de son sourcil droit. Mince et anguleuse. Le bleu à la base de la gorge.

Déjeuner ? Il y a encore des gens qui déjeunent ?

Nous oui.

J'ai jeté un autre coup d'œil à la maison. Le vieux salaud coinçait le pistolet dans sa ceinture entre ses reins, ajustait son chapeau, nous regardait.

C'est vraiment ton père ?

Oui. Du côté paternel.

Elle ne l'excusait pas. Pas de petite trahison. Ça me plaisait. *Du côté paternel.* Quel drôle de truc à dire. Elle souriait.

Il se pourrait qu'il ne veuille pas déjeuner avec moi.

Je ne l'ai pas invité.

Elle a passé les pouces dans les poches de son short et a tendu les bras pour les étirer. J'ai remarqué. Qu'avec ce mouvement sa poitrine s'est soulevée, que sa taille a été exposée.

Mais je l'inviterai si vous autres vous promettez de ne pas vous cogner ni de vous tirer dessus.

Vous autres. Une fille de la campagne. D'avant. Je l'ai dévisagée. Franchement je ne savais pas si je voulais déjeuner avec eux ou pas. Je m'étais plus ou moins fait à l'idée de vivre d'air, de repartir dans les airs. Il y avait un certain confort là-dedans.

Hig ? Oui ? Encore la voix de Bangley, désincarnée. J'imaginais son rire dur s'il apprenait qu'il était une espèce de surmoi. Dont je ne pouvais pas me débarrasser, exactement comme la ritournelle d'une mauvaise chanson pop. *Cette fille t'invite à déjeuner. Elle est mal que t'aies failli faire dans ton froc. Allez quoi ! Sois poli.* Bon, OK.

OK, j'ai dit.

Cimarron. Elle a tendu la main.

Tout le monde m'appelle –

Elle s'est arrêtée, a regardé le canyon autour d'elle, a souri.

Cima.

*

Un hachis parmentier avec du beurre. Bien salé. Du bœuf haché. J'ai cru mourir. Papy avait raison, le soleil avait suivi le bord du canyon et nous avons mangé à l'ombre sur la table en bois. Tout près de la rivière : un plaisant tamis. Elle se mêlait à la brise qui faisait le même bruit qu'une chute d'eau lorsqu'elle ébouriffait la cime des peupliers. Le beurre. Qui fondait par mottes sur les pommes de terre écrasées, s'étalait en flaques. Qui aurait pensé qu'une chose si peu résistante et si pâle pourrait fasciner un homme ? Elle n'arrêtait pas d'en apporter, je n'arrêtais pas d'en manger. Deux fois j'ai vidé un broc en fer plein de lait refroidi à la rivière. Nom de Dieu. Hig, si tu avais remonté ce putain d'arbre et que tu étais parti ou si tu avais pris une balle dans le dos tu aurais raté le repas de ta vie. J'étais tellement enchanté par la nourriture que je n'ai même pas remarqué si papa me fusillait m'étripait me lapidait du regard ou me lançait je ne sais quel autre regard meurtrier qu'on destine à celui qui vient de vous balafrer le visage et qui s'applique à faire un sort à vos réserves.

Vous faire offrir du lait froid. Remplir à nouveau votre assiette en émail bleu. Par une femme. La voir revenir du feu de camp avec votre plat. S'asseoir dans l'ombre d'un grand et vieil arbre, pas dans un hangar en métal, et manger. Entendre bêler un mouton par-dessus le bruissement sonore des feuilles. Avoir un homme plus âgé assis en face de vous, silencieux, qui mange lui aussi, ami ou ennemi, pas sûr, peu importe. Être un invité. Rompre le pain.

Le plaisir me déchire comme la peau d'une tomate farcie en pleine cuisson. Mon cœur qui gonfle et la peau qui s'affine et s'affine encore dans la chaleur. Avec de la compagnie.

Bangley et moi mangions souvent ensemble, mais ce n'était pas pareil, vous n'imaginez pas à quel point : ça ressemblait à l'heure du nourrissage dans notre zoo à nous. Là c'était encore différent. J'étais libre de partir. Ils étaient libres de retirer leur invitation. L'impression de privilège.

Nous avons peu parlé. J'ai marmonné, grogné. Penché sur mon assiette. M'en suis aperçu au moment où en levant les yeux, j'ai vu qu'elle souriait. Son visage était beaucoup trop fin. Ses yeux énormes me rappelaient ces écrans radar qui absorbent tout, incapable de faire autrement. Comme si le bouton silencieux était réglé trop bas et qu'elle absorbait surtout de la douleur. Un autre bleu sur son avant-bras, celui qui me tendait l'assiette. À un autre moment, je l'ai vue qui se frottait la nuque en grimaçant. Mais manifestement, ma dévoration affamée lui faisait plaisir.

Tu sors pas souvent, a dit papa. Toi.

J'ai fait une pause dans ma mastication.

Non pas vraiment. La plupart des restaus sont trop chers, là où je vis.

Où est-ce que tu vis ?

Denver. Plus au nord.

Ils me dévisageaient. Affamés comme moi. D'autre chose.

J'ai posé ma fourchette sur les planches, pris une longue gorgée de lait, me suis essuyé la bouche sur la manche de ma veste.

C'était pas beau à voir, j'ai dit. Quatre-vingt-dix-neuf virgule quelque chose. Taux de mortalité. Tout le monde est mort ou presque.

Ta famille aussi ? elle a demandé.

J'ai acquiescé.

Tout le monde. Les infrastructures ont pas tenu longtemps. Avant la fin c'était. C'était pas beau à voir.

J'ai tendu la main vers ma tasse de lait et j'ai bu comme s'il pouvait refroidir.

C'était délirant. On se raccrochait au moindre truc : on pouvait être celui qui était immunisé. Parce qu'on avait aussi entendu ça, que certaines familles résistaient mystérieusement. Une histoire de gènes.

Ils me dévisageaient. Il a déplié un canif, s'est curé les dents.

Quand ma femme est morte je me suis frayé un chemin jusqu'à l'aérodrome où j'avais mon avion. Je me suis caché.

Tu l'as défendu, il a dit en examinant mon visage.

J'ai acquiescé.

Avec de l'aide.

Il reconnaissait mon don pour l'enfer, la mort, tout faire foirer.

On l'a défendu. Bangley et moi. Il s'est pointé un jour avec une remorque remplie d'armes.

Bangley? Il a grogné. Il connaissait son affaire, le vieux Bangley. Je me trompe?

Il a posé un coude sur la table, a étiré ses longues jambes, s'est curé les dents.

Il t'a pris avec lui. T'a plus ou moins entraîné. Il a délimité le périmètre, pas vrai? Tuer tout ce qui y pénètre ne lui pose aucun problème. Jeune, vieux, homme, femme. Mais à toi si.

Mais t'as encaissé.

Papa.

Quatre-vingt-dix-neuf virgule des poussières. Qu'est-ce qui reste ? Des poussières. Un sur deux cents ? Trois cents ? On a vu ce que c'est. Ce n'est pas bien beau, en général pas vrai ? Pas vrai Higs ?

Hig.

Big Hig.

Je l'ai dévisagé.

C'est pas joli, ce qui reste, hein ?

Je l'ai dévisagé. Ses yeux brillaient à part égale d'un savoir froid et d'une malice chaleureuse.

Il a recraché un flocon de nourriture. T'étais chasseur. Chevreuil, élan. Avant.

Acquiescé. Comment… ?

A écarté la question d'un revers de la main.

La façon dont tu tiens ton fusil. Dont tu te déplaçais en descendant la rivière. Attentif aux traces par terre. Tu peux pas t'en empêcher.

Ma bouche s'est ouverte. Je me suis vu marcher sur les aiguilles craquantes, séchées par le soleil, examiner les déjections. Il m'observait. Il aurait pu m'avoir quand il voulait.

Mais t'as jamais fait l'armée.

Je l'ai dévisagé.

En fait t'aimes pas tuer. Même pas un élan je parie. S'il en restait un à tuer. Pas même une truite s'il en restait. Dommage. T'aimes bien les poissons aussi.

Putain, qui c'était ce mec ? Comment… ?

Je t'ai vu regarder la rivière. Tu t'es mis là où moi je me serais mis pour pas faire flipper les poissons dans le trou d'eau.

Je l'ai dévisagé.

Mais tuer, t'arrives pas à t'y habituer. Pas vrai, Hig ?

Non.

C'est ce que tu dis.

Il s'est penché en avant et a plongé son regard dans le mien. Il me visait de ses yeux gris qui brillaient comme s'il avait appuyé sur des détonateurs.

Je suggère que tu laisses tomber ta vertu à deux balles. Pareil que le serpent à sonnette qui se débarrasse de sa vieille mue. Ça rendrait tes déplacements plus faciles, plus fluides. S'est tourné et a craché. Autour de cette table, personne n'est innocent. Ta blague de merde avec le faisan ? T'aurais été plus près, je t'aurais égorgé. Zéro jugeote. Ce qui m'a bien arrangé. Ça aurait vraiment été trop con comme décision.

Tout ça, le speech, la métaphore, ça m'a retourné les entrailles comme un vent glacial qui se lève d'un coup en pleine nuit. Putain qui c'était ce mec ? Il aurait pu m'égorger dans les genévriers. Pendant que je dormais.

Il s'est levé, s'est étiré. Il avait une soixantaine d'années, d'après moi, mais il était grand et mince, et semblait articulé avec du boyau de chat. Il était à l'aise dans son corps. Une vie faite pour le travail, ce qu'il adorait, m'est avis, si je pouvais me permettre d'avoir un avis. Un rancher, de toute évidence, plus ou moins soldat à une époque. J'étais moi aussi tenté de jouer à Devine mon job! avec lui, mais ça semblait maladroit. Je veux dire que je n'avais pas besoin de gagner des points avec ce type dans un match à qui pissera le plus loin. Il venait de m'offrir sans doute le meilleur repas de ma vie. Ou elle.

Il a dit, Merci pour le déjeuner. Lui a mis une main sur l'épaule. Comment va la gorge.

Elle a souri. J'ai connu mieux.

Il a acquiescé une fois, a pris une scie à bûches accrochée à une patère sur le mur extérieur de la hutte et s'est dirigé vers le bas de la rivière. A ouvert une clôture dans la broussaille et il est passé de l'autre côté. Je me suis versé une autre tasse de lait. Ce devait être la quatrième ou la cinquième.

Tu n'as pas l'habitude. Tu vas te rendre malade. Au mieux, tu vas avoir une sacrée diarrhée.

Tu es médecin en plus d'être cuistot?

Mouais.

Je me suis figé, la tasse à mes lèvres. Je l'ai reposée.

Quel genre de médecin.

Interniste. Santé publique.

Sa bouche s'est étirée pour former un sourire mais ses yeux eux ne souriaient pas. Pas même ironiques.

Épidémiologiste, à vrai dire.

On adore dire la vérité toute la vérité, dans le coin, apparemment.

Tu étais où ?

New York.

Ah.

Putain.

Qu'est-ce qui est arrivé à ta gorge ?

Il était pas commode, le vieux, mais il avait pas l'air d'être ce genre de pas-commode. Mais bon. C'était le seul autre être humain dans les parages. Sauf si leurs moutons étaient belliqueux.

Non c'est pas ça. En fait, ce sont les effets secondaires de l'affaiblissement de mes vaisseaux sanguins. Je fais facilement des hémorragies. Mes muscles sont parfois très douloureux aussi. Une sorte de fibromyalgie. J'ai contracté la grippe en fait. J'ai failli y passer. Une des conséquences de la forte fièvre est l'inflammation systémique qui provoque ces problèmes. Mais mon corps a résisté, une immunisation dont on a compris que je l'avais héritée de mon père.

Résistance physiologique ou pur entêtement.

Il y a de ça. Je suis désolée qu'on t'ait foutu la trouille. Tu nous as foutu la trouille.

Une fois de plus, elle ne prenait pas sa défense, n'en éprouvait pas le besoin. Elle était clairement dans son camp, comme il se doit. Normal, non ?

On en a parlé. Papa ne prend pas de gants comme tu as pu le voir.

Elle s'est versé une tasse de lait, s'est penchée en avant sur la table. La brise soulevait des mèches de cheveux bouclés qui lui tombaient sur la tempe, le sourcil.

D'une certaine façon, tu as enclenché notre Plan. Il pensait qu'on devait parler de ce qu'il faudrait faire si on était attaqués un jour. Je veux dire quand, pas si. Ou quand on serait pris par surprise ou face à une plus grande puissance de feu. Quand tu as lancé la grenade on a cru que ce moment était arrivé.

Bon sang.

J'ai pensé, Peut-être que ce n'est pas un sourire que j'ai vu sur ses lèvres. Dans la lunette. Peut-être que c'était l'expression qu'on a quand tout est fini. Fini terminé.

Une des vaches a poussé un mugissement montant dans les aigus, long et fort, comme le font les vaches. Une sorte de question. Les feuilles des peupliers au-dessus de nos têtes se sont agitées dans un tic-tac.

Vous avez passé un pacte, c'est ça ?

Elle a acquiescé.

Il te tue.

La vache a de nouveau mugi, une note courte cette fois, à croire qu'elle répondait à sa propre question. La vie à la campagne, simple. Question réponse.

À quelle distance étiez-vous ?

Près. Il avait sorti le .45. Après la grenade. Mais ensuite il a dit, On va jouer encore un peu. Il a dit que c'était risqué : Il – toi – peut me buter dès qu'on se montrera. Mais il a dit qu'il avait une intuition.

Une intuition ?

Il a dit que tu étais faible. Il a dit, On va tenter le tout pour le tout.

Ça m'a piqué au vif. Je me suis senti rougir. Ou peut-être que c'était la dose de lactose qui commençait à agir sur mon organisme.

La diplomatie, c'est vraiment pas votre truc à vous autres.

Je dirais qu'on est dans un monde où la diplomatie est de l'histoire très ancienne.

Peut-être. Bangley pense la même chose. Mon partenaire.

Bref il m'a donné le .45 au cas où. Au cas où tu l'aurais effectivement tué depuis là-haut et où tu t'en prendrais à moi.

Jésus Marie Joseph.

C'est le monde. C'était le monde qu'on a fui.

J'ai acquiescé.

Il a dit, Tu peux t'occuper de lui. S'il me tue, tu le tues quand il s'approche. Mais s'il y en a d'autres. Alors.

Elle s'est touché la gorge sans s'en rendre compte. J'ai acquiescé. Elle se serait sans doute occupée de moi si on en était arrivés là. Ne le prends pas mal, Hig. C'est plutôt flatteur, quelque part. Ils ont su te jauger à cent mètres de distance.

Alors pourquoi il ne m'a pas tué ? Dans la rivière ? À la place, vous me servez à déjeuner.

J'ai écarquillé les yeux.

Vous essayez pas de m'engraisser ? Vous êtes comme des requins solitaires, je veux dire, vous avez un faible pour la chair humaine ?

Cette fois, elle a souri pour de bon. Elle a ri. Tête rejetée en arrière, le gros bleu bien visible, son rire très fort et rauque.

Aïe. Elle a porté la main à l'architecture nervurée de sa trachée. Ça fait un peu mal mais pas trop. Des requins solitaires. Non. Ha ha.

Elle s'est versé une autre tasse de lait, l'a bue lentement. Non. En avalant la dernière gorgée. Non, on a besoin de toi.

Ah.

Soudain j'ai été pris de nausée. Bizarre, mais la première image a été celle d'une sorte d'expérience d'élevage forcé ou quelque chose dans le genre. Pourquoi ça m'aurait rendu malade je n'en savais trop rien puisqu'elle était très jolie. Presque belle, j'aurais même dit. Malgré les cicatrices et la grande fragilité. Sauf que l'image que j'avais en tête me représentait en train de la baiser sur un lit de pierre pareil à un autel pendant que son père, penché au-dessus de nous, me braquait un fusil sur la tempe.

*

Je n'ai pas posé de questions. À la façon dont ces gens partageaient les choses, je savais qu'on me tiendrait vite au courant, que ça me plaise ou non. L'épuisement de nouveau. M'a submergé d'un coup. Une sorte de gaz moutarde. C'était quoi mon problème? Comme si neuf ans de vigilance m'avaient soudain rattrapé. Je me sentais prêt à croiser les bras sur le bois dur de la table, à poser la tête dessus, et à m'endormir. Sur-le-champ.

Ça te dérange pas si je pique un petit somme? Je suis pas sûr de pouvoir rester éveillé.

C'est sans doute le lait. Elle s'est levée et a indiqué un endroit un peu plus bas sous les arbres près de l'eau. Il y a une espèce de hamac là-bas. Fais comme chez toi.

Fais comme chez toi. Chez toi. Pour le meilleur ou pour le pire. Je l'ai remerciée pour le repas et suis allé m'allonger près de la rivière dans une couverture suspendue, je me suis emmitouflé dans mon manteau et j'ai dormi.

*

J'ai rêvé d'une maison dans un champ qui aurait dû m'appartenir, je veux dire que je retournais à un endroit que j'avais construit, l'impatience de retrouver un refuge, un foyer qui allait abriter tout ce que j'aimais, et alors que je traversais un terrain dépourvu de route j'ai vu une dépendance s'élevant sur le côté, le côté droit auquel je faisais face, une annexe plus grande que la maison elle-même et elle avait des pignons qui me paraissaient étranges, étranges par rapport à mon appréhension des choses – des lucarnes troublantes, trop hautes sur le toit, des saillies mal placées et je me suis aperçu, la mort dans l'âme et pris d'une sensation grandissante d'échec, qu'une personne que je haïssais vivait dans ma maison et avait en quelque sorte acquis les droits d'un squatteur, des droits qui m'apparaissaient vagues à cet instant et cédés à bas prix lors d'une terrible négociation dont je me souvenais à peine et qui m'autorisait à séjourner là mais uniquement pour confirmer les faits : confirmer cette chose qui ressemblait à s'y méprendre à un cauchemar : je pouvais aussi passer mon chemin et plus ou moins renoncer à tout ce que j'avais aimé, aimé jusqu'à cet instant terrifiant et je me tenais dans le champ incapable de prendre une décision, d'entrer ou de continuer à marcher et je me suis réveillé en sanglots.

Même pas pensé à entrer par effraction ou à reprendre ma maison de force.

Tous ces choix qu'on ne voit pas. À chaque instant.

Allongé dans le hamac, curieusement, il n'y avait pas de sanglots dans ce monde surréel, pas de col trempé de larmes, tout juste les feuilles des peupliers qui s'agitaient et tournoyaient au-dessus de moi, la rivière qui coulait. Impossible de se réveiller pour entrer dans un nouveau cauchemar puis dans un autre encore sans jamais manger ni pisser pour, enfin, mourir de soif.

*

Quand j'ai rouvert les yeux elle jardinait. Je l'apercevais entre les arbres le long de la rivière accroupie, qui désherbait, j'imagine. Il a de nouveau franchi la clôture de broussailles avec deux poteaux de sapin qui devaient sécher depuis longtemps parce qu'il les portait sans effort. De petits bouquets de plumes se sont envolés des arbres, des graines de peuplier en forme de parachutes. Elles ne flottaient pas très bien. Les yeux clos, j'ai entendu le murmure rythmique de la scie pareil au souffle rauque d'un animal qui a du mal à respirer. Plus tard, j'ai entendu le tac, le crac du bois qu'on fend. Une graine de peuplier s'est posée sur ma paupière.

*

Au bout d'un moment je me suis levé, me suis passé de l'eau sur le visage à la rivière et je me suis dirigé vers l'endroit où elle désherbait, à l'ombre de la falaise. Je me suis accroupi dans le sillon d'à côté, et j'ai commencé à creuser à mains nues et à tirer. Elle m'a jeté un coup d'œil, m'a souri.

On en a un aussi, j'ai dit. De jardin.

Elle a acquiescé.

Silence. Nous avons travaillé. En silence. Quel confort.

*

Le lendemain après le petit-déjeuner nous avons repris le désherbage. Le soleil est monté, a repoussé l'ombre contre le mur.

Tu as des enfants ? j'ai demandé.

Elle s'est redressée sur les mollets, a repoussé ses cheveux d'un geste du poignet.

Nous attendions pour avoir des enfants. Qu'il obtienne un poste d'enseignant à plein temps. Il est musicien.

J'ai acquiescé. Raconte.

Il finissait sa thèse, avait passé les oraux quand les premiers cas ont été recensés à Newark. On vivait dans une rue piétonne, Cranberry Street, à Brooklyn Heights de l'autre côté de l'East River juste en face du quartier des finances. Depuis nos fenêtres, on voyait le monde. Ce panorama qu'on retrouve dans tous les films – la silhouette de la ville, le pont. On vivait dans le stress. Je m'oblige à me souvenir de ça parce que aujourd'hui ça ressemble à la vie la plus heureuse dont on puisse rêver. Le bagel œufs bacon que je prenais chaque matin et qui me faisait culpabiliser – il fallait descendre trois marches pour entrer dans un étroit wagon de train qui servait plus ou moins de deli sur Montague Street, il y avait toujours la queue, toujours des gens en route pour le travail, impatients, qui prenaient des cafés dans des gobelets au motif grec bleu et blanc, le sucre et le lait d'abord. Que ça. Il m'appelait sur mon portable alors que j'attendais sur le quai. Je n'avais qu'une barre de réseau : Qu'est-ce que tu veux que je rapporte à la maison ? Indien ? Des pâtes ? Ha. Une vie faite de repas à emporter. Me souvenir de ça. Deux personnes qui attendent que leur avenir commence pour de bon, avec la venue d'un enfant, comme deux personnes attendent un train. La plus heureuse des attentes. Peut-être pas si heureuse à l'époque mais ça y ressemble maintenant. Il enseignait à Hunter, en tant qu'auxiliaire, il gagnait des clopinettes, adorait ses étudiants, détestait le département. Attendait d'obtenir son diplôme. Attendre. Le temps dans sa petite cosse. Déchirée d'un coup, vidée.

*

Elle me parlait comme ça. J'écoutais, surtout. Lui travaillait. Passait à côté de moi sans un mot. Je n'ai jamais proposé mon aide. Quelque chose dans son regard me l'interdisait. Je suis remonté chercher mon sac de couchage dans la Bête. Les nuits étaient claires et fraîches, pleines d'étoiles, leur débit encadré par les bords du canyon pareils aux berges d'une rivière sombre, sombre mais qui regorge de lumière. Entre les feuilles des grands peupliers. Je dormais dans le hamac, les frondaisons au-dessus en forme de toit bruissant. Elles faisaient se déplacer les étoiles et leur donnaient une voix. La première nuit, j'ai eu mal au dos dans le hamac, mais c'est passé. Le troisième jour j'ai grimpé l'arbre-échelle avec mon fusil et j'ai rapporté un gros chevreuil. Je l'ai traîné le long de la rivière, l'ai encordé pour lui faire descendre la cascade et nous avons mangé le cœur et le foie ce soir-là.

J'ai fait la même chose le lendemain et plus tard, papa et moi ne nous donnions pas la peine de suspendre les quartiers mais nous découpions les bêtes sur la table en bois et faisions sécher en tranches une grosse partie de la viande. Nous travaillions vite et facilement sans échanger un mot. Ils avaient du sel. Un baril de quatre-vingt-dix litres qu'ils avaient apporté avec eux. Nous avons laissé la viande tremper dans des seaux pleins de saumure. Rien ne lui échappait, à papa, ce que je me suis bien gardé de lui dire.

*

C'est drôle de penser qu'on peut passer sa vie à attendre sans même le savoir.

Elle a dit ça en prenant une poignée de petits pois à écosser dans un bol. On était assis à la table, à l'ombre des grands arbres.

Attendre que ta vraie vie commence. Peut-être que la chose la plus réelle est la fin. S'en rendre compte quand il est trop tard. Aujourd'hui je sais que je l'aimais plus que tout au monde et au-delà. Plus que Dieu, celui de ma liturgie épiscopale.

Elle ouvrait les petits pois frais, les mèches de cheveux lui tombaient autour du visage, le dos des mains pourpre de sang. Elle travaillait comme si elle avait le bout des doigts qui lui faisait mal. Elle ouvrait une cosse particulièrement dure en utilisant les articulations du pouce et de l'index.

Il est mort en me réclamant, en appelant mon nom désespérément à travers le service. Perdu. Très tôt, avant que tous les réseaux arrêtent de fonctionner, et c'est Joel, mon ami médecin qui dirigeait le service qui m'a appelée. Avant qu'on sache ce que c'était. Ma mère était mourante et il était trop tard pour prendre un avion et rentrer à New York, trop tard alors j'ai pris la décision de rester avec elle et papa. Joel a dit qu'il ferait incinérer Tomas et qu'il garderait les cendres. Je lui en ai été très reconnaissante. Il était clair que ma mère ne survivrait pas. Je rentrerais à la maison dans une semaine ou deux et j'irais dans le Nord de l'État répandre ses cendres dans la John's Brook, dans les montagnes à la sortie de Keene Valley, là où on passait autant de week-ends que possible. Je travaillais pour la ville dans le secteur public donc j'avais mes week-ends, tu vois, ce qui était rare pour une interniste. Je n'étais jamais de garde sauf en cas d'urgence sanitaire ce qui n'arrivait pas souvent. On séjournait dans un cottage en bois blanc dans le village avec une vue sur la Noonmark depuis la véranda. C'est une petite montagne de la chaîne des Adirondacks, on dirait une parodie de montagne, très pointue comme le Matterhorn mais en miniature. La petite montagne qui voulait être grande. On y grimpait souvent les samedis après s'être offert une grasse matinée. On marchait joyeusement d'un bon pas sur le chemin en saillie qui montait vers le sommet rocailleux juste au-dessus des conifères rabougris. Et pendant les longues soirées d'été on prenait les deux vélos à une vitesse et on empruntait la route jusqu'à un trou d'eau bordé de pierres où tombait une petite cascade qui faisait comme une écluse, l'eau toujours glacée, on se déshabillait et on plongeait dedans. Ç'a été notre rituel pendant que nous attendions que nos vies commencent pour de bon et aujourd'hui, je crois que la véritable douceur n'existe peut-être que dans les limbes. Je ne sais pas pourquoi. Est-ce que c'est parce que nous sommes maintenus dans un état d'incertitude, d'hésitation et d'attente ? Comme si elle avait besoin de beaucoup de surface, de beaucoup d'espace pour s'étendre. Ne jamais rien savoir vraiment, l'espérance, la fugacité douloureuse : ce n'est pas réel, pas vraiment, alors on le laisse tranquille, on le laisse se déployer légèrement. Ce temps qui file. Voilà comment je l'envisage avec le recul. Comme ces balades à vélo qui s'épuisent plaisamment sur le côté d'une route de campagne par une chaude soirée d'été. Vers un pont. Vers un petit sentier où serpentent des racines sous de lourds érables. Où on avançait pieds nus le long de la rivière vers un trou d'eau. Ou même cet empoisonnement assez grave au sumac qui m'a fait rater deux jours de travail une fois. Aujourd'hui, je trouve que ça ressemble au moment le plus doux que puissent vivre deux personnes. Le plus doux de toute une vie. Le plus doux au monde. Pendant qu'on attendait qu'il obtienne son diplôme, que je tombe enceinte, de se mettre au vrai travail de vivre.

Elle a levé les yeux. Nous sommes des idiots, tu sais.

Bon sang. S'il y a bien un truc que je sais, c'est ça, bon sang.

*

Ça te fait mal? D'écosser les petits pois?

Elle a secoué la tête, ses mèches de cheveux qui se balançaient au-dessus du bol, sans même un regard par en dessous.

Tu as mal, pas vrai?

Qu'est-ce que c'est que la douleur? Je souffre un peu. C'est comme si tu avais les mains très sèches et que le bout de tes doigts se mettait à saigner.

J'ai regardé ses mains avec attention après ça. Roulant les cosses habilement entre ses doigts, parfois entre le majeur et l'annulaire parce que la douleur rayonnait dans ses autres doigts. Travaillant rapidement sans se plaindre.

Arrête, disait-elle. Ne regarde pas.

*

Une fois elle m'a dit en passant qu'elle ne pensait pas passer les cinquante ou cinquante-cinq ans. À cause de ce qu'elle savait des dégâts causés aux organes par la fièvre. Elle a aussi confessé que curieusement, elle était plus heureuse ici qu'elle ne l'avait jamais été. Même avec tout ce qu'elle avait perdu. Plus heureuse *d'être* quoi que ce soit. Plutôt que d'*attendre*.

*

J'ai perdu le compte. Des jours. Peut-être cinq, peut-être neuf. Le temps qui se déplie comme un accordéon produisant une musique sérieuse et poussive.

Le temps sec s'est réchauffé encore. Jour après jour. Le niveau de la rivière a baissé un peu, le débit a faibli, son rugissement s'est fait moins fort, la cascade a diminué, le jet blanc plus étroit en tombant de la lèvre de pierre. La rivière comme une humeur. Moins exubérante. Je me réveillais parfois au milieu de la nuit et, allongé dans le hamac, je sortais un pied du sac de couchage, sentais la fraîcheur, trouvais le sol rugueux sous mon pied nu je me balançais doucement. Je regardais les étoiles nager contre les mailles du feuillage. Pareilles aux poissons qui viennent flairer un filet.

C'est ce que nous sommes, ce que nous faisons : on flaire un filet, on pousse, on le repousse, ce filet qui n'existe pas. Les nœuds des mailles aussi résistants que nos croyances intimes. Que nos peurs intimes.

Ha. Allez avoue : tu n'as pas la moindre idée de ce que tu fais, tu ne l'as jamais su. Face à tous les filets du monde, réels ou pas. Tu nages au milieu d'un banc scintillant, tu suis la queue du poisson qui te précède. En gros c'est ça. Tu mordilles ce qui passe, quel que soit le courant où tu te trouves.

Même l'amour de ta vie ressemblait à un coup de chance, comme si elle pouvait disparaître dans la multitude scintillante à tout moment. Ce qu'elle a fait.

Toi, qu'est-ce que tu fais ?

Je ne sais pas.

Je me balance, me balance. D'un côté de l'autre. Bercé. Je pousse. Je relâche. Me balance. Les étoiles, les feuilles, même le bruit de la rivière va et vient. Un bateau. Un hamac. Un enfant sur une balançoire. Un utérus. D'avant en arrière. Mouvement de balancier. L'odeur du courant froid, de la pierre, du fumier, des fleurs. Dors.

*

Il me l'a exprimé en termes simples. Il s'est approché du hamac aux premières lueurs du jour avec une tasse en émail fumante. Cela faisait longtemps qu'ils n'avaient plus de café ni de thé, mais ils concoctaient une tisane de pignons rôtis et d'*Ephedra funera* amer et fumé, pas mal. Il s'est assis sur la souche que j'utilisais comme table de chevet. A esquissé un mouvement de tête dans sa direction pour avoir la permission, a déplacé le Glock qu'il a posé sur mon sac et s'est assis. M'a tendu la tasse. Je me suis redressé, assis à califourchon sur la couverture suspendue. J'ai allumé le radar dans mon cerveau, le courant d'images qui le traversait. J'avais à nouveau rêvé de ma maison, qui n'était plus celle dans un champ mais la mienne, la nôtre, notre vraie maison dans sa rue, à l'ouest de la ville, à deux encablures du lac. Mais elle ne ressemblait pas à notre maison, c'était un bunker en brique pas très haut avec des cheminées dont je savais qu'elles servaient à la crémation, et je me tenais devant, une fois de plus, perdu, à me demander où j'étais censé dormir, nourrir Jasper.

J'imagine que j'avais entendu ses pas malgré la rivière. Sorti de la confusion du rêve je me suis retrouvé au milieu de tous ces morts qui peuplaient ma vie, dans la lumière douce, mais dans un monde qui n'est que mort, cela revient à sortir d'un rêve aérien pour pénétrer dans l'air lui-même.

Qu'est-ce qu'un poisson sait de l'eau ? Beaucoup de choses, j'imagine.

J'ai écarté le rêve, saisi la tasse. Papa semblait ne jamais dormir. Mais aucun de ses traits ne se brouillait jamais. Ils étaient encore plus affirmés sous l'effet de la colère mais ils étaient de toute façon très affirmés.

Dans quelques semaines à moins qu'il pleuve, ce qui n'arrivera pas, il faudra partir.

Je me suis redressé un peu plus.

Je t'ai dit que j'étais prêt à partir à tout moment. Il suffit de me le dire.

Il a secoué la tête.

Vous avez été plus qu'hospitaliers, j'ai dit avec sérieux. Je m'engraisse.

Il n'a pas souri.

Je ne parlais pas de toi mais de nous. Nous trois. Tu vas nous faire sortir d'ici avec ton avion.

J'ai cligné des yeux. Posé la tasse sur mes genoux.

Est-ce que tu as la moindre idée de comment c'est, dehors ? Tu le sais ? Pourquoi tu voudrais partir d'ici ? Quitter ce petit Éden ? Où toi et ce qui reste de ta famille pouvez vivre en paix ?

J'étais sincère. J'ai répété, Pourquoi ?

Sécheresse.

J'ai regardé le courant glougloutant, la prairie verdoyante.

L'été dernier la rivière s'est presque asséchée. On a dû creuser le lit pour faire remonter assez d'eau et avoir de quoi boire. La moitié de nos bêtes sont mortes. Ça ne fait qu'empirer avec les années. Ça se réchauffe. Exactement comme ils avaient dit que ça se passerait.

Il a bu une gorgée.

On savait qu'il nous faudrait partir. Sans doute ce printemps. On savait pas trop où. Et puis il y a la peur de voyager sans eau. Si ça s'assèche ici, qu'est-ce qu'on va trouver sur la mesa?

Il a ouvert la poche de poitrine de sa chemise et en a sorti le tabac Copenhagen. En a pris une petite pincée et m'a tendu la boîte.

Mais tu es arrivé avec l'avion. Quand je pense que j'ai failli te tuer.

Ouaip, ça vaut définitivement une petite chique. J'ai pris une pincée, lui ai rendu la boîte. Le plaisir familier de le coincer sous la lèvre supérieure, la légère excitation.

Vous voulez venir avec moi.

Pas une question de vouloir, Higs.

C'est Hig, qui rime avec Big, j'ai dit. Quel vieux con quand même.

M'a adressé une grimace.

Vous voulez venir à Erie avec moi, à l'aéroport? Et vivre avec nous? Avec Bangley et moi? Dans les plaines?

S'est penché en avant, a craché. Je *veux* rester ici. Vivre mes dernières années paisiblement avec ma fille. Tirer un trait. Tout ce maudit épisode.

A secoué la tête comme pour s'éclaircir les idées. Cette vie que je connaissais quand je suis revenu. Revenu à la vie civile, au ranch. Je savais que ce serait très différent de ce que c'était. Que je tirais un trait.

Il a expiré bruyamment. Sa main tremblait quand il a porté la tasse à ses lèvres. Il s'est essuyé le coin de l'œil du revers du poignet.

C'était le ranch de mon grand-père. Il faisait venir le bétail ici l'été avant même qu'il y ait un putain de Bureau of Land Management à qui louer ces terres.

Je me suis aperçu que la disparition de son pâturage le faisait plus souffrir, incomparablement plus que la disparition de l'espèce humaine. Mon affection pour lui a augmenté d'un coup.

Pourquoi vous n'avez pas creusé de puits ?

Il a grimacé. Crois pas que j'aie pas essayé. Tout ce canyon repose sur une couche de roche. Presque un mètre et demi d'épaisseur. On peut même pas y creuser une tombe digne de ce nom.

*

Durant les minutes où nous sommes restés assis, le gris rêche et abrasé de l'aube a été baigné d'une lumière plus lisse et brillante, comme une eau claire sur du gravier mouillé. La région était peut-être en train de mourir. Je savais que la quantité de neige diminuait chaque année sur le Divide, que la fonte arrivait plus tôt, que les rivières étaient plus basses, plus maigres l'automne venu. Mais pour l'instant j'entendais le chant d'un troglodyte des canyons, les six sept huit notes rythmées interprétant une gamme descendante qu'aucun homme ne pourrait produire. Un autre lui a répondu. J'ai entendu une sturnelle des prés à l'autre bout du champ et j'ai vu le vol en piqué d'un martin-pêcheur que j'apercevais presque tous les matins. Remontait le courant à toute vitesse. Les gros cours d'eau comme la Gunnison ne s'asséchaient pas. Pas encore.

Il avait les traits tirés, il regardait derrière moi. Peu importe qui il était et ce qu'il avait fait, il aimait sa terre, sa fille avec une férocité aussi naturelle et spontanée que le climat.

Le premier problème qui se présentait était le suivant : est-ce que je pouvais décoller de cette prairie de broussailles avec ce poids en plus. Pas du tout certain. Peut-être pas avec eux deux, peut-être même pas avec une seule personne.

Je n'ai pas assez de fuel pour retourner là-bas, j'ai dit.

Il a tiqué. Son regard est revenu sur mon visage et s'est durci.

Me dis pas de conneries, Higs.

Hig. Qui rime avec Big au cas où t'aurais oublié.

M'est aussi soudain venu à l'esprit que je devrais peut-être montrer un tout petit peu plus de tact. Si je ne pouvais pas les faire sortir d'ici, il était capable de me tuer. Bon sang. Je commençais à me sentir utilisé. Apprécié pour mon seul talent de pilote. Comme les États-Unis avant. D'abord Bangley et puis ça. Et si je n'avais pas d'avion ? Si je n'étais que Big Hig, si je ne faisais que me frayer un chemin dans ce monde en ruine en offrant ce que je pouvais, de la gentillesse, de la compassion, quelques connaissances techniques et que je n'avais pas d'avion. Mais qu'est-ce que tu crois ? *Pan*.

Demande aux types du camion de Coca.

Quoi ?

Désolé. J'ai passé trop de temps seul alors parfois je me rends même plus compte que je pense tout haut.

Je me suis tourné vers la rivière et j'ai craché.

Je ne me fous pas de toi. J'ai passé mon point de non-retour. C'était juste au-dessus de Colbran.

Il m'a dévisagé une fois de plus. L'émotion était difficile à déchiffrer mais ses yeux étudiaient mes traits comme un maçon prend la mesure d'un très vieux mur. Cette évaluation sans détour me mettait mal à l'aise.

Higs, tu vas nous faire sortir d'ici. Tu nous déposes dans une ville, un lieu fortifié, n'importe, et je me charge de nous trouver du fuel.

J'ai frissonné. Je parie qu'il en serait capable.

Le fuel ne vaut plus rien.

Quoi ?

Après trois ans, il devient inutilisable. Même en ajoutant du plomb. Il se périme. Pas assez stable. L'Avgas 100 l'est beaucoup plus. Devrait tenir encore neuf ans. S'il y a le moindre pékin dans les environs, son fuel est foutu depuis belle lurette.

Il s'est mordu l'intérieur de la joue. N'avait pas craché une seule fois, j'imagine qu'il avalait le jus.

À Erie je ne m'en faisais pas. Je connaissais un entrepôt à Commerce City rempli d'additif PRI qui "redonne à l'essence une fraîcheur digne de sa sortie de raffinerie" si on en croit la pub. C'est magique. Il y en a assez pour nous durer une décennie supplémentaire. Mais. Ici, qui sait. Même l'Avgas pourrait ne pas marcher. Dépend surtout de l'état des réservoirs.

J'avais du mal à le regarder. Je n'avais plus l'impression d'être un mur. J'avais l'impression d'être un lapin. Surpris hors de son terrier.

Pourquoi t'es venu ici ? il a demandé simplement.

Pas répondu. Pas sur la défensive, pas réticent, c'est juste que je ne savais pas. Pas vraiment.

T'es monté dans ton avion et tu as dépassé ton point de non-retour. Pour entrer dans un monde qui n'avait peut-être plus d'essence potable. Tu as quitté un refuge, la sécurité, un partenariat qui fonctionnait. Pour une région dangereuse où la première personne croisée va sûrement essayer de te tuer. Ou tu vas mourir, si ce n'est pas par pure prédation alors de la maladie. Qu'est-ce que t'avais dans la tête, putain ? Hig.

Mon chien est mort, j'ai dit.

*

Je lui ai parlé de la transmission radio que j'avais captée trois ans plus tôt. Je lui ai raconté la chasse et la pêche et Jasper qui est mort et le meurtre du gamin et des autres, et du fait de se retrouver au bout de cette chaîne de la mort.

Je ne savais pas quoi faire d'autre, j'ai dit.

*

Il savait déjà. Il savait qu'un Cessna 182 aussi vieillot que la Bête transportait en général cinquante-cinq gallons utilisables. Il savait qu'il consommait autour de treize gallons l'heure. Il avait une petite idée des distances. Il avait tout compris. Il avait compris que je n'avais pas menti sur le PDNR, sur l'impossibilité de rentrer à Erie. Avait compris que j'avais deux jerricans en plus. Ce qu'il avait compris, mais de travers, c'était que je savais très bien ce que je faisais.

*

On va aller à Junction. On vérifiera ce que tu voulais vérifier. La tour, l'aéroport. Ensuite on ravitaillera à l'Avgas. Et on retournera chez Bangley. Et si ça lui plaît pas, on trouvera les arguments pour le convaincre.

Je ne sais pas si je peux décoller avec vous deux. Depuis cette prairie.

Oh que si tu vas y arriver. On te portera à l'intérieur après t'avoir coupé les jambes s'il le faut. Je me chargerai du palonnier.

Il a affiché un sourire sinistre mais j'ai vu passer l'ombre d'une inquiétude dans son regard hivernal.

*

Inutile d'abattre le bétail pour sécher plus de viande. Nous devions avoir autour de dix kilos de gibier que j'avais chassé et nous ne pouvions pas emporter plus de poids. Même pas sûr de pouvoir prendre ça. Cima a dit que les bêtes se débrouilleraient et que si Dieu le voulait il pleuvrait assez cette saison pour qu'elles survivent.

Elle voulait emmener deux agneaux, un mâle et une femelle.

Ils ne doivent pas peser plus de dix kilos chacun.

J'ai tenté d'expliquer qu'un petit avion ressemblait plus à un cerf-volant qu'à un camion. Je lui ai parlé de ma formation avec Dave Harner dans le Montana, ce qu'il m'a hurlé dessus les premiers jours quand j'essayais de faire atterrir le 172 sur les aéroports autour du lac Flathead. Quand j'étais en finale et que l'avion faisait des embardées et roulait comme un canard malade il gueulait *Bon sang Hig! Tu sais conduire une moto? Oui! Tu sais conduire un pick-up? Oui! J'en étais sûr! Ben c'est ni l'un ni l'autre! C'est un oiseau! Légers, les ajustements, légers! Nom de Dieu! C'est une abomination ce que tu viens de faire!*

Elle a ri.

Harner, mon instructeur, avait été bûcheron. Un bûcheron spécialisé dans le bois de construction des grandes forêts du Nord-Ouest. Il parcourait ces espaces escarpés dans tous les sens avec une tronçonneuse de vingt kilos dotée d'une lame d'un mètre vingt de long et il coupait plus de bois que n'importe qui d'autre dans toute la région. Une espèce de Paul Bunyan contemporain.

Tu t'en souviens ? De Paul Bunyan ?

Bien sûr.

C'était juste au cas où. Pour son anniversaire, son trentième, ses amis lui ont offert un baptême aérien dans un aérodrome du coin. À Kalispell. Ils ont dit qu'ils voulaient qu'il voie un peu la surface qu'il avait déboisée. C'est presque touchant quand on y pense. Bref il grimpe dans l'engin avec un gamin du nom de Billy, un pilote de brousse encore bleu. Il a fait rouler l'avion sur la piste et s'est tout de suite senti à l'aise avec le palonnier, qu'il maniait délicatement – pas comme moi, j'ai failli nous envoyer dans un hangar après mon premier passage sur la piste –, au décollage, c'était comme si l'avion lui appartenait, et ils ont quitté Kalispell. Il suivait simplement les instructions de Billy, dans le moindre détail, et il était remarquablement, monstrueusement à l'aise. De toute façon, il m'a dit, ça peut pas être plus flippant que de crapahuter à flanc de montagne avec une lame au tranchant redoutable et mille tonnes de bois qui s'effondrent autour de toi ! Là-haut c'était calme, il m'a dit. Un calme étrange, presque divin. L'a pas vraiment formulé comme ça. Il a dit, Hig c'était comme de voler à l'intérieur d'une photo, une de ces très belles photos de ta région préférée, tranquille et immobile comme tu voudrais que soit le monde. Il parlait du détachement, de l'impression d'être désincarné qu'on a quand on vole. Comme si le monde était aussi parfait qu'un circuit de train électrique et que rien de mauvais ne pouvait lui arriver.

Je comprends.

Bref. Il est tombé amoureux dans la seconde. Il est devenu dingue. Ça m'a quasiment fait le même effet sauf que lui avait un don inné. Pas moi.

Tu en as un, de don ? Pour quelque chose ?

Pour la mort, j'ai pensé. Pour voir les choses disparaître. À croire que c'est toute la mission de ma vie. Bien sûr je n'ai rien dit, qui suis-je pour dire un truc pareil ?

Pour la pêche, j'imagine. Les truites se jetaient sur moi. Toi ?

Elle a secoué la tête.

*

J'ai passé plus de temps à la Bête. Grimper l'arbre-échelle, remonter la rivière et sortir du canyon. L'été m'est tombé dessus sans crier gare. J'avançais d'une ombre à l'autre sous le soleil, ce n'était plus du tout agréable. Chaleur cuisante en milieu de matinée. L'eau visiblement plus basse de jour en jour. Le lit de la rivière montrait ses côtes. Troncs et autres débris échoués sur les rochers, les rochers plus proéminents. Ça me faisait peur. Le courant s'amenuisait plus tôt et plus vite. La sécheresse menaçait. Même les poissons qui toléraient l'eau chaude, même eux mourraient. Les carpes et les poissons-chats. Les écrevisses. Les grenouilles.

Les aiguilles de pin craquaient et se cassaient sous mes pas. Renvoyaient la lumière du soleil là où manquait l'ombre, de sorte qu'il n'y avait aucun répit pour les yeux, même baissés. Dans plus ou moins deux semaines, les fleurs auraient disparu. Le printemps le plus éphémère jamais vu.

Selon les anciens cycles, la sécheresse prenait fin, le temps de la moisson venait, la neige tombait et la vie resurgissait. Comment, voilà le mystère. Pour moi. La truite, la truite fardée qui était sur terre depuis plus longtemps que nous, les grenouilles léopards et les salamandres, réapparaîtraient l'année suivante d'une façon ou d'une autre. D'où ça ? Peut-être par le gosier d'oiseaux que je ne connaissais pas. Pas tout de suite. Sans doute.

J'ai escaladé le sentier en montagnes russes à travers l'archipel, les îles d'ombres projetées par les pins ponderosas. Ça sentait l'écorce en train de griller, le sol encore moite en train de sécher. Ravagé par le bourdonnement estival d'un coléoptère. La cime des cèdres était dense. Le tronc épais et noueux, se tordant dans la lumière du soleil, semblant bercer la roche dans ses bras laids et consolateurs, des arbres persistants qui poussaient avec lenteur et qui n'avaient jamais été coupés. Certains devaient être de jeunes pousses à l'époque où Cortés toisait ses hommes, plein de folles conjectures. J'ai traversé la prairie dégagée, tapoté le nez de la Bête.

Tu m'as manqué.

J'ai regardé le petit espace qui se déployait devant. Court. Les pins à une feuille et les genévriers au bout n'étaient pas très hauts, six mètres tout au plus, mais les pins qui étaient derrière devaient faire autour du double. On pouvait toujours les couper.

Si on était en plein hiver. La température ferait une grosse différence. L'air froid est plus dense, l'air chaud diminue considérablement les performances. On partirait le soir, la nuit tombée, quand il reste assez de lumière pour y voir quelque chose et quand l'heure la plus fraîche approche.

Voilà ce que je veux dire. J'ai passé la tête à l'intérieur, la Bête sentait comme d'habitude. Elle sentait Jasper, sentait ce qui devait être l'odeur des années cinquante, et j'ai sorti le manuel de vol de la pochette vinyle derrière mon siège. C'est celui d'origine, de 1956. Cette connerie fait à peine cinq millimètres d'épaisseur, quatre-vingt-huit pages, avec un dessin de l'avion illustrant la couverture. À la fin, on trouve les tables de performances. Ce sont des données merveilleuses – littérales et inestimables. Elles sont le résultat de tests effectués par un pilote qui a enchaîné décollage sur décollage avec un engin de ce même modèle. À telle et telle altitude. À telle et telle température de l'air. Des techniciens en blouse blanche avec des lunettes à monture noire épaisse ont enregistré ces données et concocté ces courbes sublimes, simples et posées. Ils rentraient chez eux retrouver leur femme en chignon choucroute et sirotaient du Seagram's Seven avec glaçons dans des verres à facettes. Les pilotes d'essai, que faisaient-ils ? Ils avaient été pilotes de chasse durant la guerre, la Seconde Guerre mondiale, avaient bombardé le Japon et les aérodromes autrichiens, puis avaient emménagé dans les nouvelles banlieues comme ces personnages décrits par James Dickey, et de retour dans le petit cockpit du Cessna au centre d'essais de Wichita, l'avion parcouru de ces bonnes vieilles vibrations si caractéristiques des avions à hélices, l'ancien lieutenant-colonel s'apparentait alors à n'importe quel cavalier chevronné capable de monter n'importe quel cheval, gagné par ce sentiment à la fois simple et complexe d'être chez lui, libéré des contraintes du quotidien.

À la fin de mon petit manuel de vol se trouvaient ces pages remplies de tableaux et de graphiques. Distance de roulage au décollage. Je l'ai ouvert – avec précaution – je manipulais toujours le manuel comme si c'était un objet ancien et inestimable – à la page intitulée Conditions au décollage. J'ai passé le doigt sur la colonne des altitudes pression du terrain, me suis arrêté à sept mille cinq cents pieds, puis j'ai descendu la colonne des températures en Fahrenheit. La distance pour franchir un obstacle de cinquante-cinq pieds à vide, à une température de trente-deux degrés en vent nul était de neuf cent cinquante pieds. Voyez ? Pas ma faute. L'air perd en densité quand il chauffe. Puis j'ai fait quelque chose d'inédit depuis que j'ai passé mon brevet de pilote : j'ai sorti les feuillets certifiés de masse et centrage que je gardais pliés dans un étui rangé sur le côté du tableau de bord au niveau de mon genou. Ces tableaux sont spécifiques à chaque avion. Masses et moments. J'ai pris une feuille de papier vierge et j'ai posé le problème. J'ai mis papa devant à cent quatre-vingts livres et Cima à l'arrière à cent vingt avec un sac de provisions de vingt livres. Cinq gallons d'eau à quarante livres. Pas d'agneaux. Je n'avais plus de jerricans de carburant pleins puisqu'il était dans les réservoirs. J'ai compté le carburant, les armes, deux carabines, un fusil, les armes de poing, quatre grenades. C'est tout. Deux bouteilles d'huile.

J'ai gratté un bout de crayon sur le papier et j'ai bossé sur mes chiffres. Ensuite, j'ai laissé les papiers sur le siège, laissé la portière ouverte, il n'y avait pas de vent, et j'ai calculé la longueur de la piste à grandes enjambées.

*

Cent quatre-vingts cent quatre-vingt-un centre quatre-vingt-deux. J'ai compté mes pas. Ça m'a rappelé quand je comptais les secondes où j'attendais Bangley avant une fusillade. J'ai contourné les ornières. Fait plier les herbes hautes avec mes tibias. J'ai jeté un coup d'œil à l'urubu à tête rouge qui tournoyait au nord. Arrivé à deux cents pas j'ai évalué l'espace restant et j'ai su. Trop court. Six cent quarante pieds au mieux. Décollage impossible.

Dernière chose. Je le savais déjà mais j'ai vérifié une seconde fois. De la même poche arrière du siège, j'ai sorti un long bâton qui sert normalement à remuer la peinture. Il était couvert de traits faits au feutre à intervalles réguliers, indiquant cinq dix quinze jusqu'à trente. Gallons. Je suis monté sur le marchepied, j'ai dévissé le bouchon du réservoir d'aile et j'y ai plongé le bâton. Je l'ai ressorti, l'ai tourné au soleil et j'ai relevé la marque d'humidité à l'odeur âcre qui disparaissait vite. J'ai recommencé de l'autre côté.

*

Les types en blouse blanche. Le pilote de chasse en combinaison de vol. Avec l'épouse au chignon choucroute. Chantonnant, tapotant les manettes du Cessna au rythme de *Rock Around the Clock*. En 1955. Tout cela sur le point d'exploser : la musique de sauvages, le hula hoop, les surfeuses, Elvis, tout ce qui, rétrospectivement, ressemble à une compensation frénétique – de quoi ? La grande Peur. Menaçante. C'était sans doute la première fois de l'histoire humaine depuis l'Arche de Noé qu'on pensait à la Fin de Toute Chose. Qu'un grossier malentendu fasse sonner les téléphones rouges, qu'un doigt tremblant appuie sur le bouton rouge et c'en serait fini. De tout. Aussi vite que ça. Dans un champignon de poussière et de feu en expansion, la mort la plus terrifiante. L'impact que ça a dû avoir sur la psyché. Les vibrations qui se manifestent soudain, d'une sonorité plus profonde qu'aucune autre. Pareilles à un vent jamais vu et assez puissantes pour ébranler les cloches les plus lourdes, les plaques de bronze rouillées suspendues sur les cols des montagnes. Écoutez : les notes lentes, graves, effarantes. Elles vous remuent jusque dans vos entrailles, jusqu'à l'espace qui sépare vos neurones, elles portent le grondement d'une mort absolue. Que faire face à ça ? Onduler du bassin. Inventer le rock'n'roll.

Les hommes au centre d'essais du Cessna qui ont compilé ces chiffres, ces distances. Les érigeant contre le moindre petit incident tandis que la peur viscérale de la Catastrophe tenaillait leurs rêves. Est-ce que c'était comme ça ? Je ne sais pas. J'exagère. Mais vu ce qui s'est passé depuis, comment ne pas ? Impossible de ne pas tout exagérer. Il n'y a plus d'hyperbole, mais l'extinction pure et simple qui se propage. Personne ne le croirait.

Les pilotes d'essai travaillaient dans des conditions parfaites sur un tarmac lisse. Un terrain mou faisait baisser le pourcentage des performances, et cette piste cahoteuse dans ce champ de broussailles était encore une autre paire de manches. On pouvait combler les ornières, aplanir au mieux, mais.

J'ai déroulé le tuyau et j'ai siphonné les douze gallons en plus pour les remettre dans les jerricans. Nous n'en aurions pas besoin pour aller à Junction et ça nous allégerait de soixante-douze livres. Et puis je me suis dit, Calcule pas trop juste, alors je suis redescendu par le marchepied et j'ai reversé deux gallons à vue de nez. J'ai laissé un jerrican plein dans les buissons d'armoise, j'ai vidé l'autre par terre, et je l'ai rangé, le jerrican, dans la Bête. Ensuite je suis parti pêcher. J'ai pris ma canne dans son fourreau accroché derrière mon siège, le petit sac léger en nylon pour la journée, une boîte à mouches ainsi que des bas de lignes et j'ai redescendu le canyon.

*

Mes calculs ont montré que notre meilleure chance d'arriver à décoller et d'éviter les arbres était de ne pas prendre le vieux à bord.

Une nouvelle qui passerait sûrement comme une lettre à la poste. J'imaginais déjà la conversation. J'entendais déjà le frôlement de son gros couteau sortant de son étui en plastique, mes yeux rivés sur la pointe de la lame s'approchant de ma gorge. *Me raconte pas de conneries Higs ! Je t'ai dit de pas essayer de m'arnaquer.*

J'ai attrapé cinq carpes. Passé une Pheasant Tail sur le fond et les ai sorties l'une après l'autre. Le faucon pèlerin planait le long de la paroi rocheuse au-dessus de moi puis s'est laissé tomber avant de remonter au niveau des arbres qui surplombaient la rivière. Je crois qu'il m'observait, curieux. Est-ce que les faucons pèlerins mangent du poisson ? Les carpes étaient maigres, le corps long et fin et j'ai réalisé avec un pincement au cœur qu'elles mouraient de faim. Le changement de température de l'eau les affectait elles aussi, ou leur alimentation. Je leur ai retiré l'hameçon avec d'autant plus de précaution, la précaution que je réservais autrefois aux truites, les ai tenues délicatement pendant qu'elles se débattaient entre mes mains en coupe contre le courant, jusqu'à ce que leurs branchies se remplissent et les ondulations de leur queue se raidissent et qu'elles s'échappent. J'ai laissé tomber, plus du tout envie de pêcher.

C'en est fini des truites des élans des tigres des éléphants des chevesnes. Si je me réveille en larmes au milieu de la nuit, et je ne dis pas que ça arrive, c'est parce que les carpes ont disparu.

J'imaginais la conversation. Je peux prendre ta fille, vingt livres de viande séchée mais pas toi.

Mais. L'ampoule électrique s'est allumée. Hig, tu viens d'avoir ce qu'ils appelaient une révélation. L'instant de la découverte, d'une connexion intellectuelle et qui vaut de l'or. "Eurêka."

Je prendrais la feuille de masses et centrage, le crayon et la feuille blanche, le fragile manuel de vol avec sa couverture qui ne tient plus et ses tableaux irréfutables, on passerait en revue les chiffres comme si c'était la première fois et chacun en tirerait ses conclusions.

Elle déjeunait à la table dans l'ombre. Le pichet de lait froid, la viande salée, une salade avec des morceaux d'agneau et une jeune laitue, des oignons frais. Je me suis assis. Papa m'a regardé. Il m'a suivi des yeux, m'a observé tout en continuant de mâcher. Elle mangeait. Elle se mouvait avec plus de facilité ce jour-là, plus de légèreté. Les bleus semblaient s'estomper, son humeur être plus joyeuse. Elle mangeait lentement, respirait profondément comme si c'était la rivière, qu'elle respirait, chaque nouvelle fleur.

Tu peux ? il a fini par demander. Il a posé sa tasse, s'est essuyé la bouche sur sa manche.

Non.

Elle a reposé sa fourchette. Le sac était à mes pieds. J'en ai sorti la pochette, défait la ficelle, pris le manuel, les feuilles, retiré la pointe de crayon de sous le bandeau de ma casquette.

Masses et centrage, il a dit. J'ai acquiescé. Distance de décollage, il a ajouté.

Ouaip.

Il n'était pas idiot. Il n'a griffonné que la formule, laissé la colonne des poids vide. En haut de la page, dans le coin droit j'avais inscrit certaines masses : un gallon d'Avgas = 6 lbs. Un gallon d'eau = 8 lbs. Actuellement dans les réservoirs : 14 gallons.

J'ai glissé le papier vers lui. J'ai mangé.

*

Il était malin. Quoi qu'il ait fait avant sa vie au ranch, dans l'armée, il ne perdait pas de temps. Il a pris le crayon et s'est mis au travail. N'a pas demandé, Il est juste, ce calcul ? C'est comme ça qu'on fait ? Ça fait un bail que… Rien. Cet homme n'a pas l'habitude de se justifier, de chercher des excuses. N'a pas dit, Higs, vérifie mes calculs, tu veux ? Nan, ce fils de pute a examiné le problème une fois, puis a fait des multiplications, a rempli les blancs, bossé l'équation. Je l'ai vu faire une liste de provisions à droite sur la feuille avec leur poids estimé. Il a pris le problème par trois angles différents, et chaque fois je l'ai vu rayer deux ou trois articles de la liste. L'ai vu réduire la quantité d'eau à onze litres. Retirer le jerrican en acier.

J'crois pas, nan.

Il a levé les yeux.

Le jerrican. Le tuyau de siphonnage. Dix livres. J'en ai absolument besoin. Imagine qu'on doive marcher pour récupérer l'essence.

Il a acquiescé, l'a réintégré à la liste.

Puis il a siphonné l'Avgas, réduit les réservoirs de quatorze à dix.

Non.

Je l'ai de nouveau interrompu. Crayon en suspens, sourcil levé.

Le carburant reste.

Trente-cinq miles vers Grand Junction, max. Cent vingt miles-heure avec un vent de face. Vingt minutes treize gallons à l'heure. Dix ça paraît beaucoup.

Laisse tomber. Si on doit refaire un tour, vérifier toutes les pistes, les voies de circulation, si on se fait tirer dessus, qu'on doive trouver une route.

Il a acquiescé. A recommencé. Finalement il a posé le crayon, a tendu les bras sur le côté de la table, s'est carré dans sa chaise. M'a dévisagé. J'ai cru y voir de la haine. Difficile à dire avec papa.

T'as déjà fait les calculs, non ?

J'ai acquiescé.

Je reste, elle part.

Acquiescement.

Tu le savais déjà.

Acquiescement. Il me regardait. Une lueur est passée sur les traits de son visage. Leur a donné un air animé même si je ne pense pas qu'ils aient bougé. Je pourrais dire, On aurait entendu une mouche voler, mais. Pas avec la rivière juste à côté. Il m'a dévisagé, a acquiescé lentement.

OK, il a dit.

Comme ça. C'était terminé. Et là, je dois dire que je l'aimais bien, le vieux chameau. Il a bu la coupe, sans se plaindre.

Je lui ai souri, peut-être pour la première fois.

C'est pour ça qu'on a besoin de quatorze gallons, j'ai dit. Une des raisons.

Perplexe, il a grimacé, glissé la langue sous sa lèvre supérieure où je savais qu'il gardait sa chique.

On a besoin de quatorze gallons parce qu'on a deux décollages et deux atterrissages à effectuer. On va te récupérer sur la route, ce sera pas un problème. Il y en a un beau morceau bien droit juste après la sortie du pont. Tout l'espace qu'on veut. Ça sera du gâteau.

Il n'a pas laissé son visage s'adoucir, rien d'aussi visible. Mais cette impression dans son regard, ce regard hivernal, j'ai cru apercevoir un début de dégel, une remise à niveau.

Tu n'auras qu'à partir un jour plus tôt et on te prendra au lever du soleil.

OK, il a dit et c'était fini.

LIVRE TROISIÈME

1

Il n'y avait pas d'urgence, en fait. L'eau ne manquait pas dans les grosses rivières si on s'échouait à Junction. On allait attendre deux semaines, s'engraisser, laisser l'été s'installer confortablement, on en profiterait au maximum. Que le niveau de la rivière baisse. J'ai décidé d'en profiter. De prendre ça comme des vacances, mes premières depuis.

Depuis le plan d'urgence inattendu, l'atmosphère à la ferme s'était un peu détendue. Franchement, cela me surprenait qu'il ait été surpris qu'on vienne le récupérer plus tard. Il était si malin, si fin stratège. Là-dessus il ressemblait à Bangley, dans une situation de crise, il avait toujours trois coups d'avance, et puis ce sang-froid.

Mais j'ai pensé que cette solution lui avait forcément traversé l'esprit tout de suite. Après, je l'ai encore plus respecté. Il savait.

Il savait très bien que nous pouvions décoller sans lui et venir le prendre plus tard, mais il n'a rien dit. Pour deux raisons, je crois. Primo, il était plutôt du genre à souscrire à l'idée de *Ne jamais prendre ce qui n'est pas offert librement*. Deuzio, cette question du départ le tiraillait. Une partie de lui, peut-être la plus grande, voulait rester, regarder disparaître la rivière, aider le bétail à passer dans l'au-delà, mourir avec son ranch et pourrir sur place dans le sol glaiseux.

Pour un homme de son âge avec ces valeurs cette option était préférable à bien des égards. S'aventurer vers une terre inconnue – parce que c'était devenu une terre inconnue, et étrange, aussi. Et puis il s'agissait de plaines, pas de montagnes – se fabriquer une nouvelle vie, devoir s'adapter à de nouvelles menaces, à de nouvelles règles qu'il n'aurait pas établies. Une perspective assez merdique. Et s'il lui avait dit à elle qu'il préférait la première solution, cela l'aurait blessée, elle ne l'aurait jamais laissé faire, elle aurait fait une crise d'hystérie comme une femme qui a traversé ce qu'elle a traversé peut faire une crise d'hystérie. Elle ne le lui aurait pas pardonné.

Alors le fragile petit manuel de vol avec son tableau des distances de décollage, la courbe indiscutable au-delà de laquelle il n'y a aucune nouvelle vie à s'inventer nulle part, tout juste un avion déficient qui tente de passer au-dessus de ces petits arbres qui risquent d'accrocher son train d'atterrissage, puis ses ailes, avant le grand tonneau… Il avait trouvé une porte de sortie. Hors du plan prévu. Ce qui expliquait peut-être pourquoi il n'avait pas l'air plus choqué que ça. Pourquoi il avait calculé les masses et le centrage devant elle.

En envisageant les choses sous cet angle, je m'en suis presque voulu d'avoir abordé cette option. Après tout s'il préférait mourir ici, c'était un grand garçon. Mais.

Je me balançais dans le hamac. Je récitais tous les poèmes dont je me souvenais ne serait-ce qu'à moitié. J'allais pêcher en amont et en aval de la rivière. Je mangeais. Emportais la pelle avec moi là-haut pour combler les ornières, aplatissais les broussailles. J'aidais Cima dans le jardin, cueillais les premiers légumes.

C'était un beau jardin. La terre était riche, beaucoup plus que la nôtre à l'aéroport. Elle grouillait de vers et était noire d'avoir été nourrie de fumier année après année. Les familles me donnaient du fumier de poulet, mais ce n'était pas assez. Ça ne donnait pas ce résultat. Tôt le matin, à l'ombre des grands arbres, la terre était froide et humide, les jeunes plantes couvertes de rosée. Cette odeur. L'ombre reculait et j'aimais me mettre en caleçon pour que mes genoux soient en contact avec la terre humide et que le soleil me brûle le dos. Le panier incrusté de terre à côté de nous, entre les sillons.

Pourquoi tu es retournée dans l'Est ? j'ai demandé.

J'avais une bourse pour Dartmouth.

C'est là que mon oncle a fait ses études. Tu étais enfant unique ?

Elle a secoué la tête.

Frère jumeau. Il est mort quand nous avions quinze ans. À moto.

Désolé.

J'avais de bonnes notes. Un bon niveau. J'allais devenir vétérinaire, étudier à l'université d'État du Colorado, puis rentrer à la maison et ouvrir un grand cabinet pour les animaux. C'était ce dont j'avais rêvé toute ma vie. On avait un conseiller d'orientation, Mr Sykes. Il était très reconnu dans la profession, mais il avait un tel contrôle sur les places d'université attribuées aux élèves qu'on le surnommait Sykes le Psychopathe. Pendant le cours d'anglais un jour en seconde, on a toqué à la porte en verre de la classe et il est entré et m'a tendu un petit mot plié en deux. Ça disait : Mon bureau à 12 h 45. L'heure du déjeuner. Je me souviens qu'on discutait du *Chant d'amour de J. Alfred Prufrock*. Tu connais ?

J'adorais ce poème jusqu'à ce qu'on l'étudie au lycée. Tu savais qu'il y avait un Sens Caché ?

Naan ?

Eh ben si. Le sexe, l'art et la connaissance sont des armes de classe.

Ahhh. Bizarre d'apprendre ce genre de truc à de futurs érudits.

Nous n'étions pas de futurs érudits. Nous étions censés aller bosser chez HomeDepot ou UPS. Ou Coors.

Le petit mot. Sykes, j'ai dit.

Ah oui. Mon cœur battait à tout rompre. Chaque année Dartmouth donnait une bourse à un gamin de Delta High. Elle était financée par un type qui avait construit l'usine de panneaux de fibres, un ancien étudiant. J'imagine qu'il n'était pas obligé de respirer la fumée de formol nauséabonde en hiver quand le sol devenait plus froid que l'air. Chaque automne un gamin recevait un petit mot de Sykes qui le convoquait à l'heure du déjeuner. Il avait la haute main dans le choix du lycéen. Je ne crois pas que ç'ait été légal, mais c'était comme ça que ça fonctionnait. C'était son petit pré carré. Forçant les familles, la ville à lui manger dans la main toute l'année. Personne n'a pu se concentrer durant le reste du cours, tout le monde me regardait. Les opportunités défilaient dans ma tête, les images d'un avenir pour lequel je ne possédais aucune image. Ça se mélangeait : des murs de brique couverts de lierre, de beaux jeunes hommes de la bourgeoisie portant des pulls à losanges et qui les retiraient pour rejoindre leur équipe d'aviron. J'ignorais tout de ce monde, tu sais. Mon quotidien consistait à changer la paille avant l'aube, à faire du cross après les cours et puis à rentrer à la maison pour effectuer d'autres corvées, donner de l'avoine et leurs médicaments aux chevaux, nettoyer les écuries, et faire mes devoirs.

J'étais rouge tomate, je le sentais. Plus j'essayais de me concentrer sur le poème plus je sentais les regards sur moi et dès que je levais les yeux, ils étaient bien là, ces regards. Je sentais déjà la jalousie. Comme un vent qui se lève. À la fin de la journée, je ne savais pas si c'était une malédiction ou une bénédiction. Bref, je suis allée voir Sykes. Comme je ne pouvais rien avaler à la cafétéria, je suis allée aux toilettes, je me suis assise sur une cuvette et j'ai tenté de reprendre mon souffle. Il m'a dit, Cima je pense que tu es bien placée pour obtenir la bourse Ritter. Il était complètement chauve. Je me disais que sa tête avait la forme d'un œuf. Je me souviens d'avoir vu des perles de sueur minuscules sur son dôme d'un rose moucheté, à croire que c'était lui qui était sur la sellette. Il venait de l'Illinois, des alentours de Chicago, je me souviens. Il a dit, Pour le dossier, tu écriras une dissertation sur la vie au ranch et la mort de Bo.

J'étais bouleversée. J'avais quasiment l'impression d'avoir halluciné sa dernière demande. Enfin, ce n'était pas une demande. Pardon, vous pouvez répéter, je lui ai dit. Il avait les mains sur le bureau, il avait formé un triangle parfait avec les pouces et les index, plissait les lèvres et regardait à travers le triangle comme si c'était une espèce de fenêtre maçonnique qui ouvrait sur mon destin. Il a dit, Tu écriras sur ta vie de jeune fille dans un ranch et sur la mort de ton frère qui était ton âme sœur.

Je l'ai dévisagé. J'avais entendu dire qu'il contrôlait tout le processus de demande d'inscription. Mais personne ne m'avait jamais parlé sur ce ton avant. Personne n'avait foutu ses gros sabots, à coups de clomp clomp dans mon paysage intérieur le plus intime. Pour moi, Bo était un jardin secret. Un endroit où j'étais la seule à pouvoir aller. Une source de chagrin autant que de grande force. Il me souriait. Il avait une toute petite bouche et ne relevait qu'un côté quand il souriait. Je me rappelle. L'émoi. La vie qui m'offrait de belles et grandes perspectives et puis soudain, l'horreur : pour y accéder, on me demandait de vendre mon âme. Quelque chose comme ça. Terrifiant. Je me souviens que j'étais toute rouge et incapable de prononcer un mot. Il continuait de me sourire. Il a dit, Tu n'as pas besoin de remercier qui que ce soit pour l'instant, c'est un grand moment pour toi. *Deus ex machina.* C'est ce qu'il a dit! Comme s'il était Dieu! Je te jure. Il croyait que je n'en pouvais plus de gratitude alors que j'étais hors de moi. Je me sentais violée. J'étais tellement folle de rage que j'aurais pu lui exploser sa tête d'œuf. À la place, j'ai marmonné et je suis sortie.

Tu as écrit sur Bo?

Oui. J'ai raconté que mon conseiller avait exigé que j'écrive sur mon jumeau mort. J'ai écrit un long texte, deux fois plus long que nécessaire, j'ai parlé d'une certaine forme de tact caractéristique de la culture ranch, de la raison pour laquelle, d'après moi, elle s'était développée, pourquoi elle comptait, et j'ai expliqué en quoi le fait qu'une fille de ferme doive raconter la mort de son frère au comité d'inscription d'une des universités les plus prestigieuses de la côte est était un exemple supplémentaire de tout ce qui nous séparait. L'establishment de l'Est par opposition aux gens de l'Ouest et leur rapport à la terre. Nous ne cherchions la compassion de personne. J'étais tellement en colère. Jamais été aussi en colère je crois. J'ai envoyé le dossier sans que Sykes l'ait lu, ce qui allait totalement à l'encontre du protocole. Ça n'était jamais arrivé. Vu que c'était un petit fouille-merde rancunier, il a bien essayé de mettre la main sur le dessus mais trop tard. J'ai l'impression qu'ils ont été bluffés par le cran de cette fille de la campagne, ou quelque chose dans ce goût-là. Ils m'ont prise, bien sûr. Décision ultra rapide, j'ai eu droit à la totale. La fac a fait pression sur le lycée et a forcé Sykes à prendre sa retraite. Et tu sais, ce qui me gêne encore aujourd'hui dans tout ça ? C'est que je savais. Que je serais acceptée. J'avais renversé la rétribution émotionnelle qu'ils cherchaient, tu comprends ? Je veux dire par là que j'étais sincèrement furieuse, mais au fond de moi, je savais aussi que cette attitude renforcerait d'autant plus ma candidature. J'ai souvent prié à ce sujet. Je me suis excusée auprès de Bo de m'être servie de lui pour entrer à la fac.

J'ai enlevé la terre sur les bettes et les ai déposées dans le panier.

Tu ne t'es pas servie de Bo. Tu as exprimé ce que tu ressentais.

Oui mais j'ai souvent pensé qu'il aurait été plus intègre d'envoyer paître Dartmouth et leurs attentes, leurs valeurs, et d'aller à Northern State. Au moins, on y forme des agriculteurs. Enfin, formait.

Tu avais quel âge ? Dix-sept ans ? Tu voulais montrer le poing. Tu étais du genre à rendre les coups, comme ton père. Il n'y a personne au monde de plus vertueux qu'une fille de dix-sept ans. Et ce n'était pas la faute de la fac, mais celle de Sykes le Psychopathe.

Tu vois ce que je veux dire. Mais il avait raison, après tout. Sur le sujet qui attirerait leur attention. Je ne sais pas. Je pense à lui parfois, un célibataire, la cinquantaine, humilié et forcé de quitter le seul boulot dans lequel il excellait. Qu'est-ce qu'il a fait du reste de sa vie, comment ça s'est passé pour lui quand la grippe a frappé. Seul, abandonné, terrorisé. C'est drôle, les idées qui t'empêchent de dormir après tout ce qui nous est tombé dessus.

Amen, j'ai dit.

Silence. J'ai arraché de jeunes pousses de pâturin. Les mains noires de terre, des pattes d'ours. Elle avait beaucoup trop de tact pour me poser la question. Elle était toujours cette fille de la campagne.

Tu veux savoir ce qui m'empêche de dormir la nuit ?

Elle s'est redressée au soleil, accroupie, a soufflé sur les mèches qui lui barraient le visage. Elle avait un grand nez droit, des yeux écartés. Un long cou fin, couvert de bleus.

Je ne pouvais pas dire : qu'à la fin, j'ai mis un oreiller sur le visage de ma femme. Que je l'ai sentie se débattre durant quelques secondes pour tenter de repousser la mort qu'elle avait réclamée. Un réflexe, pas vrai ? Que j'ai tenu bon, pesé de tout mon corps, tenu la promesse que je venais de faire. Que c'était la bonne décision. Non ?

Est-ce que je pouvais dire que nous avions tué un jeune garçon au milieu de la nuit ? Que nous n'en avions pas fait de la viande pour le chien. Que nous avions tué une petite fille en plein jour qui me poursuivait avec un couteau de cuisine alors qu'elle cherchait sans doute mon aide. Ou que mes souvenirs de pêche à la truite dans cette rivière de montagne, seul avec Jasper couché sur la berge, étaient sans doute mes meilleurs souvenirs. Qu'une bonne partie de tout ça est un rêve ou pourrait tout aussi bien l'être. Que je ne sais plus distinguer le rêve du souvenir. Que je sors d'un rêve pour entrer dans un autre et que je ne suis pas sûr de savoir pourquoi je continue d'avancer. Que je soupçonne que seule la curiosité me maintient en vie. Que je ne suis plus sûr de savoir si c'est suffisant.

J'ai étouffé ma femme avec un oreiller. À la fin, quand elle l'a demandé. Comme on pique un chien. D'autres choses. Pires.

Elle avait toujours une poignée de bettes à la main. Elle serrait les feuilles. Elle a acquiescé. Son regard était chaleureux et franc.

Je regrette de ne pas avoir pu faire ça pour Tomas, de ne pas avoir été là. J'aurais aimé le faire. Pourquoi je ne suis pas restée avec mon mari ? Ma mère avait le sien, elle n'avait pas autant besoin de moi que lui. Même si en fait, il n'avait pas encore contracté la maladie. Il toussait un peu mais rien n'était sûr. Pas de fièvre. Beaucoup de gens toussaient, il n'y avait que quelques cas de confirmés. Mais j'aurais dû savoir. Vu ma position, avec l'arrivée des premiers rapports, j'aurais dû savoir.

Elle se tenait droite, à genoux et elle pleurait en silence. J'ai posé mes bettes dans le panier et j'ai recommencé à désherber. J'ai secoué les racines pour en retirer la terre et remis les vers dans le sol.

*

Le trou le plus profond se trouvait juste en dessous des chutes. Même quand le niveau baissait, il restait pas loin d'un mètre cinquante d'eau glacée. Difficile de l'imaginer asséché, mais cela arriverait parce qu'il n'avait pas assez neigé, pas assez plu. Quand il s'est mis à faire vraiment chaud, j'allais me baigner là-bas tous les jours. Je m'y rendais en toute fin d'après-midi tandis que la lumière du soleil éclairait encore le fond du canyon. J'aimais le contraste, du chaud et du froid. L'endroit était protégé par les saules. Je suspendais ma chemise à une branche comme un drapeau loqueteux pour qu'ils sachent que j'étais là et je me rendais à la petite piscine naturelle par un sentier battu. Les embruns de la cascade atteignaient les pierres lisses de la berge où il devait faire dix degrés de moins. Heureux, aussi heureux que je l'étais toute la journée, je déboutonnais mon pantalon, retirais mes chaussettes et me déshabillais. Parfois je restais assis dans cette brume, sur les pierres les plus éloignées, les plus chaudes, et je faisais pendre mes pieds et mes mollets dans l'eau : de frais tourbillons sur ma poitrine, le soleil dans le dos, les contrastes. Et j'observais le tronçon d'arc-en-ciel dériver dans le nuage de gouttelettes.

Je voulais lui demander : *qu'est-ce* que tu savais de la grippe, de la pandémie. Tu savais quelque chose ? Est-ce qu'elle a vraiment pris tout le monde de court ? Pourquoi est-ce que ça a été si rapide ? Quelle est cette maladie du sang qui est arrivée juste après et pourquoi tant de ceux qui avaient survécu à la grippe l'ont contractée ? Je voulais lui poser ces questions, d'abord parce qu'elle m'avait dit qu'elle était médecin, ce genre de médecin. Mais elle avait commencé à raconter l'histoire de son mari mort sans elle dans cet hôpital, alors je n'avais pas voulu remuer le couteau dans la plaie, etc. mais cette fois, j'étais déterminé. Elle avait abordé le sujet. Et puis elle avait fondu en larmes. J'aurais pleuré moi aussi mais à la vérité, je n'avais plus de larmes. Un torchon humain, essoré.

Assis cul nu sur les pierres les pieds dans l'eau, je sentais la pression de l'air humide de la cascade sur moi, sourd à tout sauf au rugissement des chutes d'eau, le soleil qui tapait sur l'arrière des oreilles. Heureux de cette situation. Mon moment favori de la journée. Je pouvais le dire : je suis en paix. Ici sur la berge de la rivière agonisante.

L'après-midi de cette matinée où nous avions ramassé des bettes, je suis allé à la cascade, j'ai passé ma chemise trempée de sueur et pleine de terre par-dessus ma tête et me suis dit que je ferais mieux de la laver. C'est-à-dire la rincer, la battre sur les rochers et l'essorer. Je me disais, Encore une raison d'être heureux, Hig : pas de piles de vêtements de travail à laver, étendre, plier et fourrer dans les espaces trop petits d'un placard. Melissa et moi manquions toujours de place pour nos affaires. On pourrait croire qu'un charpentier sait s'occuper de ce genre d'aménagements, mais non. La chemise le pantalon les chaussettes, terminé. Un sous-pull en thermolactyl. Un pull en laine adoré et cent fois rapiécé. Tu croyais quitter Erie pour quelques jours.

Si bien que j'ai emporté la chemise avec moi et me suis faufilé entre les saules et elle était là, nue dans l'eau brumeuse, face à moi, le regard porté vers le haut de la falaise. Elle était d'une minceur élancée. Je lui apercevais les côtes. De longues jambes, le bel arrondi de ses hanches, son pubis proéminent, le duvet de poils sombres qui ne la cachait pas tout entière. Ses seins ni gros ni petits. Compacts comme deux pommes. Qu'est-ce que je veux dire par là ? Fermes, gonflés. Les clavicules, les jolies épaules. Des bras forts, fins mais puissants. Un bleu sur le haut de sa cuisse droite. Je devais être en apnée. Elle était, je ne sais pas. Parfaite. Le seul truc débile auquel j'ai pensé : Comment Dieu as-tu réussi à garder tout ça caché ? Grâce à une chemise d'homme trop grande ? Je n'ai plus l'œil aussi aiguisé ! Voilà ce que j'ai pensé. Tout ça en une fraction de seconde. Parce que par réflexe, j'ai ensuite moi aussi levé les yeux vers le sommet de la falaise et j'ai vu le pèlerin rejoindre son nid avec un oiseau entre les serres, un oiseau sacrément gros.

Comment tu crois qu'elle va le partager ? elle a demandé par-dessus le grondement de l'eau.

Quoi ? Rien de tout ça ne paraissait réel. Je l'ai regardée et elle était à moitié tournée, montrant le bas du dos avec ses fossettes, ses jolies fesses, une autre courbe parfaite. Je. Cette courbe qui m'achevait. La Courbe fatale qui fait courber l'échine. J'ai cligné des yeux. Je me suis dit, Elle n'a rien, strictement rien en commun avec les femmes des posters de Bangley. Elle est quoi, un million de fois plus adorable. Je ne l'ai pas dit. À la place j'ai dit, Désolé de t'avoir surprise ou enfin bref tu vois, quoi. L'oiseau, elle va le déchiqueter. Pour être honnête, j'ai hurlé par-dessus la cascade et j'ai aussitôt pris mes jambes à mon cou.

Big Hig. Un type plutôt cool quand il pilote, plutôt cool avec les visiteurs, qui perd soudain tous ses moyens.

Un instant plus tard, elle est venue me trouver dans l'ombre. La voie est libre, elle a dit en souriant.

Elle passait devant le hamac, la tête penchée sur le côté pour tordre ses cheveux et en retirer l'eau. Tandis que j'étais allongé, gagné par une espèce de stupeur endocrinale – essayant de me souvenir de ce que j'avais vu dans les moindres détails tout en repoussant ces images. Surpris de la voir apparaître à nouveau et certain qu'elle pouvait lire dans mon esprit. J'ai souri en retour, aussi penaud qu'un gamin de seize ans.

Quand est-ce que tu vas me montrer le tien ? elle a dit.

J'ai dû sursauter, rouge. Elle affichait désormais un large sourire dépourvu de malice et d'un coup j'ai vu la championne de course à pied du lycée, la jeune fille débarquée de son ranch qui aimait gagner une *barrel race*.

*

Je suis allé jeter un coup d'œil à la Bête, j'ai mis de l'essence, regonflé les pneus avec une pompe à vélo que je gardais à l'arrière. J'ai fait des siestes. Les rêves de l'ancienne maison ont cessé. Désormais, je rêvais de gros chats, de tigres et de couguars qui, au crépuscule, descendaient en masse entre les rochers vers la rivière, leurs yeux fixes qui voyaient tout. Le rêve produisait une impression de grâce suprême et de puissance, et d'intelligence, aussi. Dans ces rêves je me retrouvais nez à nez avec ces bêtes, très près, je sondais leur regard et il se passait quelque chose de l'ordre de la transmission mais rien que je puisse nommer. Au réveil, néanmoins, j'étais empli d'une sensation forte, effrayante et peut-être belle. Je me sentais chanceux.

Allongé dans le hamac par un après-midi sans un souffle d'air ou presque, j'ai rêvé que Melissa et moi partions chasser à l'arc. Elle ne le faisait jamais mais moi ça m'arrivait. Si j'avais le temps entre deux contrats de profiter un peu plus de la saison, je me prenais un permis de chasse à l'arc. Dans le rêve nous ne chassions pas les couguars mais un de ces bouquetins rares qui avaient disparu bien avant que commence le temps du monde fini, quelque part dans les contreforts de l'Himalaya et alors qu'elle tendait son arc pour tirer un gros chevreuil, tout près, j'ai crié NON ! et l'animal s'est enfui d'un bond et elle s'est tournée vers moi, le visage rayonnant de fureur et de trahison. Au réveil, j'étais agrippé au bord du hamac et il m'a fallu une minute pour comprendre où j'étais, que c'était un rêve et puis j'ai été pris d'un début de vertige en me disant, Ceci est un rêve, puis j'ai éprouvé un léger soulagement à être dans celui-ci plutôt que dans celui-là.

Les bleus de Cima se sont éclaircis, puis ont disparu et de nouveaux sont apparus. Nous parlions sans arrêt. Mais j'étais très à l'aise dans les silences qui n'étaient jamais silencieux puisque remplis d'oiseaux, de poules et d'alouettes. De stries réverbérantes sur les ailes des engoulevents au crépuscule. Plus tard dans la journée, il y avait les couinements des chauves-souris, le bruissement des feuilles, le soupir du cours d'eau qui s'amenuise. Un tableau des plus bucoliques, un peu curieux étant donné la situation. J'étais à l'aise quand je travaillais à ses côtés dans le jardin, quand je lavais les légumes à l'ombre sur la table en planches. Je vais vous dire une chose : quand tout prend fin, la liberté n'existe plus. Plus ce répit était agréable, plus l'espèce d'animal méfiant que j'abritais refusait de capituler. Plus je rêvais de Jasper, de Melissa. Plus je devenais triste. Si c'est pas bizarre, hein ? Une fois en écossant les petits pois nos mains se sont touchées au-dessus de la casserole et elle a fait durer le contact. Une seconde à peine. J'ai levé les yeux et son regard était droit, franc, comme un étang miroitant est d'un noir tannique, sans vent, serein, retenu, dans l'attente. Prodigieux. Dans l'attente de refléter un nuage ou d'être brouillé par la pluie. J'en avais le souffle coupé.

Cette ouverture, l'être-au-monde si simple de ce regard me frappait par le courage et la terreur qu'il inspirait. J'ai dû avoir un mouvement de recul. Elle a souri pour elle-même et elle est retournée à ses petits pois. J'imagine qu'en tant que médecin, on voit défiler toutes sortes de cas terribles, que rien ne vous surprend vraiment.

Nous avions assez de gibier, pas de raison de manger du mouton ou du bœuf donc nous ne le faisions pas. Papa pensait que certains animaux survivraient peut-être s'il pleuvait à un moment donné, si l'hiver était aussi doux que le précédent. Quand ça ira mieux on pourra revenir, il a dit. Ni Cima ni moi n'avons relevé.

Papa n'avait pas l'habitude de se raconter des salades mais voilà, tout homme a son refuge imaginaire.

Une semaine s'est écoulée, puis deux. Certaines tensions internes se sont relâchées. On ne sait jamais à quel point on est tendu jusqu'à ce que. Papa était parti couper du bois. J'ai commencé à préparer un feu pour le dîner dehors et assis sur des souches d'arbres, on l'a regardé prendre. Il oscillait et chuchotait au rythme de la brise. À cette heure de la journée, le vent soufflait en amont ainsi qu'il le faisait dans toute la région mais quelque élément dans la configuration du canyon produisait des tourbillons et des changements de direction si bien qu'il n'y avait pas d'endroit à l'abri de la fumée. Nous avions déjà changé de place deux fois. La fumée me faisait pleurer.

La fumée commence par te faire pleurer puis vient le chagrin, j'ai dit. Comme de couper des oignons. Ça me rend toujours triste.

Elle a souri.

Je ne suis jamais allé à New York. Tu aimais ?

J'adorais. Vraiment, j'adorais. Tu sais, c'est comme ces gens qui disent qu'ils aimeraient avoir deux vies pour être cow-boy dans l'une et acteur dans l'autre ? Ou un truc dans le genre ? Moi je voulais vivre dans les Heights – Brooklyn Heights – dans l'une et passer l'autre dans l'East Village, disons. Je ne m'en lassais pas. Je voulais voir jouer les Yankees – les Yanks pas les Mets – et voir les pièces off-off-Broadway, assister à des sessions de slam et me perdre dans le Metropolitan. Encore. Je ne ratais aucune de leurs rétrospectives. Je pouvais me rendre malade à force d'aller manger chez Sabrett.

Sabrett ?

Hot-dogs. Accompagnés de choucroute, d'oignons grillés, de moutarde, mais sans assaisonnement. Certains soirs je descendais Court Street jusqu'au quartier de Carroll Gardens et je revenais. À force, je connaissais tous les marchands ambulants derrière leurs tables pliantes qui vendaient des écharpes, des livres pour enfants et des montres gadgets. Je me disais : Quand on aura des enfants on leur achètera leurs premiers livres ici. Pour deux dollars! Sans doute tombés d'un camion et récupérés par je ne sais quelle mafia, hein.

Sans doute.

Un monde avec une mafia. Ça semblait désuet. Le bon vieux temps. J'ai dit : Et la Fin? Est-ce que tu l'as vue?

Elle a secoué la tête. Elle s'est penchée en avant pour attiser le feu avec un bâton et à cause de ce mouvement sa chemise trop grande a dévoilé ses clavicules et j'ai vu ses seins, plus pleins qu'ils n'auraient dû être, le bronzage foncé et les taches de rousseur sur le dessus et la peau laiteuse en dessous. Ce jour-là, impossible de les quitter des yeux. J'imagine que c'était en partie dû au fait que je venais de me réveiller. Ils ont probablement toujours été là, Hig, mais tu étais dans le Brouillard.

Le brouillard de l'Être, j'ai dit.

Quoi?

Pardon. Je parle tout seul des fois.

J'avais remarqué.

Vraiment?

Elle a acquiescé. Et moi?

Pas que je sache.

Silence.

Je n'ai pas été témoin de l'effondrement, de l'hécatombe. Mais je les ai sentis venir. Comme une dépression atmosphérique. D'un genre plus violent que l'arrivée du mauvais temps. On a eu ça quelquefois quand j'étais gamine au ranch. Un changement sur le baromètre que tu peux sentir dans tes artères, tes poumons. Le ciel qui s'assombrit, une obscurité étrange teintée de vert. Le bétail qui s'agite et panique plus que pour la simple venue d'un orage. Ça s'est passé comme ça. Et c'est pour ça que j'aurais dû le savoir.

Aurais dû. C'est tout moi. J'en ai toute une réserve. Je pourrais construire des maisons avec, les brûler pour me tenir chaud et me servir des cendres comme engrais pour le jardin.

Tu sais comment ça a commencé ? À New Delhi ?

Elle a secoué la tête.

C'est ce que la presse a dit. La mutation d'un supervirus, un de ceux qu'ils observaient depuis vingt ans. Dans les réservoirs d'eau, etc. Combiné à la grippe aviaire. On l'appelait la grippe aviaire africanisée, comme avec les abeilles tueuses. New Delhi a porté le chapeau pour les premiers cas apparus à Londres. Mais la souche ne venait sans doute pas de là. Des rumeurs ont circulé au sujet de Livermore.

Le centre de recherches nucléaires ?

Elle a acquiescé. La rumeur racontait que c'était un simple transbordement. Un courrier sur un vol militaire avec un échantillon à transmettre à nos amis en Angleterre. L'avion s'est soi-disant écrasé à Brampton. Personne ne saura jamais – elle a parcouru du regard le canyon encaissé et laissé le vent emporter l'absurdité de ces paroles avec la fumée.

À cet instant, j'étais complètement réveillé. Elle a inspiré profondément et j'ai vu – Hig ! Ses tétons contre le tissu fin de son chemisier. Mon Dieu. Hig. Tu n'as rien appris, rien appris de vraiment nouveau depuis presque une décennie. Ces nouvelles t'excitent !

Cette histoire de grippe génétiquement modifiée ne date pas d'hier.

C'est sûr, j'ai dit.

Regarde-moi dans les yeux quand tu me dis bonjour.

Je me suis secoué. Elle me souriait à travers la fumée.

Calmate, soldat, elle a dit.

J'parle pas espagnol, j'ai marmonné.

*

On a dîné à je ne sais trop quelle heure, mais c'était tard dans la soirée, quand le ciel se pare de ce bleu luminescent qui pourrait n'accueillir qu'une seule étoile et où les engoulevents volettent au-dessus de la prairie, de la rivière, et se régalent de larves. Ils iraient passer l'hiver au Mexique ou je ne sais où et semblaient bien s'en tirer. Ailes effilées, aussi acrobatiques que des hirondelles. Les stries blanches sur leurs ailes clignotaient lors d'un changement soudain de direction. Des piaillements discrets. Une joie de regarder ces oiseaux durant l'unique heure où ils se nourrissaient.

J'imagine qu'ils s'attaquaient aux larves parce qu'il y avait moins d'insectes. Il ne faisait pas froid comme plus tard, quand venait l'obscurité véritable ; pour l'instant, les écheveaux d'étoiles s'entremêlaient et l'on sentait la chaleur de la journée irradier du mur en roche.

J'ai emporté les quelques plats à la rivière et les ai lavés avec du sable. Nous cuisinions dehors la plupart du temps, au-dessus d'un foyer délimité par des pierres ramassées dans la rivière. Ces soirs-là, le père et la fille s'asseyaient sur des souches et regardaient les charbons avivés par le vent comme si c'était une télé. J'ai déposé la vaisselle encore humide sur la table puis j'ai accroché le hamac et j'ai essayé de voir combien de temps je tenais sans penser à rien. Je crois que mon record n'a pas dépassé les six secondes.

Une nuit je me suis endormi tout nu avant de pouvoir ramper jusqu'à mon sac de couchage et je me suis réveillé dans le noir avec le poids de la couverture qu'on tirait sur moi. Aucune crainte, ça semblait normal. J'ai commencé à me redresser et une main m'a repoussé. Chh, a-t-elle murmuré. Je suis sortie faire pipi et en te voyant, je me suis dit que tu aurais froid.

Je me suis rallongé.

Merci.

Elle s'est penchée sur moi je sentais ses cheveux sur mon visage, le souffle léger de sa respiration, puis elle a soulevé la couverture, s'est étendue de tout son long près de moi, a fait basculer ses hanches, son buste par-dessus le bord du hamac, serrée contre moi, et elle m'a dit dans le cou.

Là.

C'est tout. Ensuite elle s'est endormie.

Elle portait la chemise d'homme. Rien d'autre. Je sentais son pubis contre ma jambe. Ou os pubis, c'est ça ? Pris dans le creux de sa ceinture pelvienne. J'étais allongé là, le cœur qui cognait fort. J'ai imaginé les courbes de son corps de ses doigts de pieds qui touchaient les miens, plutôt osseux et froids, ses mollets, ses cuisses, ses rotules qui s'emboîtaient dans la pliure de mes jambes – inutile de vous faire un dessin. Mon cerveau a fait le voyage, suivi la carte, s'est arrêté dans tous les lieux dignes d'intérêt, a apprécié chaque panorama. C'était la nouveauté. Mon cœur battait la chamade et mon sexe s'est redressé, a grossi, grandi, c'en était presque douloureux. Il palpitait, et mon esprit continuait de voyager. De haut en bas le long de son corps, à chaque point de contact. J'ai sans doute fini par m'épuiser, tomber en panne sèche, j'ai dormi.

*

Le lendemain matin j'ai réalisé que c'était le poids d'une autre personne qui prend de la place à côté de vous pendant que vous dormez, que c'était d'entendre une autre respiration. Tout simplement. Jasper faisait ça. Plus que ça, même pas la peine d'y penser. Elle ne voulait rien d'autre sinon elle aurait demandé.

*

Le lendemain au petit-déjeuner composé de viande froide et de pommes de terre, dans le jardin à la table du repas, elle surveillait le feu, elle était la même. Les mêmes yeux calmes qui absorbent tout, à la façon dont la surface obscure d'un étang absorbe la lumière du soleil. Ce phénomène miraculeux. Les femmes sont comme ça. Pas papa, ni moi non plus. Papa n'est pas idiot, il s'attendait sûrement depuis le Premier jour que ça prenne cette tournure. Quelle que soit la tournure, peut-être sans avenir. Après tout nous faisons partie des rares personnes encore sur terre ou presque. On en revient à ces blagues d'île déserte. Celle avec Cindy. Ça serait plus bizarre si ça n'arrivait pas, tu crois pas, Hig?

Pas vraiment. Ce n'est pas l'impression que ça me fait. C'est surtout hyper bizarre. Pas bizarre, frénétique. Renversant. Enfin, ce n'est sûrement rien. Ça ne veut sûrement rien dire, ou je sais pas, qu'il faut le prendre comme une expérience, pour voir comment ça fait après toutes ces années. Une expérience de sommeil.

Son regard reste posé une seconde de plus que nécessaire. C'est tout. Subtil mais très parlant. Impossible de le regarder en face. Je détourne les yeux. Je comprends que papa est un homme dur quand il doit l'être, mais qu'après, il s'occupe surtout de ses affaires et attend que les autres fassent de même.

Est-ce qu'elle veut devenir ma petite amie? Cette pensée est d'une bêtise sans nom. Tu te crois au lycée, ou quoi? T'es sur la Plage, mec. Le dernier homme et la dernière femme qui restent dans quoi? Peut-être trois pays. C'est ton devoir patriotique de faire que ça fonctionne.

Vraiment?

Non.

Alors quoi?

Haussement d'épaules.

Fais ce que tu veux.

Qu'est-ce que je veux?

Je veux être deux personnes en même temps. Une prend la fuite.

*

Le lendemain soir elle est arrivée très tard. Je me suis aperçu que j'avais passé presque toute la nuit à l'attendre sans fermer l'œil. Rien qu'à attendre. À me demander ce que je ferais, ce qu'elle ferait. Elle a soulevé le dessus du sac de couchage que je n'avais pas fermé et elle s'est glissée à l'intérieur, s'est blottie, et sa bouche à mon oreille elle a murmuré, Je t'ai manqué. Puis elle s'est endormie. C'était un ordre et une question.

Ça manquait de place. Elle était allongée, la tête au creux de mon bras qui s'est endormi lui aussi, engourdi. Je sentais tout son corps, sa cuisse sur la mienne, son sein contre mes côtes, l'envergure de sa respiration. Elle sentait la fumée et quelque chose de doux, de piquant comme la sauge est piquante. J'ai encore eu une érection flamboyante. Je ne bougeais pas. Te revoilà? On te voit souvent depuis quelque temps, non? Tu es la bienvenue, j'imagine, si tu restes sage. Je ne bougeais pas, j'essayais d'apercevoir les constellations à travers le feuillage, je respirais l'odeur de ses cheveux, j'écoutais le mouvement tranquille de sa respiration. Au milieu de la nuit elle m'a trouvé, ou l'a trouvée. A glissé une main au bas de mon ventre et l'a caressée. Doucement. Pas un murmure, pas un baiser, comme si nous dormions tous les deux. Ce n'était pas le cas. Mon corps était dans le même état qu'une base aérienne dans un film de guerre, quand est déclenchée l'alerte générale. Tout le monde qui surgit de partout et se précipite vers les avions de combat. Chaque cellule en éveil qui concentrait son attention sur ma queue surprise. Ça faisait un bien fou. C'était merveilleux. Sa main a ralenti, fait une pause, a exercé deux pressions, elle s'était endormie. Je titubais toujours au bord d'un gouffre terrible. Je suis resté allongé dans une sorte d'éblouissement en suspens, insoutenable.

*

Papa et moi avons monté la pelle, la machette jusque là-haut, et on a bossé sur la piste. Bossé en silence, on a déplacé les pierres, aplani, tassé la terre, taillé les broussailles. S'il y avait la moindre gêne, elle venait de moi. On déracinait un arbuste de prosopis au milieu de la piste. Il poussait avec la pelle, je tirais avec une corde qu'on avait passée autour du tronc mince. J'ai pivoté autour de l'arc pour trouver le meilleur angle, j'ai tiré et une grosse racine lui a envoyé une gerbe de terre au visage en se dégageant. Il a cessé de pousser et s'est redressé, aveuglé. Lentement, il a retiré la terre, a craché. Il a repris la pelle des deux mains comme une pique.

Hig, tu fais ton écureuil. Encore plus que d'habitude.

Il n'a pas dit Higs. Il a cligné des paupières une fois de plus pour se débarrasser de la terre, s'est passé un doigt sur les yeux.

T'as besoin de ma bénédiction ou quoi ? On est dans une comédie romantique ?

M'a encore plus choqué que s'il m'avait foutu un coup. Je tenais le bout de la corde comme si je ne savais pas quoi en faire, comme si c'était la queue d'une bestiole dont je n'étais pas sûr de vouloir devenir le pote.

Vu la situation, j'ai vraiment d'autres chats à fouetter. Et puis j'ai jamais été ce genre de père, de toute façon. J'ai jamais dit, Je veux qu'elle soit rentrée pour vingt-deux heures.

J'ai regardé mes mains qui tenaient la corde, son visage couvert de terre et j'ai éclaté de rire. Nom d'un chien. Qu'est-ce que j'ai ri. Plus je riais plus c'était drôle. Bon sang, je saurais pas dire, mais peut-être que c'était toute cette tension accumulée la veille. Stress par Pénurie Éjaculatoire, on appelait ça avant. Ou alors c'était le côté dessin animé de l'île déserte, le truc du père protecteur, cette façon qu'on avait de ne pas agir comme on devrait. Est-ce que c'était ça ? Sans doute que non. C'était sans doute plutôt le soulagement que papa ne m'ait pas encore tué. Ou de voir qu'il était là, le visage plein de terre et qu'il n'était pas en rogne. Ou que je n'avais pas ri, ri pour de bon, depuis bien trop longtemps.

*

Ce devait être après la mi-juin. J'avais perdu le compte des jours. Sûrement pas une bonne chose. Je veux dire sans journal ni rien pour vous indiquer la date. Une fois que vous perdez le compte, c'est pour toujours.

On avait terminé le gibier, à l'exception de la viande séchée que nous gardions pour le voyage, alors on a tué un mouton et ça faisait donc deux jours qu'on en mangeait. Du mouton, les dernières pommes de terre de l'été et les nouveaux légumes, de la laitue, des bettes, des petits pois. Les journées étaient incandescentes, le ruisseau une rigole alanguie, les nuits chaudes. Elle est apparue un peu après la tombée de l'obscurité, alors que je m'étais installé dans le hamac, le sac en flanelle sous moi, à peine une chemise sur le dos. Elle-même portait une longue chemise d'homme et elle a posé sa main sur mon visage, m'a caressé la joue et elle a attrapé une touffe de poils de ma barbe et a tiré dessus ce qui m'a fait rire. Il y avait un quart de lune pareil à un bateau-phare rougeaud flottant au-dessus du canyon, de sorte que je la voyais très bien. Elle avait apporté une couverture. L'a étalée sur le sol à côté du hamac et s'est allongée sur le dos, un bras sous la tête. Elle a regardé la lune, je l'ai regardée. J'ai passé mon pied nu par-dessus le hamac et j'ai touché la laine de la couverture et j'ai donné une petite impulsion pour me balancer.

Tu te fais désirer ? elle a murmuré.

Non.

Je me balançais. Elle a déboutonné sa chemise. Qui s'est entrouverte. Elle en a repoussé un pan pour découvrir un sein de sa main libre, les yeux toujours rivés sur le ciel, elle a passé les doigts sous un bouton et a défait le reste. Dévoilant tout. L'oscillation de sa respiration. Son corps de tout son long. Dans le noir elle émettait une lumière douce comme les vagues qui se brisent dans la nuit. La vallée pâle et lisse de son ventre. Le – ce tout.

Nom de Dieu, Hig, ne t'en détourne pas, ne ferme pas les yeux. Respire, vieux ! Tu es censé regarder, imbécile ! Ce n'est pas impoli. Ce serait insultant, si tu ne regardais pas. À ton avis abruti, tu crois que c'est pour qui, tout ça, c'est pour toi ! C'est pas juste qu'elle passe dans le quartier par hasard.

Ça hurlait dans ma tête. Me disait d'être respectueux, de me comporter en adulte. De m'imprégner de chaque détail. Elle t'a octroyé une part de chance pure. Montre un peu de reconnaissance.

La lune rouillée la peignait sans ombre. Mes doigts de pied se sont enfoncés dans la laine et j'ai cessé de me balancer. Je suis resté immobile et je l'ai regardée. Une sorte de fascination en suspens. De la même façon qu'un jour j'avais regardé un orignal surgir des trembles : ce que tu vois, Hig, ne peut pas être réel, c'est bien trop sublime. Ne bouge pas le moindre muscle ou ça disparaîtra.

Elle n'a pas disparu. Elle a tourné la tête vers moi. Je me suis raclé la gorge.

Tu passais dans le quartier, j'ai dit maladroitement. Ma voix était haut perchée comme un ado en pleine mue qui ne contrôle pas son timbre.

Elle a haussé un sourcil : peut-être. Elle s'est redressée sur les coudes et a fait tomber la chemise sur ses bras. Puis elle a roulé sur le côté et s'est allongée sur le ventre, la tête sur ses bras croisés. Dévoilant un autre panorama. La fin du monde, ça ne vous immunise pas, oh que non.

Si tu veux tu peux te contenter de me regarder, elle a dit. Ça fait sans doute longtemps. Je ne suis pas pressée.

Elle a soulevé son joli cul dans les airs.

Euh, ça te dérange si on passe tout de suite à l'étape suivante.

Non non.

Je me suis extirpé du hamac, j'ai retiré ma chemise et me suis allongé à côté d'elle. Je ne sais pas pourquoi mais je pensais au pilotage. À cette liste qu'on coche avant d'allumer le moteur, avant de rouler, avant de décoller. Au fait que quand on a l'habitude de voler tous les jours les gestes sont fluides, séquentiels et ladite liste, on la regarde à peine, mais si ça fait un bail qu'on n'a pas piloté, on s'arrête, on réfléchit à tout, on prend un élément à la fois, on s'assure que. Pour ne pas s'écraser.

Je ne sais plus par où on commence, j'ai dit. Je me fais l'effet d'un…

Un ado de quinze ans ne dirait pas ça.

Ouais. J'étais en train de penser comme un pilote. Un pilote rouillé avec un tas de check-lists. Pour qu'on ne s'écrase pas.

Caresse-moi le dos, elle a dit.

J'ai suivi les ordres. Je l'ai effleurée du bout des doigts. J'ai senti sa peau ferme et lisse. J'ai pensé au vent dans un champ de blé. Elle a gémi.

Ça te fait mal ?

Non. Pas le moins du monde. Elle a parlé entre ses bras croisés. Il faut y aller doucement mais ça fait un bien fou.

J'ai passé la main sur le renflement de ses fesses puis sur ses cuisses, l'arrière des cuisses.

Elle s'est mise sur le côté et ses doigts ont trouvé mes cheveux, ma barbe, s'y sont accrochés pour attirer mon visage vers elle. Quand sa bouche a trouvé la mienne je me suis disloqué. Je n'ai pas explosé comme une bombe ou quoi que ce soit de ce genre, mais je me suis décomposé. Quelques morceaux à la fois. Ils se sont envolés, mis sur orbite, quasiment. Une galaxie qui se morcelle. Un anéantissement somptueux, au ralenti. Dont l'unique centre était sa bouche, ses cheveux. C'était elle. Un réagencement autour du noyau qu'elle incarnait. Sans réfléchir. J'ai roulé sur elle et elle a suffoqué de douleur.

Attends…

Oh. Merde. Je me suis écarté.

Ça va, ça va. Voilà. Je ne suis pas en verre. Elle m'a mis sur le dos. Elle m'a embrassé. Embrassé et embrassé ses cheveux qui tombaient sur moi. Elle m'a embrassé les yeux le nez les lèvres. Avec la bouche, puis elle s'est penchée ses seins près de mon visage et m'a embrassé, frôlant mon corps de ses tétons, ses yeux, son nez, sa langue. Et puis. Surprise. Ce choc. Elle s'est assise sur moi. Le premier contact. Humide. Comme sa bouche. La résistance. Cette chaleur. Avec la plus grande lenteur, le glissement, la capitulation.

Oh nom de Dieu, ne bouge pas. Tous ces morceaux. Elle a bougé. Ses mouvements contre moi les réclamaient les réclamaient. À la manière d'un millier de poissons secoués par la houle. D'avant en arrière. À la manière des étoiles dans les feuilles. J'ai tendu vers elle. En elle, jusque dans son centre même, quelque part où se trouve la seule et unique immobilité où tout se mélange. Tendre vers.

Et puis je me suis relâché. À force de tendre, l'effort, pour quoi ? Rien. Me suis abandonné. J'ai sombré. Si j'ai pleuré et je ne dis pas que c'est arrivé. La béatitude, la pure perte de la chute.

Elle a chanté et j'ai explosé. Quelle que soit la constellation, quelle que soit la création elle a été frappée par la lumière puis éparpillée vers l'obscurité et putain, c'est là qu'elle aurait dû se trouver depuis le début. Elle s'est allongée sur moi, frissonnante de tout son poids et tous ces éclats de nos êtres sont retombés sur nous en une pluie aussi douce et franche que si elle était de cendres.

*

Fiou, elle a murmuré, les lèvres remuant près de mon oreille.

Tu l'as dit, fiou.

On s'est écrasés, hein ?

Ouaip. Mais en beauté.

Cette façon qu'on a de recharger les batteries. Allongés là. Ça s'approche du bonheur, comme l'eau, qui coule, pure et claire. Si agréable qu'on ne le célèbre pas, ce flot brillant qui nous traverse, comme s'il avait été là depuis le début.

*

On est restés allongés aussi immobiles que possible, cœur battant contre cœur battant, un rythme bienveillant qui ricochait et bondissait et se déréglait et s'accordait de nouveau, nous deux je crois fascinés par cette musique et la sensation. Au bout d'un moment, elle s'est redressée et a tiré la couverture en flanelle sur nous, s'est pelotonnée contre moi et nous avons dormi. Pas de ce sommeil confus d'avant. Un sommeil lourd, profond et soulagé. Le vrai bien-être, le simple épuisement.

Avant l'aube, pour éviter à son père d'être gêné, j'imagine, elle s'est levée, a boutonné sa chemise et a traversé la prairie pour aller dormir sous les couvertures de son épais matelas en aiguilles de pin qu'elle utilisait au cours des nuits chaudes. À la belle étoile, elle a dit, où elle pouvait tout voir. Mais je pense qu'elle était réconfortée par la respiration des bovins, l'arrachage rythmique de l'herbe, puisqu'il y avait toujours deux ou trois bêtes qui paissaient autour d'elle la nuit. Et puis il ronfle, elle a ajouté. Il est arrivé à la rivière aux premières lueurs du jour comme à son habitude, par-dessus le bruit du courant, j'ai entendu les éclaboussements, les dents qu'il lavait avec une brosse aux poils usés jusqu'à la corde, les quelques engoulevents, les expectorations, la toux.

Quant à elle – je l'ai entendue lui dire bonjour, j'ai ouvert les yeux, l'ai vue qui portait sa chemise mais aussi un pantalon qu'elle devait garder près de son lit. La satisfaction merveilleuse de la voir ainsi à présent, dans le monde, si limité soit-il. De la connaître comme je la connaissais à présent. J'ai fermé les yeux et me suis rendormi. Elle refusait toujours de me laisser préparer le feu le matin. Il est à moi, insistait-elle. Mon rituel. Viens pas chambouler mes habitudes. C'est grâce à ça qu'on arrive à fonctionner ici. C'est bon. Dors. J'obéissais. Quand je me levais, elle avait toujours une tasse de tisane amère prête. J'aimais cette tisane autant pour le rituel qu'elle représentait que pour son goût qui m'arrachait une grimace.

Ce matin-là, je me suis levé lentement, me suis étiré, j'ai procédé à un inventaire : Hig, bras ? En place. Jambes ? En place. Sûr que tu n'es pas en mille morceaux ? Affirmatif. Ton cœur ? Tu l'as jamais posée, cette question, avant. Ni après. Mais oui, il est là. Un peu remué, un peu regonflé. Plus léger et plus lourd, aussi, va comprendre.

Ils étaient autour du feu. J'ai senti l'odeur de la viande en train de cuire. Je me suis aspergé le visage, la poitrine, trempé la tête, séché avec la chemise, et puis je me suis dirigé vers le feu.

Bonjour.

Papa a acquiescé. Elle était accroupie, ajoutait un morceau de bûche aux flammes et la brise du petit matin a fait tourbillonner la fumée autour d'elle, l'a enveloppée. Elle a tressailli, grimacé, détourné le visage, ajouté du bois.

Bonjour, j'ai répété.

Soit elle était trop enfumée pour m'entendre soit elle ne pouvait pas répondre. La grimace. Elle s'est relevée, s'est éloignée de la fumée, a porté les mains à ses yeux larmoyants.

Bonjour, j'ai répété.

Elle a essuyé les larmes, a cligné de ses yeux irrités dans ma direction. Je l'ai vue haleter. N'a pas dit un mot. Elle a pris la bouilloire fumante posée sur une souche, a versé la tisane dans ma tasse qu'elle m'a tendue sans me regarder.

La viande va brûler, elle a dit. À son père ou à moi ou à personne. Au bord de la frustration.

Je m'en charge, j'ai dit. J'allais prendre la longue fourchette mais elle m'a repoussé avec son avant-bras, a saisi la fourchette et a retourné les côtelettes sur le gril.

C'est bon, elle a dit.

Mes entrailles se sont nouées. J'ai jeté un coup d'œil à papa qui s'est poliment tourné sur son siège, le visage impénétrable. Il étudiait le sommet de la paroi rocheuse à l'autre bout du canyon en sirotant son breuvage.

De nouveau :

C'est bon. J'apporte les côtelettes dans une minute.

J'ai été pris d'un grand haut-le-cœur, alors je me suis moi aussi tourné sur le côté et j'ai étudié la paroi rocheuse avec papa. Tes bras sont toujours là ? Hig ? Hig ? Oui. Tes jambes ? Oui. Cherche pas plus loin. Réjouis-toi de ça.

J'en aurais chialé. J'étais là dans la fumée qui tournoyait et je m'en suis servi pour me cacher. Alors c'est comme ça que ça se passe.

Après un petit-déjeuner silencieux, la déglutition silencieuse, j'ai emporté la vaisselle à la rivière comme je le faisais toujours : trois assiettes, trois tasses, trois couteaux pliants, trois fourchettes, la longue fourchette. Laissé le gril finir de brûler. J'ai étalé du sable fin sur les assiettes en émail, puis j'ai raclé la graisse. Me suis concentré sur la tâche à accomplir, concentre-toi, Hig. L'eau. Elle semblait chaude. Plus chaude. C'était trop triste. Triste. J'ai enfoncé les dents de la grande fourchette dans le lit de gravier, les ai rincées avec les doigts. Putain. J'ai respiré. Quand j'ai eu terminé j'ai tout mis à sécher sur la table en bois. Papa est passé près de moi. Il avait le fusil à l'épaule et la pelle à la main.

Je vais jeter un coup d'œil à la route, il a fait. Je ne veux pas me pointer là-bas le grand jour et découvrir une route cabossée et impraticable.

C'était logique. Nous n'avions pas assez de carburant pour faire des tours de piste pendant qu'il comblerait les nids-de-poule.

Il a avancé d'un pas, puis m'a regardé.

On a tous vécu des choses très difficiles, il a dit.

À cet instant, j'ai aimé ce type.

Pour la première fois je l'ai presque envisagé comme un parent. Autant qu'on puisse reconstruire quelque chose sur un tas de ruines et de débris.

Ouais.

Il a acquiescé, s'est dirigé vers le fond du canyon et la clôture de broussailles.

Elle balayait le sol en terre tassée autour du feu avec un balai de brindilles. Elle balayait tous les matins pour enlever les miettes et éloigner les fourmis ainsi que les souris de la cuisine.

Elle a continué de balayer tandis que j'approchais. Pas de pause. Concentrée sur la poussière devant le balai.

Tu veux que j'aille cueillir des légumes pour le déjeuner, j'ai dit.

J'avais les intestins noués. Elle continuait de balayer.

Si tu veux, elle a murmuré. A balayé.

Cima?

A balayé. Le grattement désagréable des brindilles.

Je lui ai pris le bras. Elle s'est raidie.

Aïe!

Je l'ai lâché comme si c'était une plaque de gril brûlante. Elle m'a dévisagé.

Ça va faire un bleu, elle a dit. Voix blanche.

Cima. Bon sang. Je suis désolé.

Je suis resté là, cloué sur place. Pure panique. Je n'y voyais même plus clair. Ma poitrine s'est soulevée contre mon gré et puis j'ai senti des larmes rouler sur mon menton. Complètement paralysé. Elle m'a dévisagé. Un masque. Une sorte de masque mortuaire mais avec des yeux vivants ou qui revenaient à la vie. Ses yeux sombres aussi fixes que deux pièces de monnaie, et puis comme il arrive avec le regard ils ont semblé s'emplir de lumière, et comprendre, s'adoucir. Elle était devant moi, tremblante, elle contemplait mon visage et puis j'ai vu les larmes lui monter aux yeux et enfin je les ai reconnus, ses yeux, ces puits d'obscurité. Nous étions côte à côte comme deux arbres. On se balançait. Ce qui restait de la fumée du feu montait en panaches et minces volutes.

La nuit dernière, elle a dit. Quand on s'est endormis. J'ai rêvé de Tomas. J'en ai rêvé sans cesse.

Ses lèvres ont tressailli et le masque s'est effrité.

Il m'appelait. Il mourait sur son lit et il m'appelait, bêlait comme un animal qui sait qu'il va être abattu. Exactement comme un animal, Hig! Et j'étais plaquée au mur, refusant de l'aider. Mon mari. Mon meilleur ami.

Elle sanglotait violemment, à s'en étouffer.

Mon amour était gelé. Comme un étang l'hiver. Ce rêve a dû durer des heures. À la fin, c'était devenu si insupportable que j'ai sorti mon couteau à dépecer, je me suis avancée et je lui ai tranché la gorge. Mon Dieu!

Elle s'est effondrée. Je l'ai rattrapée. J'ai pensé à deux arbres quasiment déracinés et penchés l'un vers l'autre.

Je ne sais pas si je peux faire ça, elle a dit. J'ai cru que je le pouvais.

*

Papa a expliqué que la route était droite et en bon état sur au moins trois cents mètres. Plutôt bon état, pas de gros trous. Il avait attaché un bandana à une borne kilométrique en guise de manche à air. Cima se montrait aimable, mais plus réservée. Elle me rejoignait dans le hamac, mais pas toutes les nuits ni même toutes les deux nuits. Nous n'avons pas refait l'amour pendant plusieurs jours. Cinq. Inutile de prétendre que je n'ai pas compté. Et quand nous l'avons fait, quand nous avons été sur le point de le faire – je veux dire qu'on était allongés sur la couverture, nus, enlacés, sans s'embrasser, sans parler, mais le nez explorant les oreilles et le cou, et les mains parties en reconnaissance d'un territoire rendu neuf par ces appréciations nouvelles de la perte – quand le moment semblait venu de consommer ou au moins de célébrer cette nouvelle vulnérabilité, je l'ai attirée sur moi, mais elle ne mouillait pas et j'ai eu du mal à la pénétrer et j'ai bien vu que ça lui faisait mal, et je ne sais pas pourquoi j'ai pensé à Tomas – le rêve de Tomas, en sang – et une vague de panique m'a submergé et j'ai débandé.

Maudit soit le monde des rêves. Le fantôme de Tomas y pataugeait et gâchait ce qui quelques jours plus tôt à peine avait été plus euphorique que toutes les histoires d'amour que j'avais vécues.

D'une main, elle m'a pressé la queue deux fois, ce qui n'a fait qu'aggraver mon malaise. Elle a soupiré bruyamment – ce que j'ai interprété comme de la Déception – s'est tournée sur le côté. Elle m'a doucement pris dans ses bras. Allongés sur la couverture, enlacés, gagnés par une paralysie que nous ne pouvions pas dépasser. Je ne m'étais jamais senti aussi seul avant d'avoir découvert ce canyon. Notre cœur battait et faisait des ricochets l'un contre l'autre, mais pas notre esprit. Je ne pouvais la caresser que de manière absente, ne pouvais pas l'embrasser ni même lui parler avec authenticité. Comme si cet échec dans l'amour m'avait volé toute légitimité en tant qu'amant. M'avait retiré mon permis de l'aimer ou même de lui exprimer de l'affection. C'était affreux.

Tandis que j'étais couché à ses côtés et que je tentais d'assimiler cette nouvelle frayeur – la peur d'être séparés alors que l'amour était si proche – il m'est venu à l'esprit que ce qui avait peut-être été transmis au moment critique, au moment de vérité, celui de la pénétration, était son propre souvenir du rêve. Je veux dire que nous communiquons par la parole, bien sûr. Je pensais en toute vraisemblance que l'image du sang coagulé du mort l'avait traversée au même instant ou juste avant. Ce qui signifiait qu'aucun de nous n'était prêt. OK, Hig, je me suis dit. Raisonne autant que tu veux. Rassure-toi comme tu peux, mais tu ne peux pas récrire l'histoire. C'est nul. Tu ne peux pas l'améliorer. Je ne peux pas, ne peux pas bouger. À peine respirer.

Hig.

Elle a murmuré mon nom, un vent tourbillonnant à mon oreille.

Oui ?

Tu veux bien me faire jouir avec la bouche ?

Elle l'a dit en prenant un accent français et je savais qu'elle faisait référence à ce vieux classique, *Pulp Fiction*.

J'ai ri, un rire silencieux et sans joie.

Vraiment ? C'est pas ce que tu veux.

Elle a acquiescé, la tête contre ma poitrine.

OK. Grande expiration. Le devoir m'appelle.

Je me suis exécuté. Je l'ai embrassée entre les seins, j'ai embrassé son minuscule nombril, les petites cornes dessinées par son bassin, la plaine creusée de son bas-ventre, la parcelle de boucles serrées, les petites lèvres, le noyau lisse, j'ai inspiré son odeur, et puis je me suis mis au travail. Comme si c'était un boulot. Qu'est-ce qui marche ? Qu'est-ce qui marche le mieux ?

Ça a duré un moment comme ça. Et puis elle a commencé à soulever les hanches et à onduler sous mes lèvres et ma langue et à gémir. Et puis elle a geint, et puis je l'ai encouragée, j'ai joué les *pom pom girls* avec les dents, les lèvres, la langue. Je tirais et relâchais. Je la faisais planer comme un cerf-volant, et c'était l'impression que ça me faisait, et puis j'ai oublié toutes les conneries de ma petite personne et le cerf-volant était très très haut et je tirais plus fort et le sang a repris ses droits et elle a joui. Elle se cambrait et jouissait et je l'ai pénétrée et elle s'agrippait à moi et me griffait le dos. J'ai réalisé que je devais lui faire mal à cause de mon poids sur elle. Je me suis écarté, j'ai éjaculé hors d'elle, et on s'est allongés tous les deux, haletants, sans la moindre pensée et de nouveau, nous touchions presque au bonheur. Presque sans réserve.

Allez comprendre.

Puis trois autres nuits se sont écoulées où elle était couverte de bleus. Mais l'humeur au campement était meilleure. Et je sentais qu'une dynamique se mettait en place qui commençait à ressembler à un départ.

2

Papa est parti avant que le soleil soit haut. Sans cérémonie ni sentimentalisme. A jeté un regard au canyon, aux dernières paires de vaches et de veaux, aux moutons et aux agneaux, a soulevé un petit sac, pris son fusil et sans un mot, il a longé la rivière et a disparu derrière la clôture de broussailles.

Abandonné la seule vie à laquelle il ait tout donné. La vie de sa propre lignée, celle de son père et de sa mère, du père de son père. Elle coulait dans ses veines et il a refermé la clôture et s'est avancé dans le canyon.

J'ai tout repesé. J'ai fabriqué une balance avec une bouteille d'un litre, un seau de cinq gallons, une branche et une corde. L'ai suspendue à une grosse branche à côté de la rivière. Cinq gallons représentent quarante livres, la moitié ça fait vingt, la bouteille d'un litre autour de deux. J'ai pesé le fusil d'assaut, le sac de Cima, le mien, le tuyau et la pompe manuelle.

Combien pèse un agneau ?

Le petit troupeau mélangé se déplaçait dans les herbes hautes, tête baissée. Trois agneaux ont secoué la tête, les oreilles, et sont retournés se nourrir. L'un d'eux a donné un coup dans les côtes de sa mère pour attraper un pis. Leurs vies étaient sur le point de basculer. Si l'un d'eux survivait à l'hiver ce serait un miracle.

Je sais pas, environ vingt livres ?

Voyons voir. Tu as une fille et un garçon ?

Elle a souri. Un bélier et une brebis ? Oui.

Comme dans l'Arche. On y va.

On a soulevé un des petits bestiaux avec une courroie faite dans une manche de chemise et on l'a pesé par rapport au seau. Il se balançait sous la branche, oreilles battantes, pattes raides avec, au bout, ses minuscules mais parfaits sabots noirs et brillants, sa petite bouille affichant un air de confusion totale. J'ai vidé le seau jusqu'à ce que les deux soient à l'équilibre. Environ dix-sept livres.

OK, on peut les prendre. Sans ton père au décollage ça devrait le faire.

Devrait ?

C'est un décollage à la con de toute façon. On a aplani la piste, coupé les grands arbres au bout. Le manuel dit qu'on a besoin de cent pieds de plus. Mais il n'a jamais rencontré la Bête.

Petit signe de tête. Cima a regardé au-delà de la prairie et du canyon. Si j'avais été peintre – elle était belle à ce point. Ce n'était peut-être pas qu'elle, mais le moment, aussi. Le vert reflété obscurément dans ses yeux violets, et j'ai pensé, Si on s'écrase et qu'on meurt carbonisés demain matin, eh bien.

*

Fait un dernier feu dans le noir, regardé les flammes se pencher et allumer la roche derrière pour la dernière fois. On a mangé le gibier et les pommes de terre, les légumes, bu le thé. Versé de l'eau sur le feu qui a sifflé, produit une colonne de vapeur. Entendu le mugissement d'une vache, le bruissement des feuilles.

J'avais tout chargé la veille dans l'après-midi à l'exception des agneaux. Cima a dormi dans le champ avec ses animaux, les a écoutés paître autour d'elle. À présent nous avions les deux agneaux en laisse au bout de ficelles pour remonter la rivière, nous les avons portés pour escalader l'arbre-échelle le long de la cascade réduite à un filet d'eau. Ils se sont débattus, ont bêlé. Deux mamans leur ont répondu, suivant les cris jusqu'en haut du champ, troublées. La tristesse de notre monde, elle sous-tend tout comme une pellicule d'eau. Reposé les agneaux sur leurs quatre pattes, et ils se dressaient, raides, réexaminaient la vie depuis cette nouvelle altitude. Puis ils nous ont suivis d'un pas lourd.

Faire avancer un agneau attaché à une ficelle n'a rien à voir avec un chien qu'on promène au bout d'une laisse. C'était une interminable conversation, une dispute. Un débat incessant, des concessions, des capitulations soudaines, l'entêtement contre la raison. Ils se dérobaient, nous tirions. Ils gambadaient devant nous (je vous jure), nous courions après. Impossible de ne pas rire. C'était la distraction rêvée pour nous faire oublier le chagrin de quitter un tel endroit et tout ce qu'il représentait. Mais j'ai fini par attraper mon agneau et le porter.

Arrivés à la Bête, Cima a entravé les bestiaux avec expertise et on les a installés sur nos sacs derrière les sièges. Une fois grimpés à l'intérieur, on a passé le harnais de sécurité sur nos épaules et attaché la ceinture autour de la taille. Je lui ai tendu les check-lists.

Tu seras la copilote. Ça fait un bail que j'en ai pas eu.

J'ai allumé le moteur, tiré les boutons raides du tableau de bord, écouté l'essence remplir le carburateur et j'ai enfoncé la commande. Encore. Alternateur sur *On*. Le ronflement du gyroscope au démarrage. Mis les magnétos sur *Both*, repoussé le manche de deux centimètres, les bottes sur les freins et appuyé sur le starter.

Deux toussotements, deux demi-tours d'hélice et j'ai poussé la commande des gaz et la Bête a démarré rugi et frissonné. Comme nous tous, Cima, les agneaux, moi. Un petit avion qui revient à la vie est émouvant. Comme si tout un auditorium se levait pour une ovation. C'est formidable et un peu effrayant. J'ai tiré légèrement sur la commande des gaz pour revenir à un état intermédiaire moins bruyant, moins rapide, moins secoué et plus tremblé. J'ai laissé le moteur chauffer un peu, regardé l'indicateur de pression d'huile retomber dans le vert.

OK, j'ai hurlé. Va à la check-list avant alignement.

J'étais obligé de hurler. Je n'avais pas de second casque. Pour quoi faire? Jasper n'en avait pas besoin.

Compensateur de profondeur en position décollage!

Vérifié!

Conservateur de cap.

Aligné!

Régime à mille sept cents tours.

Vérifié!

Magnétos.

Réchauf carbu.

Pilote et passagers.

Vérifié et attachés!

Tous ces éléments qui gagnaient en vitesse tandis que le moteur chauffait, les colonnes de chiffres numériques augmentaient pour chaque cylindre et analyseur moteur, la pression d'huile retombait – et pendant ce temps, le moteur grondait, l'avion frémissait, ils se préparaient au moment critique du décollage. J'adorais ça. La raison – l'impatience d'être enfin dans les airs autant que le pilotage lui-même – qui me faisait y revenir encore et encore dès que je le pouvais.

Dehors le thermomètre indiquait cinquante-deux degrés Fahrenheit. Bien. Temps agréable et frais. Un air plus lourd. J'ai relâché les freins et la Bête a commencé à rouler. On s'est frayé un chemin à travers l'armoise sur la piste récemment dégagée et je me suis servi du palonnier pour nous diriger jusqu'à l'extrémité est, et puis j'ai fait pivoter l'avion sur le cercle que nous avions déblayé. La Bête pointait vers l'ouest. Le soleil derrière étirait loin l'ombre des broussailles. L'aube dans le haut désert, âcre et fraîche. Droit devant de l'autre côté de la prairie les bois de cèdres indiquaient notre limite, la barre à franchir.

Elle a levé les pouces vers moi. J'ai vérifié le compensateur de profondeur une dernière fois, enfoncé la commande des gaz sur le tableau de bord, jeté un coup d'œil à la pression d'huile, la Bête a rugi, s'est ébrouée j'ai hurlé, *Dieu est grand!* J'ai relâché les freins.

Je ne sais pas pourquoi j'ai hurlé ça. Ce pouvait être les derniers mots que je prononçais de ma vie. Je ne pensais pas au Jihad je pensais, Hig, les types en blouse blanche qui ont inventé le Cessna n'ont jamais fait de test avec des conditions pareilles. Ils n'ont sans doute jamais imaginé que quatre-vingts ans plus tard, leur avion servirait d'Arche de Noé à des moutons. Elle a roulé, brisé l'inertie, regimbant presque, au début, avançant beaucoup trop lentement, et d'un coup je me suis dit, C'est pas vrai!

Et puis elle a bondi, s'est accrochée à la piste, l'a engloutie, les arbres se rapprochaient, s'assombrissaient, grandissaient, et environ à mi-chemin je l'ai sentie qui quittait le sol, qui décollait et je l'ai forcée à baisser le nez, pressurée, elle voulait s'envoler, prendre de l'altitude, mais je l'ai maintenue, l'ai obligée à rester à trois pieds de la piste dans l'effet sol où elle pouvait gagner le plus de vitesse. On fonçait en rase-mottes et j'ai entendu Cima hurler, les premiers arbres se dressaient pareils à un gigantesque panneau publicitaire juste devant nous et j'ai remonté d'un coup la Johnson bar et tiré sur le manche, enfin, pas tiré, mais je l'ai rapproché de ma poitrine et la Bête s'est envolée, le nez relevé, l'avion a pris de l'altitude, semblait filer droit sur le ciel, mon unique prière, Décroche pas putain, l'avertisseur de décrochage qui hurlait, l'anémomètre sur soixante, l'avertisseur, les agneaux qui bêlaient de concert, les pensées bizarres qui vous traversent quand tout vacille : les agneaux sont sur la même tonalité. La même tonalité que l'avertisseur. Il leur rappelle leur maman.

Pas Cima. Elle s'est contentée de hurler. Une fois. J'ai de nouveau poussé le manche en avant, le nez s'est abaissé, l'avion presque stabilisé, j'ai prié pour prendre de la vitesse plus de vitesse, et peu après, la Bête en a pris, s'est mise à accélérer comme une hirondelle qui vire après s'être laissé porter par un courant ascendant pour attraper un insecte et on a volé au niveau soixante-cinq, j'ai baissé les yeux vers les arbres et pensé, Si on en avait coupé soixante centimètres.

Rien à voir avec un décollage réglementaire. Et encore très loin d'un décollage sur terrain mou avec une courte distance. Notre vecteur depuis la prairie devait plus ou moins ressembler à ça :

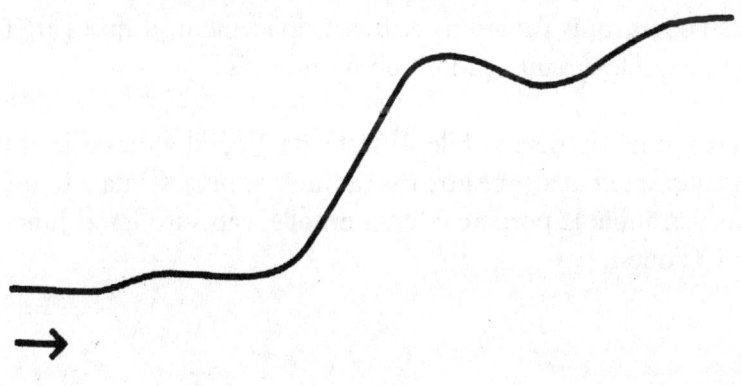

*

Bon, je devais être content d'être en vie. J'ai lâché un hurlement. Les genévriers filaient juste en dessous. La Bête a survolé la crête à cinquante-cinq pieds de la cime des arbres, selon son propre gré semblait-il, comme un tapis volant. Glissé de l'autre côté. Une façon d'entrer dans le rêve suivant. Cima rayonnait à la façon dont rayonne un gamin quand il a survécu aux montagnes russes d'un parc d'attractions. Elle a tendu la main et m'a pincé le bras.

On est en vie, tu vois ? Bien joué.

On est réveillés.

Tu dis des trucs vraiment bizarres.

Même les agneaux étaient de meilleure humeur. Ils ne bêlaient plus, sortaient la tête des sacs et suivaient la conversation, oreilles tombantes, de candides copilotes. Pour eux, tout cela ne représentait qu'une étape dans le cycle normal d'une vie de mouton.

Nous avons dépassé la grosse rivière et papa était assis sur son sac comme n'importe quel auto-stoppeur le long d'une route déserte en plein cagnard. Quelque chose dans son attitude à la fois résolue et réfractaire, cloué à son ombre étirée, le fusil entre les genoux comme le bâton d'un serviteur religieux. Ce qu'il était : entièrement dévoué à la mission, attaché à vivre cette nouvelle existence. Si nous pouvions l'atteindre. Le bandana flottait sur la borne, indiquait la brise tranquille d'une matinée d'été. J'ai viré vers l'ouest, puis j'ai atterri et freiné doucement jusqu'à l'arrêt complet, pile devant l'endroit où il était assis.

Il est monté derrière sa fille. L'Arche de Noé, il a dit en jetant un coup d'œil aux agneaux. Pas un mot de plus. Cima a fermé puis verrouillé la portière et on a décollé, cap sur Grand Junction à l'ouest.

*

Quelque chose clochait. Je ne dirais pas qu'il y avait un problème parce que ça ne m'est pas venu de façon aussi définitive. Seize kilomètres à l'est j'avais lancé le premier appel. Nous avions dépassé les falaises lointaines de Grand Mesa, la grande butte au sommet aplati dont on imaginait qu'elle avait dû être une péninsule à l'époque où le plésiosaure hantait encore les mers peu profondes. Une éminence de cent kilomètres de long qui se dressait contre le ciel. Elle était cernée de falaises pourpres et couverte de forêts de trembles. L'été, les fougères vous arrivaient à la taille entre les lacs sombres et les étangs à castors. Melissa et moi avions passé parmi nos meilleurs moments de camping là-bas, dont une fois où nous avions planté la tente une semaine entière au bord d'un lac, la première route à des kilomètres et les truites qui nous sautaient presque dans la poêle.

Nous l'avons donc survolée, passé la crête à basse altitude pour économiser du fuel, le vent chaud qui se déversait par le cadre de la vitre que papa avait fait voler en éclats, et Grand Junction est apparue, à cheval sur deux rivières et qui s'étendait sur les collines désertiques. Une grande ville poussiéreuse étalée jusqu'aux Book Cliffs au nord.

Sont apparus les routes, les rues, les HLM, les culs-de-sac, les toits plats et nus des magasins de gros, les vastes parkings. Il y avait la zone industrielle le long de la rivière Colorado, les lignes de chemin de fer, la phalange d'entrepôts. La ville était tissée de peupliers. La plupart des vieux arbres qui bordaient les rues et nécessitaient d'être arrosés n'étaient plus que des squelettes mais beaucoup avaient des racines assez profondes et ponctuaient les voies publiques de traits et de points d'un vert éclatant formant une espèce de code morse.

Les frondaisons des peupliers donnaient toujours de l'ombre aux parcs qui longeaient les rivières, certains parmi les plus vieux et les plus grands, à moitié morts, continuaient de se battre contre la sécheresse, feuillus sur un unique côté. Et le feu. Pas un coin de la ville qui n'ait été touché. Comme si c'était le feu et non la grippe qui l'avait décimée. Les voitures calcinées, sans exception, apparemment. À l'endroit où elles étaient garées sur les rues transversales, dans les parkings des centres commerciaux, sur les routes, à l'endroit où elles s'étaient échouées, dans un tel chaos, une telle absence de schéma général qu'il semblait qu'une espèce de géant les avait jetées là comme les bâtonnets d'un jeu de mikado. Des quartiers entiers réduits en cendres. D'autres avaient l'air d'avoir flambé jusqu'à fondre avant d'être mis à refroidir comme fait le pâtissier avec la croûte caramélisée d'une crème brûlée. L'odeur suave et noire du bois transformé en braises m'encombrait le nez et je ne suis pas sûr que nous pouvions vraiment sentir la ville à mille pieds d'altitude ou si c'était de la voir qui produisait cet effet.

Et s'il y avait des squelettes d'arbres il y avait des os humains. Je les ai vus. Pas de vrais squelettes puisque la chair qui les maintenait avait disparu, mais les os des morts étaient partout entassés par un prédateur ou un autre et éparpillés par les charognards. Des tas énormes qu'on voyait de là-haut.

Cima a vomi. La simple vue de la ville en ruine. Très vite elle a ouvert la vitre latérale et a passé le bas du visage par l'interstice et a éclaboussé la vitre derrière elle. C'était là qu'ils venaient faire leurs grosses courses, au Costco, là que se trouvaient le garagiste et le fournisseur d'équipements pour la ferme. C'est là qu'ils venaient voir un film le week-end quand celui qui passait à Delta ne les intéressait pas. Les deux villes presque à égale distance du ranch. Elle n'avait pas assisté à la fin. Ils étaient partis juste au moment où les choses commençaient à prendre une mauvaise tournure. Quand la télévision diffusait encore des infos, quand les présentateurs paraissaient chaque jour plus épuisés, puis effrayés et épuisés, puis terrifiés tandis que leurs collègues tombaient comme des mouches dans les hôpitaux et les lieux d'accueil provisoires, ou disparaissaient, sans doute malades ou morts, et les derniers présentateurs les remplaçaient, les correspondants se filmaient avec une caméra posée sur un trépied et envoyaient des reportages de plus en plus désespérés. Avant d'être finalement privés d'antenne par le chaos général. Je m'en souviens. Parce qu'ils n'avaient rien d'autre à faire à la fin : informer, avec courage, comme l'orchestre qui continue de jouer sur le pont du bateau en train de sombrer, c'était ça ou rentrer mourir chez eux.

À un moment donné, papa et Cima ont décidé de quitter le ranch ; ils ont chargé la bétaillère d'animaux, ont accroché une petite remorque au 4x4, et ils ont rejoint la route au milieu de la nuit. Avec une douzaine de bovins, autant de moutons, deux chevaux harnachés, deux chiens de berger australiens, et des réserves de nourriture. Papa a dû se battre pour se frayer un chemin à travers trois embuscades sur les vingt-cinq kilomètres les séparant de la route qui longeait la rivière, et il a dû faire la peau à trois connards azimutés plus loin sur les collines de cèdres, des attaques auxquelles il s'était plus ou moins attendu et qu'il n'avait pas eu trop de problèmes à régler à coups de fusil. Mais ils avaient aussi tué un cheval, deux moutons, et cela les avait empêchés, le lendemain, de prétendre transporter les bovins vers leur pâturage estival comme ils le faisaient d'ordinaire par un matin du mois de mai. Il était monté à cheval et elle avait conduit le véhicule tout-terrain qui tirait la petite remorque avec du matériel et des provisions, sur les vingt kilomètres jusqu'au canyon. Elle aurait préféré être à cheval, elle n'avait jamais été à l'aise dans un 4x4, mais son père était plus doué pour conduire le bétail avec les chiens qui eux, avaient l'habitude d'obéir à ses ordres.

Le lendemain matin, ils ont redescendu la rivière pour aller dynamiter le seul gué qui enjambait le cours d'eau et ils ont rendu le chemin impraticable à moins d'être à pied ou à cheval, et encore, seulement quand la rivière était basse.

Ils ont effacé du mieux qu'ils pouvaient leurs traces de pas sur trois kilomètres, ne laissant qu'une mauvaise piste conduisant au sentier de la rivière et au canyon. Cela leur a pris la journée. Et puis, ô miracle, il a plu à verse deux jours après.

Elle m'avait raconté tout ça au cours des trois dernières semaines. Du coup, j'ai mieux compris pourquoi elle était si choquée de voir Grand Junction. C'était une chose de perdre le monde tel que vous le connaissiez, c'en était une autre de le voir, de sentir l'odeur de votre ancien quartier transformé en ossuaire et en charnier.

Elle s'était penchée à temps par la vitre, et celle de derrière était striée de vomi, mais l'avion puait quand même. Je lui ai tendu la bouteille d'eau que je gardais toujours entre les sièges et j'ai coulé un regard vers papa pour voir si l'odeur ou la vue en contrebas allaient être contagieuses. C'est ce qui arrive en bateau et en avion, un passager a mal au cœur, il vomit et c'est la réaction en chaîne. Mais il était assis dans la position du Bouddha, un agneau sur les genoux et une main puissante sur l'épaule de Cima, les traits impassibles et durs, appuyé contre la vitre pour tout absorber.

C'est ce que vous avez quitté, j'ai pensé. La justification du choix que vous avez fait de partir cette nuit-là. Justification et horreur. Selon les moments, avoir raison n'est pas aussi sensationnel qu'on le prétend : combien de fois au cours de ces dernières années est-ce que j'ai goûté au fruit amer, combien de fois ce sur quoi j'avais eu raison était – eh bien, tout bonnement impossible à regarder.

Mais ce n'était pas la ville brûlée et dévastée, les poches d'arbres verts qui clochaient, qui posaient problème. Nous avions parcouru dix kilomètres. J'étais à neuf cents pieds d'altitude et je mettais le cap sur l'aéroport, la tour, où j'avais capté cette transmission trois ans plus tôt, le début d'un message. J'ai trouvé la fréquence – elle était encore dans mon GPS – et j'ai lancé un second appel.

Grand Junction tour, Cessna six trois trois trois alpha six sud-ouest à cinq mille huit cents prêt à l'atterrissage

J'ai répété. Puis miracle : de la friture. Une grande explosion de neige auriculaire. J'ai tourné le bouton, surexcité, et j'ai lancé un autre appel.

Cessna six trois trois trois alpha –

Un son pas vraiment clair comme de l'eau de roche, mais un son. Un son ! Une voix de femme. Sans doute âgée, un peu rauque. À peine amusée, aimable.

Cessna six trois trois trois alpha, vent du 240, cinq nœuds, faites une approche directe, autorisé à atterrir piste 29.

Échange formel, parfait, dans les règles, exactement comme par le passé. Avec sérieux. Comme un jour de trafic normal pour un vieil aéroport. Suis incapable de vraiment décrire l'effet qu'a eu ce retour auditif à la normalité sur mon cerveau. Comme si en faisant semblant qu'il s'agissait là d'opérations aéroportuaires ordinaires, je pouvais aussi faire semblant que ma femme et mon chien étaient toujours en vie à Front Range, qu'elle était enceinte de sept mois, et que j'étais sur le point d'atterrir après un vol de trois heures loin d'eux et non un vol de neuf ans sans vrai retour possible.

Le problème n'était même pas vraiment là. C'était le signal lumineux. Presque tous les aéroports dotés d'un tarmac en ont un, en avaient un, un gyrophare vert et blanc. Je l'avais vu clignoter à dix miles de distance, ce qui ne m'avait pas fait réagir. Et puis je l'ai revu clignoter à six miles, qui palpitait comme le battement de cœur d'une entreprise vivante, et la dissonance – la ville calcinée à l'extrémité du monde connu, et cette lumière vivante, vibrante, la voix de la contrôleuse transmettant des indications banales – a fini par attirer mon attention et les poils se sont dressés sur ma nuque. Je n'aurais pas su l'expliquer sauf en disant que c'était pour le moins très bizarre : qu'ils aient de l'électricité. Ou : pourquoi n'en auraient-ils pas eu ? Nous en avions à Erie. Avec le temps, un nombre grandissant d'aéroports avaient tiré leur électricité de panneaux solaires et d'éoliennes. Ou bien que le signal ne devrait pas être allumé en journée par temps clair, dans les conditions de vol à vue. Je ne sais pas pourquoi mais en tout cas, quelque chose m'a mis la puce à l'oreille.

Je me suis aligné. J'ai viré de vingt degrés à gauche, redressé pour la finale et la longue piste est-ouest construite pour les jets s'est étirée devant nous comme un mirage. Et lisse, en plus. L'ai regardée de là-haut. Ne ressemblait pas à toutes les autres pistes sur le flanc est des montagnes, inégales, fissurées, criblées de nids-de-poule. Quelqu'un l'avait entretenue. En tout cas, c'était l'impression qu'elle donnait à un kilomètre et demi de distance et en descente. J'ai réduit les gaz, mis vingt degrés de volets, l'ai laissée descendre en flottant à cinq cents pieds par heure, et la Bête a soupiré de soulagement de revenir au protocole. Cette machine possède une âme, un esprit ou un truc dans le genre, j'en mettrais ma main au feu.

Tandis que nous descendions lentement et que la piste s'élargissait, s'allongeait et s'élevait devant nous, nous voyions les rangées de hangars, certains éventrés, d'autres, le toit soulevé par le vent. Nous apercevions la tour de contrôle sur notre gauche, les fenêtres obliques teintées en vert et blindées. Nous apercevions des épaves d'avions, certains gisant le long de la piste, un gros jet tout au bout. Il y en avait dans tous les aéroports – des avions cloués au sol et endommagés par le climat, qui finissaient par tomber en ruine, mais. Soudain ça m'a traversé l'esprit. Comme une putain de balle dans le crâne.

J'étais à environ trente pieds du sol. J'avais coupé l'électricité, vérifié l'hélice, fait tout ce qu'on fait dans les derniers moments, et je m'apprêtais à ramener le manche vers moi pour atterrir en douceur. Et j'ai compris, d'un coup.

Le signal lumineux, la tour : les épaves étaient calcinées comme des voitures. Je ne dis pas que j'avais une idée précise en tête, rien de raisonné, de clair, pas le temps. Mais j'avais été frappé par l'image : les avions carbonisés et ratatinés. Pas comme à Erie. Ni comme à Denver, Centennial, de vieux avions arrachés à leurs attaches et renversés par le vent. Ceux-ci s'étaient écrasés. Des moteurs qui tournaient au moment du crash. J'ai bien ramené le manche vers moi, mais pas pour atterrir. Je l'ai repoussé et enfoncé la commande des gaz sur le tableau de bord et le moteur s'est relancé, a rugi, et ma paume s'est écrasée sur le réchauf carbu et on a fait une embardée avant de remonter en chandelle. La montée a été peut-être encore plus raide que celle de notre décollage de la prairie une demi-heure plus tôt. Et les agneaux ont beuglé.

J'ai regardé par la partie inférieure de la vitre, le plexiglas bombé et à cet instant, j'ai vu le câble. Bien tendu, qui avait dû rater mes roues de trois mètres. Tendu, comme un piège. C'en était un.

Putain de merde.

Hig, mon con, t'es trop fort. Bangley qui parlait. Qui m'adressait un de ses rares compliments estampillés Bangley. En même temps, j'ai regardé la quantité d'essence et j'ai vu qu'il nous restait deux gallons. Dix minutes au plus. Bordel de merde.

J'ai viré à gauche pour refaire un repérage avec la trouille d'essuyer des tirs d'en bas.

Bondieu. C'était papa. *Une corde raide.* Il avait déplacé les agneaux, sorti son fusil et surveillait les hangars, les épaves.

Le câble était à trois mètres du sol au niveau du premier tiers de la piste, tenu par deux bras articulés soudés à une poutrelle en acier. Les bras étaient pliés vers le bas comme des becs de hérons maléfiques. Le câble était peint en noir tarmac, mais je voyais nettement son ombre et ce maudit câble lui-même. Aucun tir. J'ai tendu le cou.

Papa ?

C'était donc ça, il a hurlé. Leur ruse de Sioux.

Tu veux ? j'ai lancé.

Les choper ? Tu m'étonnes que je veux.

Cima ?

Elle avait l'air perplexe, encore malade, incapable d'apprécier les sous-entendus de ce qui venait de se passer. Elle a acquiescé.

On n'a pas tellement le choix, j'ai hurlé. On a presque plus de fuel.

J'ai viré serré et j'ai amorcé une dernière finale, cette fois sans check-list ni aucune pensée si ce n'est : fils de pute de fils de pute. Je vais te faire la peau. Et cette atroce sensation viscérale d'avoir été trahi. Toutes ces années où j'avais pensé à cet appel radio. L'espoir qu'il avait suscité. Ça m'a rendu dingue.

J'étais en mode automatique. J'ai viré serré, redressé le nez, et j'ai atterri cent pieds après le câble. Papa s'est penché en avant et a dit :

Avance. Là-bas. Gare-toi derrière ce bâtiment, le deuxième à l'ouest de la tour.

Je roulais vite. La radio crachotait. *Bel atterrissage* a dit la voix et là, je n'avais plus affaire à Mamie Nova. Elle paraissait éraillée et dure. Puis le rire. Un rire comme un bout de métal tordu qui raclerait le sol, bruyant et continu. *Félicitations. Tu es le premier.*

N'ai pas répondu. J'ai tourné à gauche sur le large taxiway, trouvé un abri à l'endroit indiqué par papa et j'ai tout éteint. Nous étions dans l'ombre fraîche de l'école de pilotage de Big River et le hangar de maintenance Cessna, nous étions trop proches du mur pour voir le sommet de la tour et du coup, eux, qui qu'ils soient, ne pouvaient pas du tout nous apercevoir. Je suis descendu et j'ai avancé mon siège pour que papa puisse s'extirper de l'arrière. Un criquet chantait à tue-tête au pied du mur. Cima restait assise. N'avait pas défait sa ceinture. Je ne savais pas quoi dire, je ne l'avais jamais vue comme ça. Elle avait l'air en état de choc. Elle était en état de choc. J'ai contourné l'avion jusqu'à sa portière, l'ai ouverte. Sa longue main qui se retenait au tableau de bord, appuyée sur l'indicateur de pression d'huile et un nouveau bleu qui s'étirait sur son avant-bras. Elle s'est tournée. Elle avait le regard voilé.

Ce n'est pas que la sauvagerie du procédé. Du piège. Même si c'est aussi ça. C'est la ville.

J'ai acquiescé. Papa et elle s'étaient retirés du monde très tôt avant que le grand incendie ravage tout. Ils en avaient vu assez, assez pour fuir mais ils n'avaient pas assisté à l'effondrement final. N'avaient pas vu ce dont j'avais été témoin tous les jours depuis les airs. Ce que Bangley et moi avions traversé au cœur des nuits. Les villes réduites en cendres et tout ce que ça impliquait.

Tu veux rester ici ?

Acquiescement.

D'accord.

J'ai de nouveau contourné l'appareil, me suis penché sur mon siège, j'ai retiré l'Uzi de son râtelier et le lui ai tendu.

Si quelqu'un se pointe et que ce n'est ni moi ni ton père, tu le butes. Il est chargé.

Elle a hésité, acquiescé, pris le pistolet.

J'ai détaché le fusil d'assaut. Pris aussi la radio portable. L'ai branchée sur la fréquence 118,1, la tour. Ça peut être une bonne idée de parler à vos ennemis, de temps en temps. Pas trop non plus. Bangley m'avait enseigné ça – la valeur de la réticence. Et la valeur d'un tir nourri. J'ai passé la main sous un des agneaux et j'ai extrait le sac avec les grenades, adressé un signe de tête à papa et on a passé le coin sud du bâtiment. Je l'ai suivi. Il s'est collé au mur pour qu'on ne puisse pas nous voir depuis la tour. Avant de passer le coin suivant et de traverser la rampe à découvert, là où les petits avions étaient autrefois garés, et de se montrer à toute personne postée là-haut, on a fait une pause. Il y avait environ cinquante mètres jusqu'au bâtiment suivant, un bâtiment en brique d'un étage, les bureaux des services aéroportuaires, avec un hangar adjacent et ensuite. On distinguait l'arrière de la tour : une rangée de vitres teintées, intactes pour la plupart, et une porte en métal.

Hig, la vieille dame là-haut avait exactement la même voix que ma grand-mère.

Et?

On va lui régler son compte à elle et aux autres. Pas de quartier. Il m'a regardé.

J'ai acquiescé.

Ces connards t'ont attiré ici sous de faux prétextes. T'as vu un peu toutes ces putains d'épaves? Combien d'avions tu crois qu'ils ont descendus comme ça?

Beaucoup. Des dizaines. C'est le plus gros aéroport sur le couloir qui va à L. A. entre Denver et Phoenix.

Il était appuyé contre le mur de brique.

Pourquoi ? il a dit.

Pourquoi ils font ça ?

Pas pour l'essence, j'imagine. La moitié de ces épaves étaient calcinées. Pas pour la putain de *viande*. À moins d'aimer le charbon.

Il a dû y avoir des survivants. Certains pas trop gravement blessés. Ils ne devaient pas toujours brûler vifs. Ou pas tous, pas complètement. Il y avait des fournitures, de la nourriture, des armes. Des agneaux. *Bêêêê.*

OK, mais donc ils en ont fait quoi, des survivants super énervés ?

Silence. Il s'est avancé et le coup est parti. J'ai pris de la poussière de brique plein le visage. J'ai cru qu'il était cuit. Il est tombé à la renverse. Je l'ai rattrapé à l'aveugle, l'ai serré contre moi.

Et merde. J'ai perdu en réactivité. Merci, Hig.

Il n'avait rien. Il respirait bruyamment. Je me suis essuyé les yeux.

Voilà ce qu'ils font, Hig. Ils les chopent un par un. Tu sors d'une épave blessé, sous le choc, sans trop savoir ce qui t'est arrivé et bam. Ou alors ils les utilisent pour ce dont ils ont besoin. Bref, maintenant j'ai vraiment la haine.

Il a déboutonné sa chemise en flanelle rapiécée, a examiné le sol derrière nous et a ramassé une barre d'acier rouillée d'un peu moins d'un mètre. A suspendu la chemise au bout.

Fais-la dépasser du coin quand je te le dirai. À cette hauteur-là. Si on parvient au bâtiment d'à côté on est bons. NE BOUGE PAS d'ici avant que je te le dise. Il a tiré la culasse vers l'arrière, vérifié que le fusil était chargé, s'est accroupi. Trois deux un, parti !

J'ai tendu la barre avec la chemise, un coup de feu a retenti, sifflé, papa était lancé. Il fonçait vers la porte courait comme un *half-back*, en feintant et en zigzaguant et deux tirs supplémentaires ont explosé devant et derrière lui. Il est parvenu dans l'angle mort du bâtiment, à l'endroit où ceux qui le surplombaient ne pouvaient plus le voir et il a rejoint la porte tranquillement. S'est tourné, a levé les pouces avant d'ouvrir la porte et de disparaître à l'intérieur. Sacré papa. J'espère que je pourrai courir comme ça quand j'aurai – quoi ? – mon âge. Je ne pourrais jamais courir aussi vite. Nom de Dieu. J'ai retiré la chemise. Un joli trou la transperçait en son milieu sur trois épaisseurs. Un tir dans le ventre. Aïe. J'ai attendu. Une minute, deux, j'ai commencé à compter comme avec Bangley. À deux cents je me suis demandé ce qui se passait. À deux cent vingt-trois : un tir. Il a résonné à travers l'aéroport comme une cloche. Un unique tir. Après l'écho plus rien. C'était le .308 de papa. J'ai reconnu le son. Une demi-minute plus tard la porte à l'arrière du bâtiment des services aéroportuaires s'est ouverte en grinçant et papa m'a fait signe de venir. J'ai couru. Il a agité la main de haut en bas comme pour dire, *Prends ton temps, relax.*

Qu'est-ce qui s'est passé, bordel ? Quoi ?

Un imbécile, voilà à quoi on a affaire. Les vitres de la tour sont épaisses et blindées. C'est obligatoire depuis le 11 Septembre. Mais fallait bien qu'ils tirent depuis quelque part. Ils ont des embrasures. Comme dans un château fort. Je l'ai su une fois que j'ai été à l'intérieur, que j'aurais tout mon temps pour calculer mon tir.

Je l'ai dévisagé.

T'as eu le tireur par une embrasure ? T'as tiré à travers sa lunette de visée ?

Il a secoué la tête. Non. Il se trouve qu'ils ont deux ouvertures – une en hauteur, au niveau de la poitrine, je dirais pour les tirs longue distance, une en bas pour couvrir le pied de la tour. Il regardait par celui du haut et j'ai tiré à travers celui du bas. Tu veux exploser la porte et monter leur dire bonjour ?

La vache, papa.

Il avait tiré sur quelqu'un direct en dessous de la ceinture. À travers un trou de dix centimètres.

Carrément que je veux monter.

On s'est approchés. La porte de la tour était en métal lourd peint en vert. Papa a ouvert le sac banane graisseux qu'il avait autour de la taille, en a sorti deux bâtons de dynamite qu'il a attachés ensemble avec du gaffeur.

Je les avais mis de côté exprès. Je crois que le moment est venu de s'en servir.

Il les a scotchés à la lourde porte blindée à côté des gonds, près du sol, a allumé les mèches et s'est éloigné en courant. On s'est mis à l'abri dans le Jet Center au cas où. Il y a eu une explosion. Des éclats de chaussée ont plu sur les vitres. M'a rappelé le passage d'un camion sur une route gravillonnée. On a cavalé jusqu'à la tour. La porte pendait de traviole au gond du haut, ballottait dans le panache de fumée pareil à un triste métronome. Papa s'est tenu sur le pas de la porte tel un messager pris d'hésitation.

File-moi ton arme. Tu veux bien ?

Je la lui ai tendue, il m'a donné la sienne.

Ça sera un peu plus efficace pour ce qu'on doit faire.

Réflexe : il a tiré sur le levier d'armement, vérifié que l'arme était chargée, et il est passé en mode commando. Pas comme s'il l'avait jamais fait avant. J'avais hâte qu'il rencontre Bangley. Voilà à quoi je pensais, m'amusant à imaginer les présentations, tandis que papa montait la première volée de marches, fusil en joue, visant l'escalier, les deux yeux ouverts. Les marches étaient en acier avec une couche de béton et produisaient un morne *bong bong* quand on les grimpait en courant. Il y avait cinq étages. Pour chacun, il me disait de rester dans la cage et de le couvrir, puis il passait la porte. Il sécurisait chaque niveau rapidement et on reprenait l'ascension. Dans le creux de mon oreille, le souffle rauque.

Tu vas adorer la déco.

Je n'en doutais pas. La dernière porte, celle de la salle de contrôle était fermée. Bien sûr. Il a fait feu sur la serrure et a poussé. L'odeur. Une barrière. J'ai été pris de nausée. Des chats partout. Effrayés par les tirs, qui couraient sur les claviers des radars, les panneaux de contrôle, dos arqué poils hérissés et feulant depuis les écrans plats noirs. Calicots, noirs, siamois aux yeux bleus.

L'air qui empestait la pisse de chat était inondé d'une lumière tombant des vitres teintées, infusée de vert comme un aquarium. Sur le côté ouest, celui d'où nous étions venus et où je savais que le tireur se trouverait affalé sur le flanc près des vitres inclinées, se trouvait effectivement un homme étouffant et criant. Il retenait ses entrailles qui s'étaient déversées sur le sol. Du sang lui coulait par le dos, faisait une flaque qui s'étirait en un ruban de rivière sinueuse. C'était un vieil homme, plus vieux que papa. Il avait une barbe blanche, de longs cheveux gris tout emmêlés trempant dans le sang qui maculait le sol en acier peint. Celui qui avait lancé le premier appel, celui que j'avais capté des années plus tôt, forcément. Il portait des bretelles. Sa casquette avait été projetée au milieu de la salle. Elle était estampillée de lettres jaunes, Peoria Jet Center "Service in the Heartland". Par-dessus la nausée, la chair de poule. Le connard. Les gens du *heartland* avaient sans doute mis le cap sur l'ouest dans l'espoir d'échapper à la grippe et s'étaient pris le câble de ce salopard. Sûrement. Son fusil était à quelques dizaines de centimètres de la casquette. Un fusil d'assaut à canon long. Les chats émettaient les miaulements traînants, sonores et paniqués d'une salle d'attente de vétérinaire. Le vieil homme a été pris d'un haut-le-corps, a gargouillé, sangloté. Un chat parmi les plus audacieux lapait déjà la rivière cramoisie.

Samuel! hurlement froid. *Sammy mon Sammy mon Sammy!*

J'ai sursauté. Dans l'angle – il n'y avait pas d'angle, ou plutôt il n'y avait que ça, la salle était octogonale – assise sur un siège se tenait une vieille dame avec, sans déconner, les cheveux en chignon. C'était Mamie Nova. Elle se tenait à côté d'une longue-vue vissée sur un trépied et portait, sans déconner là non plus, une blouse avec des bleuets dessus. Elle avait des lunettes rondes à monture métallique sur le nez. Aurait pu être la bibliothécaire de votre CDI, votre grand-mère gâteau, le même visage que sur les bouteilles de sirop d'érable. Elle s'est collée contre un écran de navigation, soudain pétrifiée alors qu'elle allait plonger pour récupérer le fusil de celui qui devait être son mari, les mains griffant l'air devant sa poitrine, la bouche ouverte qui laissait échapper un hurlement. Papa lui a mis une balle. En plein front. Vingt chats se sont mis à faire des pirouettes dans la tour, puis se sont figés dans diverses postures terrifiées, dos arqué. Ça a fait baisser de moitié le niveau de décibels dans cette salle d'écho. Ne restaient plus que les chats et le vieux.

Papa s'est approché de lui, s'est accroupi.

Achève-moi a étouffé papy. Ses yeux se sont voilés. On aurait dit deux œufs pochés, couverts d'une pellicule. *Tire.* Il suppliait.

Papa a dit, Comment tu mets le câble?

Quo –? Il a recraché du sang dans un gargouillis.

Le câble. Comment tu le mets?

Pellet

Pelleteuse?

Papy a vomi à l'affirmatif.

L'essence? Où est l'essence? Tu as de l'Avgas 100?

Tire s'il te p —

Où est-ce qu'il est ?

Réserv es

Réservoir est ?

Oui

Papa a arraché un trousseau de clés attaché à la ceinture de l'homme.

Cette clé ?

Oauaaaa

Est-ce que c'est cette clé ?

Oui

Va au diable.

Papa l'a buté. J'ai eu un haut-le-cœur.

*

Regardé par la fenêtre une fois avant de fuir les chats, la puanteur. Le toit du Jet Center était couvert de panneaux solaires. Comme à Erie. Voilà comment ils tiraient l'eau, l'essence, comment ils faisaient fonctionner les radios et les signaux lumineux. Les pompes à l'est un peu plus bas, à cent mètres à peine. D'ici, le tir était facile, voilà comment ils les ont protégées. Les survivants ? De n'importe quelle épave ? Ils pouvaient les abattre de loin, ou Mamie Nova balancer ses répliques comme un acteur, jouer la grand-mère inquiète et agiter la main, leur faire signe de venir vite. Facile. Putain.

*

Avant qu'on quitte la tour papa m'a fait venir dans l'appartement du troisième étage. J'ai dit que je ne voulais pas le voir. Il a répondu, Tu vas avoir envie. Les chats s'aventuraient déjà en bas. Je l'ai suivi.

Vous êtes déjà montés dans le camping-car d'un couple de retraités ? Celui pour lequel ils vendent leur maison ? L'intérieur nickel chrome, le dessus-de-lit en patchwork, le tissu ultra tendu sur le matelas représentant un éventuel tournesol, un ourson en peluche sur l'oreiller ? Une rose en soie dans un vase en cristal à facettes maintenu sur la table cabine vernissée par une bande de Velcro ? C'était pareil. Une petite chambre à coucher, pas de fenêtre, moquette immaculée, pas de chat. Sauf que. Dans la pièce qui aurait dû être le salon où aurait dû se trouver une télé, un mur était couvert d'une centaine de patères auxquelles pendaient des casquettes, de baseball pour la plupart avec les logos de divers FBO, de centres de maintenance, de spécialistes de l'aviation en tout genre – cylindres, équipements, revêtements – venant des quatre coins du pays. Les autres murs étaient tapissés d'étagères. Dessus trônaient, en alternance, des paires de lunettes – de soleil, de lecture, bifocales, etc. – et des animaux d'espèces variées empaillés grossièrement. Il y avait des oiseaux bouffis aux couleurs ternes, naturalisés avec quelque produit et qui auraient gagné à être maintenus par une armature, les yeux fermés et mal cousus – des chouettes, des merlebleus, des pies, des moineaux, des canards. Et des guides ornithologiques : l'antique Peterson, Golden, National Geographic, Sibley. Tous ceux, apparemment, qui avaient été publiés au siècle dernier.

Les loisirs créatifs ont toujours autant de succès, a dit papa. Ça rassure.

Tu m'étonnes.

*

On s'est ravitaillés quasiment comme on l'aurait fait avant, en appuyant simplement sur la détente du pistolet et on a entendu la pompe électrique s'enclencher, vu le nombre de gallons défiler. J'ai vérifié le pourcentage d'eau et les particules dangereuses à la couleur dans un tube de plastique transparent que j'avais avec moi. On a trouvé six jerricans supplémentaires de cinq gallons que l'on a également remplis. On a décollé. Papa a dit, Au sol ! À deux heures. J'ai viré. Trois bisons paissaient au bout de la piste, le cuir encore abîmé et la fourrure clairsemée par l'hiver.

*

Les bisons redescendent vers leurs anciens pâturages, les loups, les mouflons canadiens aussi. Les truites ont disparu, les élans, mais. J'ai vu des balbuzards survoler la rivière de Jasper, et des aigles à tête blanche. Beaucoup de souris de par le monde, beaucoup de faucons. Beaucoup de corbeaux. L'hiver, les arbres en sont pleins. Les décos de Noël, pour quoi faire ? Des kilomètres et des kilomètres de forêt morte mais de jeunes pousses qui apparaissent, de sapin et de tremble.

*

On les a survolés. Le vent tourbillonnait et s'engouffrait par ce qui avait été ma vitre. À Kremmling, dans les collines au pied de la chaîne des Gore, un gigantesque incendie faisait rage. N'était pas arrivé depuis. Un effet de la foudre. Les arbres en marge pris dans les flammes explosaient. On a vu un cerf s'enfuir.

Regarde ! elle a dit.

Derrière le cerf, un grizzli. La maman ours courait par bonds, retombait durement sur ses courtes pattes de devant, freinant des quatre fers, dégringolait en essayant d'entraîner avec elle deux oursons terrifiés. Les entraîner toujours plus bas.

Dans la rivière, dans l'étendue plate au-dessus du canyon, les cerfs se baignaient.

*

Ça m'a rappelé un tableau que j'avais vu au Muséum d'histoire naturelle de Denver. Un groupe de dinosaures, dont des tricératops, je m'en souviens, fuyant à travers une plaine dépouillée, poursuivis par le feu, et à l'arrière-plan, des volcans en éruption. Je me demande s'ils pouvaient courir aussi vite qu'une maman grizzli ou qu'un cerf.

*

Les télésièges de Winter Park se balançaient dans le vide. De jeunes arbres arrivaient presque jusqu'à eux. Nous avions juste assez de fuel pour revenir à Erie, juste assez. Je voulais atterrir et vider au moins un jerrican dans les réservoirs. Au cas où. Quoi ? Au cas où. On a fait demi-tour jusqu'à trouver un tronçon de route dégagé à l'ouest de la station de ski. Après l'atterrissage, on a cahoté jusqu'à s'arrêter près des bâtiments à la lisière de la ville. On s'est étirés, puis on a versé le contenu des jerricans dans les réservoirs. Je me tenais sur le marchepied pendant que papa me les tendait. Les limites de la ville à soixante mètres, un centre de loisirs, une station essence Sinclair, un chalet en bois foncé et tape-à-l'œil : Chez Helga, produits et vins allemands. Miraculeusement épargné par le feu, la ville.

Cima se tenait sur la route, les mains dans les poches de son jean, et regardait autour d'elle. Semblait encore sous le choc. Le monde au-delà de leur canyon. Le monde dépeuplé qui se consumait. Les bâtiments intacts encore plus effrayants. Pour moi. Parce qu'ils avaient presque l'air normal, parce qu'ils renvoyaient un écho. Qui agissait comme une cloche après que le son est retombé.

Je veux entrer, elle a dit. En pointant du doigt le restaurant allemand comme une touriste.

Là ?

Oui.

Plus vite on recharge, plus vite on décolle et plus vite on sera en sécurité. L'endroit est désert, mais. On sait jamais.

Je veux entrer.

J'ai haussé les épaules. Papa rêvassait de son côté, il observait le Gore Range, le Never Summer qui brûlaient au loin, fasciné, on aurait dit. On peut s'habituer à beaucoup de choses mais peut-être pas à ça. Tout d'un coup. J'ai sifflé dans sa direction pour lui signifier qu'on revenait dans deux minutes, j'ai attrapé le fusil d'assaut et on s'est avancés sur le bitume gondolé par le gel. Des touffes d'herbe et de sauge, des jeunes peupliers poussaient dans les fissures. De petits lézards prenaient la fuite. On a marché tout droit dans le soleil suspendu au-dessus des neiges du Divide. Encore de la neige là-haut, quoi qu'il arrive.

Tu aimais la cuisine allemande ?

J'avais l'impression de l'emmener dîner, ce qui était bizarre. Le canyon avait été coupé de bien plus de choses que de ce vide sifflant.

Je détestais ça, en fait.

Ah ouais.

Elle m'a pris la main. Je ne vais nulle part, Hig, elle a dit. Où est-ce que j'irais ?

Dans un tas d'endroits, j'ai pensé sans le dire tout haut. Dans l'au-delà, pour commencer. Ou très très loin à l'intérieur. Un tas d'endroits auxquels les autres n'ont pas accès.

Je ne l'ai pas ramenée. La porte était ouverte, il n'y avait plus de porte. Peut-être qu'ils l'avaient brûlée dans la cheminée avec les meubles. Les fenêtres étaient condamnées. Quelqu'un avait prévu de traverser une mauvaise passe, de protéger son affaire, ses économies. Des signes d'espoir qui paraissent si curieux aujourd'hui, pervers, même. Nous sommes entrés.

Ils n'avaient pas brûlé les meubles : les tables, les chaises en bois lourd formaient une masse dans l'obscurité, concrète et impassible. Au centre se trouvait l'âtre, une cheminée ronde bordée de pierres, l'élément préféré de tous ces designers à la gomme qui se sont spécialisés dans la déco montagnarde. Devait y avoir des caquelons à fondue dans la cuisine. Sur le devant, là où la pluie et la neige avaient pénétré, le bois était taché et gauchi, mais à l'arrière il n'y avait que de la poussière sèche ainsi que des empreintes et des merdes de souris. Le bar en chêne massif au fond, de hauts tabourets, un miroir fumé encore en un seul morceau. Renvoyait la lumière qui arrivait de l'extérieur comme un trou d'eau en fusion le long d'une rivière juste avant la tombée de la nuit. Elle a hésité puis s'est avancée jusqu'au bar et s'est regardée dans le grand miroir. Elle a reculé de quelques pas, s'est figée, les bras tendus le long du corps, et j'ai pensé à une enfant dans un spectacle de danse qui aurait oublié ses pas avant d'entrer sur scène. Le trou complet. Ou une fille de ranch dans un nouveau bar, une fille descendue de ses collines, dépassée, ne sachant pas quoi commander, ni comment le demander. Elle s'est regardée et elle a éclaté en sanglots.

*

Qui était cet homme hirsute, solidement charpenté, celui avec la barbe qui lui tenait la main ? Est-ce que c'est toi, Hig ? T'as l'air tout rapiécé, échevelé, râpé comme ces bisons usés par l'hiver. Il te manque une dent. On dirait un joueur de hockey à la rue.

*

Aucune idée. Un peu nerveux de passer le dernier sommet. Les Rocks dont on faisait toute une affaire à l'aérodrome. Pas moi, jamais. Je veux dire que c'est haut, ça fait partie du Continental

Divide, les neiges y sont éternelles, un endroit de merde pour perdre un moteur, quelles que soient les circonstances, une très longue descente jusqu'aux premières clairières de pins tordus, morts depuis belle lurette. De chaque côté, Winter Park ou Nederland. Je volais toujours deux mille pieds plus haut, atteignant une telle altitude qu'il m'arrivait d'être un peu défoncé et ça n'était jamais un souci. Mais. Cette fois, *c'était* toute une affaire. Comment ça se passerait ? J'ai visé le point le plus bas du col, où l'ancienne piste pour les jeeps serpentait entre les rochers et les plaques de neige, j'ai regardé les plaines se dresser derrière la crête ainsi qu'elles le font quand on passe au-dessus, les ai regardées s'élever et se dérouler comme ces bannières qu'ils utilisaient aux Jeux olympiques, et là, j'ai vu, juste après les derniers contreforts : ce bon vieil Erie, la piste elle-même bientôt visible au sud de la tour radio qui ne clignotait plus, le ruban de tarmac comme un paillasson de bienvenue posé là exprès pour moi. Nerveux à l'idée de retrouver Bangley, voilà le problème. Il s'était écoulé, autant que je puisse dire, un peu plus de six semaines.

*

Nous descendions au-dessus des contreforts et je dirigeais la Bête vers Erie machinalement. J'ai mis le cap sur l'escarpement de terre érigé comme un panneau publicitaire de l'autre côté de l'autoroute, à vingt-quatre kilomètres de mon point cible en arrivant de l'ouest ce qui me ferait atterrir à mi-piste. Face à ce panorama, l'été de mes dix-huit ans m'est revenu en mémoire d'un coup : je rentrais chez moi, regagnais la petite maison de maman à Hotchkiss. Pour lui faire une surprise. La marche sur la route en montagnes russes de la mesa au crépuscule. L'excitation de rentrer à la maison, la peur que rien ne se passe comme je l'avais prévu. J'avais le cœur qui cognait. Je le sentais à l'intérieur qui voulait entrer en compétition avec la vibration du moteur, le rugissement et les vibrations graves tandis que je tirais la commande des gaz vers moi pour amorcer la descente.

Nos treize kilomètres de prairie. Au-dessus des derniers arbres, les tout derniers pins encore vivants qui s'aventuraient sur la plaine pareils à des sentinelles désorientées, notre périmètre, notre zone de sécurité, et puis j'ai vu la tour, celle qu'on avait construite ensemble. La banquette de tir destinée au fusil de précision de Bangley, l'avancée d'où il tirait sa réserve de mines – et voilà que je survolais la zone cible et je n'ai pas regardé de trop près pour voir les os, les corps abandonnés là sans avoir été enterrés, éparpillés par les loups et les coyotes et que sais-je encore. J'aurais pu voir, si j'avais regardé de près, le bégaiement blanc d'une côte ou d'un crâne. Et j'ai senti monter en moi un – quoi ? Un sentiment pour Bangley qui, je l'ai compris à cet instant, était devenu ma famille. Parce que c'était vers lui, comme je l'avais fait vingt-deux ans plus tôt avec ma mère, que je retournais. Pas vers ma femme, mon enfant, ma mère, rien de tout ça mais vers Bangley et sa voix graveleuse. Pour qui c'était une question de fierté de se comporter sans cesse en connard buté. Et j'ai été saisi de peur, d'une envie de faire demi-tour. Et s'il m'en voulait à mort ?

Ces émotions contradictoires. La peur a pris le dessus et m'a submergé – quand je suis descendu de six mille pieds pour survoler la rivière scintillante, basse mais toujours là, et que je me suis aligné sur l'extrémité sud de la piste et que j'ai vu l'enveloppe calcinée des maisons, les fondations mises à nu, mon hangar à moitié brûlé et déchiqueté comme par une tornade.

3

La maison de Bangley, à cent mètres au nord, celle où il avait son atelier d'armurier dans le salon en contrebas et la photo de la famille blonde prise au ski – elle était encore à sa place, mais les vitres avaient été soufflées, il y avait des traces de feu autour de la lucarne du premier étage qui avait volé en éclats, et un trou béant perforait le toit juste à côté. Oh putain. Putain de bordel de merde.

Papa se tenait très droit, assis sur son sac, aux aguets, je lui ai jeté un coup d'œil, il savait que la situation était grave, et Cima m'a serré la cuisse et ne pouvait pas décoller son visage de la vitre, incapable de se détourner comme un gamin devant le bassin des requins dans un aquarium.

Avant d'atterrir j'ai fait un tour en rase-mottes et suis passé au-dessus du jardin. Il était toujours là, intact, l'eau coulait toujours par-dessus chaque marqueur au sommet du lopin de terre, et irriguait près de la moitié des sillons.

Mais. Même à deux cents pieds je voyais les mauvaises herbes. Elles avaient envahi les plants privés d'eau et avaient grimpé et cerné les monticules de terre.

J'ai poussé fort sur la commande des gaz et j'ai refait un tour plus haut. Viré à gauche et visé la mi-piste, j'ai atterri en douce et me suis garé directement devant chez Bangley. Mélange, magnétos, alternateur. Off. Arrêt. La Bête s'était à peine immobilisée que j'ouvrais la portière toute collante et me précipitais vers la maison.

La porte d'entrée était ouverte, battait légèrement dans la brise.

Bangley! Bangley! Hé ho! T'es là? BANGLEY!

J'étais surpris par la force de ma voix. C'était celle d'un étranger.

J'ai bondi jusqu'à l'atelier. Bizarrement la grosse fenêtre qui donnait sur les montagnes n'avait pas subi de dommages mais une ligne d'impacts de balles courait en diagonale sur le mur au-dessus de la cheminée. La photo de la famille au ski restait inviolée sur la desserte. Les outils de Bangley se trouvaient où il les avait laissés, le canon et la boîte de culasse d'un Sig Sauer .308 une de ses armes préférées, pris en étau sur son établi.

Bon sang.

Papa derrière moi.

Ton pote, il a dit. J'avais bien compris lors de notre premier entretien que ça devait être un dur à cuire, parce que sinon, comment un mec comme toi –

Il n'a pas terminé.

Je n'aurais jamais imaginé une chose pareille.

Bangley!

Désespéré. Pour la première fois je l'ai senti qui me collait au corps, le désespoir comme une mauvaise odeur. Bizarre. On ne sait jamais ce qu'on éprouve pour quelqu'un avant de voir sa maison détruite.

J'ai vacillé. La main de papa sur mon épaule.

Ils l'ont chopé ici. Il travaillait. En journée. Avait pas prévu un assaut en plein jour comme ça. Ils sont arrivés par-devant, il a survécu à la première salve et il les a repoussés. Il les a obligés à battre en retraite, ensuite il est monté là-haut d'où il avait une meilleure vue, un meilleur angle et il s'est battu de là. Ils devaient pas être plus de deux à avoir des armes.

J'ai grimpé l'escalier quatre à quatre. Mon cœur a fait un bond. Qu'est-ce que j'allais trouver ? Je n'étais jamais monté à l'étage, pas une fois. Les murs du couloir étaient couverts de photos de la famille blonde. Au ski, sur un voilier, dans un bungalow en bambou, sous des palmiers, un labrador blanc dans un champ de fleurs. Je les ai vus défiler à toute vitesse alors que je courais à grandes enjambées sur une moquette épaisse, ne m'arrêtant qu'à une occasion pour m'orienter et me diriger vers l'avant de la maison où se trouvait la lucarne. Dans cette chambre. J'ai poussé la porte à moitié fermée.

Une chambre d'enfant, celle du garçon. Des posters de Linu Linu en bikini au-dessus du lit avec une couverture dont les motifs représentaient des cow-boys sur des broncos ruant. Des papillons épinglés dans des boîtes au mur et une guitare électrique dans le coin. Et puis des skis de slalom. Une planche de surf, courte, accrochée au plafond en pente, avec un dessin vert éclatant du serpent dans l'arbre et une Ève dénudée, de trois quarts, les seins à peine cachés par les boucles de ses cheveux : LES PLANCHES DU PÉCHÉ. Un poster signé de l'Association américaine de stock-car. Voiture n° 13.

Deux flèches, des vraies, étaient plantées dans le poster et juste au-dessus, le mur était déchiqueté par des impacts de balles.

Deux boîtes de Copenhagen et une boîte de café Folgers gisaient au sol près du lit. Les lunettes de vision nocturne et deux Glock dans leur fourreau pendus à une patère. Bon sang. La chambre du fils était celle de Bangley. C'était là qu'il vivait. Putain. Préservée comme une pièce dans un de ces musées avec reconstitutions historiques. J'ai imaginé le père de Bangley en un éclair, celui qu'il détestait – et je me suis dit, Je parie qu'il a jamais eu une chambre comme celle-ci. Il se soignait ou suivait une espèce d'instinct de compensation ou autre chose d'encore plus bizarre, qui sait, en vivant dans ce musée, cette chambre comme celle d'une maison de poupée. Le soleil filtrait par le toit. Un trou de soixante centimètres. Aucune trace d'explosion alors à quoi était-il dû ? La vache. Failli tomber dans un autre presque aussi gros qui transperçait le plancher. Les questions me traversaient l'esprit à toute vitesse et s'entrechoquaient à la manière d'une course de stock-car. Et la fenêtre brûlée. Et les sacs de sable empilés jusqu'au rebord et sur les côtés. Et pas trace de Bangley ce qui à ce stade était bon signe.

Je suis resté au milieu de la pièce à prendre de grandes inspirations, reprendre mon souffle. Je me suis approché de la fenêtre sans fenêtre et j'ai regardé notre campement, notre aéroport en contrebas et je n'ai pas pu me retenir de cracher une bille de rire sidéré.

Il avait vue sur tout ou presque : le remblai de l'autre côté de la piste où je dormais avec Jasper et jusqu'aux poubelles que nous avions éloignées de ma maison, ma maison en forme de leurre. Il voyait la véranda et la porte, jusqu'à la rangée d'avions transformés en épaves rouillées, deux pignons du FBO, la porte de mon hangar. Il pouvait quasiment tout couvrir d'ici, ce qui explique bien sûr pourquoi il avait choisi de s'installer là. Je n'y avais jamais pensé, j'ignore pourquoi. Pas pensé non plus que les fois où je l'avais bipé en pleine nuit à cause d'un intrus, il avait vu toute la scène au télescope. Il savait combien étaient entassés derrière les poubelles, les armes qu'ils portaient, combien se tenaient en arrière en renfort, savait tout avant même de nous rejoindre au remblai dans le noir, savait sans doute déjà qui il pouvait tuer en premier et comment. C'était pour ça qu'il n'avait jamais l'air surpris, mais toujours anormalement détendu. Putain. Et les sacs de sable. De là, il aurait sûrement pu tirer avec un de ses fusils d'élite. Bon Dieu de Bangley. À quelle distance était-il ? Autour de trois cents mètres. Facile. Pour lui. Et toujours planté là, j'ai senti monter en moi un mélange de révulsion et d'admiration et aussi, je dois avouer de – quoi ? De l'amour, peut-être, que j'avais été amené à éprouver pour ce taré-là en particulier.

Il était doué dans un domaine, vraiment doué et pour le reste, il s'en dépatouillait avec cet entêtement implacable. Une stratégie comme une autre, j'imagine. Et il m'offrait son soutien. Sans faille, sans hésitation. Avec quoi ? Générosité. Sans compter, je veux dire, pas vrai ? Il ne m'a jamais vraiment révélé à quel point il maîtrisait tout. Si bien que quand je suis parti, il savait exactement de combien augmentaient la menace et le danger. Il était sans doute capable de le calibrer à un degré aussi précis que mortel, à la façon dont il calibrait la dérive et le site pour ses tirs longue distance depuis la tour, savait avec une précision glaçante à quel point il serait en danger en vivant ici tout seul sans Jasper et moi, puis sans moi, pour lui servir de signal d'alarme. Je veux parler de cette symbiose, et à quel point je n'en avais pas eu conscience. Ce qui rendait encore plus touchant son ultime tentative, revêche et brève, pour m'empêcher de partir. Le panier de grenades. Me dire que j'étais comme sa famille. Me dire d'une façon que je pouvais entendre d'en profiter, de faire attention à moi, pas pour lui, mais pour moi.

Et toutes ces autres sorties. La pêche et la chasse qu'il savait être un loisir plus qu'autre chose, ou un besoin psychologique, il comprenait le concept de Repos & Récupération, ce qui le mettait pourtant en danger mortel. Lui qui n'a jamais émis la moindre objection.

C'était sa chambre. Plutôt émouvant. Plutôt étrange.

Je me suis tourné. Papa sur le pas de la porte, son regard gris qui se promenait des objets enfantins aux fusils.

C'est un condensé de Bangley, j'ai dit.

Eh ben.

Il a levé les yeux vers la fenêtre avec ses sacs de sable.

Il n'est pas mort ici.

Papa s'est penché par le trou carbonisé qui avait été une lucarne. A jeté un coup d'œil en bas, de l'autre côté.

C'est ici qu'il a été blessé. Papa a touché le rideau en lambeaux.

Il savait qu'il pouvait pas rester ici, qu'ils allaient l'atomiser. Il savait qu'il fallait déguerpir, même blessé. Qu'il fallait déguerpir et attaquer. C'était un bon soldat.

Était.

Papa a haussé les épaules.

On est restés plantés là tous les deux. J'étais incapable de bouger. J'étais frigorifié.

Et puis on a entendu deux coups de feu et un cri.

Et alors on a dévalé le couloir, l'escalier, foncé à travers le rez-de-chaussée détruit avec méthode jusque dans la lumière douloureuse.

La Bête était à quelques mètres de là sur la rampe qui servait de taxiway pour les maisons au nord. Cima était accroupie contre l'avion, sous l'aile, essayant de se faire aussi petite que la roue.

Papa s'est arrêté net et je me suis cogné à lui, je l'ai presque fait tomber.

Attends.

Il s'est protégé les yeux et a regardé alentour. Elle, accroupie à côté de l'avion pointait du doigt. Vers mon hangar dont la porte était fermée. Enfin, pour la partie qui était encore intacte. Elle n'avait rien, c'était le bruit des tirs qui l'avait jetée à terre.

Et là papa s'est mis en marche.

C'est lui, il a dit.

Je l'ai dépassé en trois enjambées. Impossible de connaître l'intensité de ses sentiments pour une personne avant qu'elle ne meure puis ne ressuscite. J'ai poussé la porte du hangar, celle que les gens utilisent pour entrer, celle découpée dans l'ouverture principale qui se soulève, j'ai poussé le battant tellement fort que je suis tombé en pénétrant dans mes anciens quartiers. J'ai trébuché sur le sol que j'avais recouvert de toute une panoplie de beaux tapis persans récupérés dans les maisons, trébuché si violemment tête la première que je me suis fait mal au dos, putain, et à moitié déboîté le genou, bon sang, mais je me suis redressé et je suis resté là à prendre racine littéralement et j'ai cligné des yeux pour m'habituer à l'obscurité.

Sur le toit, deux panneaux ondulés et translucides faisaient office de mauvaise lucarne et permettaient plus ou moins à la lumière du jour d'éclairer l'intérieur quand les portes étaient fermées. Et j'ai vu notre canapé, le *Valdez*, le fauteuil de Jasper, l'établi, le tabouret, le comptoir au fond où je cuisinais, et la table couverte de lino rouge où nous prenions régulièrement nos repas gourmets. C'est tout. Mais j'ai entendu. Un léger grattement comme une souris dans un mur. Métallique.

J'avais une servante d'atelier pour mes outils, avec des tiroirs, massive en acier rouge, d'un mètre quatre-vingts de large. Elle était magnifique. Il nous avait fallu une bonne matinée à Bangley et à moi pour la sortir du hangar de maintenance, la faire passer sur les bosses provoquées par le gel et les nids-de-poule, et lui faire traverser divers obstacles sur un chemin de planches. Elle avait la place d'honneur, devant le mur nord, au milieu. Bangley la surnommait la place Rouge. J'ai besoin d'une clé à cliquet, un quart de pouce, il disait. Tu pourrais te bouger le cul et aller me la prendre sur la place Rouge? S'il te plaît. Le grattement venait de la servante et la servante était éloignée du mur. La botte de chantier à coque d'acier de Bangley dépassait. À côté, contre le mur, son lance-grenades, celui sur lequel il travaillait.

Il était couvert de sang séché. On aurait dit que quelqu'un en avait vidé un plein seau sur le bas de son corps. Il avait les yeux gonflés presque fermés, une croûte blanche de mucosités ou de vomi sur le côté du visage qu'il avait appuyé sur son bras. Sa jambe gauche était pliée à un angle bizarre. Il était allongé sur son fusil d'assaut préféré, le M4, et sa main gauche ensanglantée était sur le pontet.

Un râle s'est échappé de ses lèvres craquelées. Les mots, un souffle rocailleux à peine audible.

Putain de Hig.

C'est tout. Et il a porté sa main aux doigts raidis comme des serres à ma barbe.

*

Entre la vie et la mort. Pendant deux semaines. Plus. S'il mourait ce serait de déshydratation, d'avoir perdu trop de sang. Mais non. Costaud le vieux chameau. On le savait. Cima ne voulait pas le déplacer. Elle l'a installé sur le fauteuil. Elle a posé une attelle à sa jambe, cassée après avoir reçu une balle dans la cuisse. Elle a nettoyé et recousu la plaie qu'il avait au flanc gauche, le projectile lui ayant brisé une côte mais épargné l'estomac. Il faisait chaud dans le hangar l'après-midi mais la porte levée et le trou dans le mur ouest rendaient l'atmosphère plus respirable. Il lui a fallu quatre jours pour reconnaître à nouveau mon visage. Pendant quelques secondes. Entre les deux, il a sombré dans une sorte de coma. Elle lui a donné de l'eau et du Sprite avec une pipette. Le sixième jour il a ouvert les yeux pendant qu'elle le nourrissait et l'a dévisagée.

Madame Hig, il a dit.

Elle m'a raconté qu'elle avait éclaté de rire. Quelque chose dans son expression, même ça : l'expression affichée par un homme à moitié mort. Elle m'a dit que c'était comme une provocation, comme s'il la défiait de le nier, et pas dépourvu d'un certain recul sur lui-même, quelque chose qui ressemblait à de l'humour.

Ça sera Dr Hig pour vous, elle a répondu. Elle m'a raconté qu'il l'avait dévisagée un bon moment, esquissé un mouvement de tête et qu'il s'était rendormi.

*

Papa s'est détendu, avec le temps. Je l'ai emmené avec moi dans la Bête et on a fait le circuit. Lui ai indiqué les lieux importants comme pour une visite touristique. Il s'est dégoté un casque et je lui ai tout expliqué en route. La tour, la rivière, les distances, ce qu'il voyait. La berge haute qui formait notre douve, le seul gué permettant de rejoindre l'autre rive, le remblai. Le rayon de cinquante kilomètres avec les routes à surveiller, les familles.

Lorsqu'on les a survolées, elles ont accouru du jardin, des maisons, des abris, un salut lancé par des galopins en haillons qui agitaient les bras. Les enfants bondissaient dans tous les sens. Je les ai comptés : sept. Un de moins, je ne sais pas trop lequel. J'ai viré, fait un signe de la main, tendu l'index. On revient.

Cima a dit que Bangley était dans un état critique, qu'il avait besoin que quelqu'un s'occupe de lui vingt-quatre heures sur vingt-quatre sept jours sur sept. On s'est relayés. Quelque chose en elle. Durant la semaine, quelque chose avait grandi et fleuri, quelque chose qui, après l'hibernation dans le canyon, avait surgi dans la lumière et aimait ce qui l'entourait. Difficile à décrire.

Dans son rôle de médecin, les compétences étaient évidentes, une aisance naturelle qui s'accomplissait sans réfléchir, un retour à une utilité durement gagnée qui la grandissait encore davantage. Comment dire, ça la grandissait en taille, en amplitude, une planète dont la gravité aurait augmenté. Il y avait de ça, en partie. Observez n'importe qui pénétrer dans l'arène de ce qu'il maîtrise vraiment et ça vous sautera aux yeux, cet épanouissement. J'adore ça. Mais il y avait autre chose. À croire que l'arrivée dans cet aérodrome à moitié ravagé au milieu des plaines, totalement étranger à tous les lieux où elle avait pu vivre avant – New York bien sûr, les montagnes et les mesas de son enfance –, eh bien c'était à croire qu'elle s'était préparée à cette arrivée. Pendant longtemps à son insu. Peut-être. Je ne sais pas. C'est mon impression. Comme si une partie d'elle se décontractait, comme si elle se débarrassait d'une ancienne peau. Une enveloppe qui avait fait l'effet d'une barrière sans que je m'en rende compte. Par cette mue, elle s'ouvrait et fleurissait. Vous trouvez que je sors les violons ? Mais pas du tout. C'était prodigieux. Je veux dire de voir quelqu'un se libérer et s'épanouir.

Je ne sais pas de quoi elle s'est libérée.

J'aimais la regarder, assise sur le tabouret que j'avais coupé pour qu'il soit au niveau du fauteuil, la regarder se pencher sur Bangley et lui parler tout bas, pas comme un médecin à un patient, ou un pasteur en mission, mais avec respect, avec humour, comme deux amis. J'aimais la regarder vérifier l'attelle, changer les pansements, ses mouvements encore plus assurés que lorsqu'elle s'occupait du jardin avec moi – la différence entre une seconde nature pas totalement assumée et la fierté de l'assurance, du savoir tempéré, acquis au prix de gros efforts. J'aimais la regarder repousser les boucles de cheveux sombres qui la gênaient, les attacher avec une ficelle ou la voir étirer ses longs bras et partir s'égarer dans l'éclat du soleil estival, rejoindre la rampe où se trouvaient les agneaux, dans un enclos que papa avait construit à l'ombre d'un saule globe. J'aimais la regarder se déshabiller et plonger dans l'étang près de la rivière et se tenir comme elle s'était tenue dans les embruns de la cascade ce premier soir et me dire de la rejoindre. Elle était purement et simplement le plus bel être humain que Big Hig ait jamais vu.

On dormait dehors où j'avais toujours dormi. Avec Jasper. Mais on s'était confectionné un paravent en saule, on avait pris deux sacs de couchage en flanelle et on les avait étalés sur un matelas double pris dans ma maison, celle avec la véranda, et je dormais comme jamais je n'avais dormi, pas depuis. On dormait enlacés, dans un enchevêtrement de bras et de jambes que je n'avais jamais connu, avec personne. Je me réveillais en pleine nuit comme avant où je croisais les bras derrière ma tête et où je contemplais les étoiles, recensais les constellations et en inventais d'autres, mais à présent, je le faisais en sentant la pression de son coude sur ma joue – je le décalais légèrement – ses cheveux dans ma bouche, sa cuisse sur la mienne, baigné du sentiment d'avoir été épargné, d'être béni.

Toutefois, je passais aussi des nuits pleines de tristesse. J'étais triste autant à cause de la nature éphémère de mon bonheur actuel que de la perte, du passé. Nous vivions moins sur une plaine vallonnée qu'au bord d'un gouffre. Qui sait quelle attaque, quelle maladie. Cette dualité à nouveau. Comme de piloter : vitesse et immobilité, danger et sérénité. Cette façon d'engloutir l'espace avec la Bête tout en ayant à peine l'impression de bouger, cette sensation d'évoluer dans une peinture.

Nous faisions l'amour quasiment comme si c'était un phénomène nouveau. Peut-être parce que nous devions le faire avec tant de douceur, de lenteur. Parfois elle montait sur moi et me prenait doucement en elle, me chevauchait, et nous restions allongés à ce point immobiles que les étoiles roulaient derrière elle et nos mouvements étaient si infimes qu'on aurait dit une conversation, ce qui me remplissait d'un bonheur, d'une joie exponentielle que je suis bien incapable de qualifier.

Papa s'est installé dans une maison près de celle de Bangley, a pris, en bon tacticien, une chambre à l'étage avec vue sur les pistes ; d'une certaine façon, ces deux-là se ressemblaient comme deux gouttes d'eau. Il a empilé des sacs de sable devant la fenêtre et un matin, il est venu trouver Bangley pour lui demander dans les formes s'il pouvait lui emprunter un de ses fusils, le Sig Sauer. Bangley se sentait mieux, c'était le dixième ou onzième jour, assez bien pour s'asseoir sur le fauteuil et regarder papa, pour parler à travers sa lèvre recousue.

T'es l'autre vieux chameau, a croassé Bangley. C'est le premier truc qu'il a dit.

Papa s'est fendu d'un demi-sourire qui s'est étendu et figé et je me suis dit, La vache, ils sourient presque pareil. Bangley ayant les mains complètement bandées, papa s'est penché et lui a touché l'avant-bras. Le geste était émouvant et respectueux.

C'est une sacrée bataille, que t'as menée.

Bangley l'a regardé droit dans les yeux, avec ce regard capable de se fragmenter, de devenir kaléidoscopique. N'a rien répondu.

Dix ou douze, c'est ça ? Peut-être trois d'armés.

Quatorze, a croassé Bangley. Quatorze et quatre.

Papa a acquiescé.

Qu'est-ce qui est passé par le toit ?

Un rocher. Ou un autre putain de truc. Ils avaient un foutu canon léger.

Ils ont récupéré leurs morts.

Bangley a fait sa meilleure imitation d'un haussement d'épaules.

J'imagine. Après un silence, il a dit, Ils se sont regroupés une fois.

Quelque chose l'a gêné et il s'est raclé la gorge.

Z'ont cru que j'étais mort. Dans la maison. Je les ai eus avec le lance-grenades. J'en ai tué deux de plus en venant ici. Ça a suffi. Ça leur a suffi.

Bangley a observé celui dont il se disait sûrement que c'était son nouvel ami.

Avec qui t'étais ? il a dit finalement.

Les Navy SEAL, a dit papa. En Afghanistan. Et ailleurs.

Bangley a acquiescé, à peine.

Habillés comme des putains de Mongols. Six femmes dans le groupe. Ils avaient des arcs. Savaient comment...

Il n'a pas fini sa phrase, les yeux tournés vers un souvenir, fondus dedans. Le corps parcouru du plus petit des frissons.

Papa a attendu. Si quelqu'un savait.

Je me demandais, il a fini par dire. Me suis installé dans la maison au nord-est. Je me demandais si je pouvais emprunter ce Sig Sauer un moment. Tant que t'es à l'hôpital.

Bangley a mis un petit moment à retrouver sa concentration. Et alors il a esquissé un signe affirmatif de la tête. C'est ta fille ? C'était sa réponse.

*

Je l'ai emmenée voir les familles. On était à peine revenus avec papa qu'elle a voulu y aller le plus vite possible. Elle a pris sa trousse de secours. On a atterri sur l'allée et ils ont afflué de partout, certains couraient, d'autres pouvaient à peine marcher, ils ont fait masse le long de la ligne de quarantaine dans la cour. On est descendus de l'avion et j'ai vu leur expression changer quand Cima s'est approchée. Les yeux cernés de noir qui s'écarquillaient de surprise, les joues creuses et bouche bée, les gamins comme des faons curieux et apeurés, le cou tendu. S'ils avaient pu faire pivoter leurs oreilles ils l'auraient fait, les regards à leur mère, l'excitation.

Cima a aussitôt franchi la ZDM, et comme un seul homme, ils se sont tous reculés d'un pas, rampant presque, et ont ouvert un espace en arc de cercle autour d'elle. Elle a levé une longue main puissante et contusionnée.

C'est bon. Je suis médecin.

Comme si ça expliquait quoi que ce soit. Elle a souri. Compris combien c'était absurde et archaïque.

Bonjour, moi c'est Cima.

C'était sans doute à cause des bleus, une impression subtile de fragilité, d'avoir survécu à la terrible maladie. J'ai regardé leur visage. Certains m'ont adressé un signe de la main ou de la tête, ont souri, mais. Ils la contemplaient avec une fascination, une curiosité qui dépassait presque la peur, la reconnaissance d'un parent. D'un être qui peut-être était un peu comme eux, sans qu'ils sachent vraiment en quoi. Un être différent, aussi, assez différent pour rallumer la flamme de l'émerveillement. Et puis bon. Ils étaient mennonites. Une visitation, c'était un truc qui leur parlait. Et j'ai pensé que j'étais l'ange qui descendait du ciel. Pour la première fois j'étais dans la cour sans savoir quoi faire de mes dix doigts, j'hésitais entre me sentir nul et rire aux éclats entre gêne et surprise.

Et. Elle était médecin. Mais.

Cima – ai-je lancé.

Elle s'est à moitié tournée.

Ils –

Ils. Bien sûr elle savait qu'ils étaient contagieux. On en avait parlé quelques minutes auparavant.

Elle a levé une main pour leur dire, Tout va bien, plus ou moins pour me congédier, aussi, et j'ai bien été obligé de rire une fois de plus. Comme les temps changent. Ils formaient à présent un cercle autour d'elle et je savais qu'elle les avait déjà séduits ou conquis, qu'ils l'aimaient comme je l'avais aimée, dès le premier instant.

Les enfants ont tendu les bras, se sont pendus à sa jupe, une petite fille, qui s'appelait Lily, je crois, Lily s'est enroulée autour d'une de ses jambes comme un ourson autour d'un tronc d'arbre.

Salut ! j'ai entendu dire Cima. Salut. Qu'est-ce que tu es jolie ! Comment tu t'appelles ? Et toi ? Quel beau petit garçon.

L'émerveillement d'être touché par une inconnue. Ne plus être intouchable.

J'étais inquiet mais. Assister à cette scène valait tout ce qui pouvait se passer ensuite.

Elle a aménagé une pièce dans la vieille ferme, qui autrefois avait dû porter le nom désuet de boudoir, et elle les a tous examinés. Elle a enfilé des gants en latex. Je les voyais quand elle ouvrait la porte de la cuisine et appelait la personne suivante. Doucement. Elle devait en avoir une réserve dans son sac. Elle a suturé les méchantes coupures, a nettoyé les blessures, demandé des seaux d'eau chaude. Elle a conseillé une jeune femme enceinte de six ou sept mois. A consolé, à ce que j'ai compris, un vieil homme dont les pleurs s'entendaient de l'extérieur de la cuisine, par-delà la porte grillagée. Elle m'a dit que je pouvais venir, me mêler à eux, qu'on s'était trompés. La maladie était comme l'hépatite C, elle a dit. Comme le VIH. Transmis par les fluides corporels, le sang. En dehors de ça –

Une erreur qui avait malgré tout sauvé la vie de ces gens. Les grands panneaux sur la clôture le long de leurs champs MALADIE DU SANG. La terreur qu'ils suscitaient. La réalité flagrante pour n'importe quelle personne possédant une paire de jumelles : les silhouettes décharnées pliées en deux comme sous l'effet d'un vent violent, les mouvements éreintés, les yeux creux. Ça tenait les étrangers à l'écart, les attaquants, et la maladie les protégeait tout en les tuant.

Nous sommes rentrés sans échanger un mot malgré le bon fonctionnement des casques.

Cette nuit-là, on était étendus derrière le remblai, l'un contre l'autre. Allongés sur le dos, nous étudiions les récifs de nuages lumineux qui s'arrachaient aux bancs au-dessus des montagnes. Une moitié de clair de lune les rinçait, et leurs entrailles, parcourues d'éclairs, frissonnaient. Je les regardais passer au-dessus de nous en espérant qu'une grosse averse nous obligerait à jouer les colocataires de Bangley dans le hangar. La région aurait bien besoin de pluie. Elle a dit

Il y avait des études à la fin. Quelques rapports convaincants.

Sur la maladie du sang ?

Mmmm

J'ai attendu.

Ils suggéraient que l'expansion de la maladie auto-immune avait été favorisée par le fait que le corps n'arrivait plus à produire de vitamine D. Un mécanisme vraiment curieux. Comme le sida avec les lymphocytes T. Je veux dire que si on avait pu faire un parallèle.

Elle s'est tue un moment, a regardé les nuages.

J'adore quand tu parles comme ça.

Elle m'a donné un coup de coude dans l'oreille.

Il n'y avait pas de preuve que la réciproque soit vraie. Ils n'ont pas eu le temps de le vérifier. Tout ça était si nouveau.

Cette vitamine D, elle pouvait ralentir le processus ?

Oui.

Peut-être qu'on devrait faire une razzia au Walmart.

Elle a gardé le silence. On scrutait les nuages. Ils se sont déchirés sans s'accumuler. Pas au-dessus de nous. La pluie, s'il en tombait, restait sur les sommets.

Hé, j'ai murmuré, tu veux entendre mon poème préféré ? Il a été écrit au IXe siècle, en Chine.

J'ai cru qu'elle réfléchissait à des problèmes médicaux, et puis je l'ai sentie tressauter contre moi. Pas le tressautement des cauchemars que faisait parfois Jasper mais celui de la chute, du lâcher-prise.

*

Le tant de tel mois ou par là. Impossible d'être plus précis pour l'instant. Bangley avait coché les jours sur le calendrier de mon hangar jusqu'à l'attaque, ce que j'ai trouvé judicieux. Mais. Donc on savait ce qui s'était passé le 19 juin. Mais impossible de dire combien de jours il était resté allongé derrière la place Rouge. Au moins une semaine, d'après lui.

Le 4, donc, ou par là, je jardinais. Je tuais les doryphores un à un. Cima était avec les familles. Je l'avais déposée le matin et elle m'avait dit de venir la chercher pour le dîner, elle voulait passer la journée avec eux. Elle leur administrait une infusion de vitamine D, mais je savais que c'était les enfants. Elle ne pouvait pas se passer d'eux.

Je jardinais. Elle était partie. Bangley jouait aux échecs avec papa. C'était leur passe-temps. Ils s'asseyaient dans des fauteuils qui craquaient sur la véranda de ma maison et jouaient aux échecs comme si c'était une épicerie de campagne dans une espèce de parodie apocalyptique d'un tableau de Norman Rockwell. Bangley appuyait sa canne contre la rambarde. C'était lui le meilleur, mais il avait des absences et là, papa pouvait le battre.

J'écrasais les doryphores entre mes doigts quand j'ai entendu un bruit si familier que je n'ai pas levé les yeux. Mais. Cela faisait longtemps. J'ai tendu le cou, les yeux qui clignaient dans le soleil et là : deux traînées de vapeur. Parallèles mais l'une d'elles en retrait. Et l'effet Doppler des moteurs qui s'éloignent.

Je ne rêvais pas, non.

Je n'avais pas couru aussi vite. Depuis des années. J'ai sauté dans la Bête, mis le contact et j'ai allumé la radio. J'avais un scanner Narco qui faisait défiler les chiffres, les fréquences à travers le silence, mais rien. De la friture. Les chiffres n'en finissaient pas de tourner. Puis ils se sont arrêtés comme la roue d'une roulette. Une pause, la grisaille qui s'effiloche. Une voix, des mots. Avant d'appuyer sur le bouton du micro, j'ai écouté, je ne comprenais pas. C'était de l'arabe. Obligé. Une conversation, des rires. Cap sur l'ouest à trois mille pieds. Sans doute en route vers la Californie. À cette altitude, nous autres, notre aéroport et ses infrastructures en décomposition se fondaient dans le paysage. J'ai lancé des appels, encore et encore. *Les deux jets, 747, Erie, deux 747 Erie. Boeing 747 qui viennent de survoler Denver, ici Erie.* J'ai appelé et appelé. Jusqu'à en perdre la voix et jusqu'à ce que les traînées de vapeur ne soient plus qu'un souvenir blanc, un mirage. Je les ai contemplées, abasourdi. Bons ou mauvais signes ?

Une semaine plus tard, exactement, deux autres. À peu près à la même heure. Pareil la semaine suivante. La quatrième semaine, rien. On s'était réunis tous les quatre sur la véranda dans l'après-midi à l'heure dite et on avait attendu des feux d'artifice ou un dignitaire. Rien.

*

Peut-être qu'ils sont immunisés, a-t-elle dit. Peut-être que certaines populations sont immunisées. Ou des groupes. Les pays arabes ont un fonctionnement tribal. Peut-être qu'une tribu entière est immunisée.

En septembre, deux de plus nous ont survolés. Jamais répondu à mes appels.

*

Octobre est là et nous dormons encore dehors. Peut-être qu'on continuera à le faire tout l'hiver. Comme Jasper et moi en avions l'habitude. En empilant les couvertures. Passer des nuits où ça gèle avec un bonnet de laine sur la tête, tout juste le nez qui dépasse. Tête contre tête ou fesses contre fesses. Nous désignons les constellations hivernales et une fois épuisée la liste de celles que nous connaissons – Orion, le Taureau, les Pléiades, le Chariot – nous en inventons d'autres. Les miennes sont toujours animalières, les siennes presque toujours culinaires – le Pancake au levain et son Sirop, le Gratin de Crabe à Coquille Molle. J'en ai une pour un chien dépenaillé amoureux des poissons.

*

Je rêve encore que Jasper est en vie. Avant cela, mon cœur ne lâchera pas.

*

Mon poème préféré, celui de Li Shang-yin fait :

Quand serai-je chez moi ?
Quand serai-je chez moi ? Je ne le sais pas.
Dans les montagnes, par cette nuit pluvieuse
Le lac d'automne est en crue.
Un jour nous nous retrouverons.
À la lumière de la bougie près de la fenêtre qui donne à l'ouest.
Et je te dirai quel souvenir j'ai eu de toi
Ce soir sur la montagne orageuse.

CITATIONS

Anthologie bilingue de la poésie chinoise classique, Maurice Coyaud, Paris, Les Belles Lettres, 1997.
De nos jours, Ernest Hemingway, trad. Céline Zins et Henri Robillot, Paris, Le Bruit du temps, 2011.
Les Odes, John Keats, trad. Alain Suied, Paris, Arfuyen, 2009.

REMERCIEMENTS

Nombreux sont ceux parmi les amis et la famille dont les réflexions et l'énergie m'ont aidé à l'écriture de ce livre. Je dois tout à mes premiers lecteurs, Kim Yan Heller, Lisa Jones, Jay Heinrichs, Rebecca Rowe, Helen Thorpe, John Heller, Pete Beveridge et Caro Heller. Je ne vous remercierai jamais assez. Comme d'habitude, Lisa fut une lectrice et un guide, aussi intrépide qu'inestimable. Les paroles de Helen ne pouvaient pas tomber à un meilleur moment. Quant à John et Caro, mes parents, ils sont des modèles de créativité et de courage.

Pour leur lecture précise et leur expertise, un grand merci à Jason Hicks, Jeff Steeter, Donna Gershten, Mike Gugeler, Kirk Johnson et Jason Elliott des Navy SEAL. Merci à Janis Hallowell, Nathan Fischer, Mark Lough, Ted Steinway, et David Grinspoon pour le coup de main supplémentaire.

Carlton Cuse a été une grande source d'inspiration. Bobby Reedy m'a entraîné dans une certaine rivière et m'a mis une canne entre les mains il y a de cela bien des années. Et merci à Bobby et Jason Elliott de m'avoir initié à la puissance redoutable des fusils de précision.

Merci à Brad Wierners pour la première histoire de pilotage et toutes les autres.

David Halpern est un ami et un champion depuis des années. Sans lui, le livre n'existerait pas. Je lui suis tout particulièrement reconnaissant. Kathy Robbins, merci pour tout. Merci à Louise Quayle pour son travail formidable. Et merci à Charlotte Mendelson pour son discernement et son enthousiasme.

Je lève mon verre à ma talentueuse éditrice, Jenny Jackson.

Et à Dave Hoerner, un des plus grands pilotes de brousse que l'aviation ait jamais connu, merci de m'avoir appris à voler.

Un grand merci à Anne-Sophie Schmitt et son père, Jean-Philippe Meyer, Martin Collet, Jean-Yves Jouannais et Michel Leroy. L'expertise, le temps et l'écoute que vous m'avez accordés m'ont été précieux.

La traductrice

OUVRAGE RÉALISÉ
PAR L'ATELIER GRAPHIQUE ACTES SUD
REPRODUIT ET ACHEVÉ D'IMPRIMER
EN MAI 2013
PAR NORMANDIE ROTO IMPRESSION S.A.S.
À LONRAI
POUR LE COMPTE DES ÉDITIONS
ACTES SUD
LE MÉJAN
PLACE NINA-BERBEROVA
13200 ARLES

DÉPÔT LÉGAL
1re ÉDITION : MAI 2013
N° impr. : 131908
(Imprimé en France)

HEL